Narrativa / Cuentos

POR AMOR A LA PELOTA:
ONCE *CRACKS* DE LA FICCIÓN FUTBOLERA

POR AMOR A LA PELOTA: ONCE *CRACKS* DE LA FICCIÓN FUTBOLERA

Narrativa / Cuentos

EDITORIAL
CUARTOPROPIO

POR AMOR A LA PELOTA: ONCE *CRACKS* DE LA FICCIÓN FUTBOLERA

© Shawn Stein y Nicolás Campisi, 2014

Inscripción N°246753
I.S.B.N. 978-956-260-690-5

© Editorial Cuarto Propio
Valenzuela 990, Providencia, Santiago
Fono/Fax: (56-2) 2792 6520
Web: www.cuartopropio.cl

Diseño y diagramación: Alejandro Álvarez
Impresión: Gráfica LOM

IMPRESO EN CHILE / PRINTED IN CHILE
1ª edición, octubre de 2014

Queda prohibida la reproducción de este libro en Chile
y en el exterior sin autorización previa de la Editorial.

ÍNDICE

PRÓLOGO EN FORMA DE UNA ADVERTENCIA
LITERARIA   9

ARGENTINA. SELVA ALMADA   17
La camaradería del deporte   19

BOLIVIA. EDMUNDO PAZ SOLDÁN   33
Como la vida misma   35

BRASIL. SÉRGIO SANT'ANNA   51
En la boca del túnel (*Na boca do túnel*),
traducción de George Shivers, Shawn Stein
y Nicolás Campisi   53

CHILE. ROBERTO FUENTES   87
Un huevón más   89

COLOMBIA. RICARDO SILVA ROMERO   105
El Cucho   107

ECUADOR. JOSÉ HIDALGO PALLARES   129
El ídolo   131

MÉXICO. JUAN VILLORO   147
El extremo fantasma   149

PARAGUAY. JAVIER VIVEROS 173
Fútbol S.A. 175

PERÚ. SERGIO GALARZA PUENTE 201
Donde anidan las arañas 203

URUGUAY. CARLOS ABIN 219
El último penal 221

VENEZUELA. MIGUEL HIDALGO PRINCE 255
Tarde de perdedores 257

CRÉDITOS 271

PRÓLOGO EN FORMA DE UNA ADVERTENCIA LITERARIA

Este libro es el resultado de un accidente profesional. La ficción de fútbol entró a mi conciencia hace unos pocos años. Andaba revisando la sección de ficción contemporánea en una librería en Santa Teresa, Río de Janeiro cuando un libro de cuentos brasileños de fútbol me llamó la atención de soslayo. Soy una especie de gringo extraño. Profesor de literatura latinoamericana. Aunque mis padres querían que fuera abogado o ingeniero, crecí queriendo ser Maradona. Al entrar a la universidad resolví que mi obsesión por la pelota era muy superior a mis habilidades en la cancha. En vez de hacer una carrera sancionada por la familia opté por el insólito camino de las letras pero siempre seguí jugando al fútbol. He tenido el privilegio de jugar por más tiempo del que una vida razonable debe permitir. Confieso que antes del trágico asesinato de Andrés Escobar después del Mundial de 1994 aquí en los Estados Unidos, no tenía ninguna conciencia del impacto social del fútbol en la gran mayoría de los otros países del mundo. Unos años después de ese Mundial comencé a entrenar equipos juveniles de un deporte que aquí todavía sufre subdesarrollo y el desinterés del pueblo. En esa época la liga profesional norteamericana estaba en plena inauguración y el fútbol de Europa y Latinoamérica casi no se transmitía, pero los Mundiales sí. Y así me fui convirtiendo en fanático del juego sin ser partidario de ningún club. Al contrario de la mayoría de mis compatriotas, acompañaba los Mundiales con la misma intensidad obsesiva que los otros billones de locos en el planeta. Me encanta ir a un estadio para saltar, cantar y sentir la vibración futbolera donde sea que me encuentre en el mundo. Al descubrir que existía una incipiente literatura de ficción en torno al fútbol, el tema despuntó en mí primero como curiosidad académica, para transfigurarse luego en una búsqueda quijotesca de los mejores relatos sobre este asunto apasionante. Este libro también es el resultado de una indignación profesional. No existen bibliografías extensivas y hay muy pocos estudios críticos sobre la ficción de fútbol en Latinoamérica. Recientemente he dedicado mis labores de investigación al tema. En los viajes profesionales a Latinoamérica siempre visito las bibliotecas nacionales y las librerías. Al añadir la ficción de fútbol a mi lista de libros buscados me enfrenté con docenas de bibliotecarios y libreros que, con miradas perplejas, respondían a mi requisitoria sobre dónde se encontraban los cuentos de fútbol –a veces con irritación– con un "no tenemos nada de eso aquí".

Se trata de un subgénero marginado que aún es desconocido por muchos de los guardianes de la lectura aunque los catálogos de las bibliotecas públicas están llenos de ella a nivel nacional; a veces salía de una sola librería que supuestamente no tenía nada de "eso" en sus estantes con media docena de novelas, colecciones y antologías –muchas veces muy buena literatura– que versaban sobre este maravilloso deporte. Es extraño e inclusive sorprendente que en los países "futboleros" de América Latina la ficción de fútbol pase a un segundo plano y sea el blanco constante de críticas antipopulares, críticas que no reparan en el potencial de este subgénero para revelar los problemas acuciantes y los goces arraigados en la región.

Este libro también es el resultado de una colaboración inesperada. La conceptualización para esta antología surgió en 2013 cuando dirigía un proyecto independiente de mi joven colaborador argentino, Nicolás Campisi, sobre la ficción latinoamericana de fútbol. Resultaba paradójico que un joven escritor argentino fanático de este deporte fuera incapaz de nombrar dos o tres autores representativos de la ficción de fútbol de su propio país. Fuimos descubriendo juntos la geografía y los accidentes de este novedoso territorio literario. Identificamos las naciones con fuertes tradiciones de ficción futbolística como Argentina, Brasil y Uruguay. Pero también nos enteramos de la virtual carencia de tradición en muchos de los demás países latinoamericanos. Aprendimos que la culpa la tienen Borges y Bioy Casares y Martínez Estrada y Graciliano Ramos y Lima Barreto, entre otros intelectuales latinoamericanos que no consiguieron ver más allá de la dicotomía rígida entre la intelectualidad y la cultura masiva, de la interpretación del fútbol como opio del pueblo o generador de comportamientos brutales. En el variado corpus que se produjo a pesar del peso literario de los intelectuales antifutbolísticos, comenzamos a detectar muchas lecturas estereotípicamente deslucidas pero también muchas joyas que brillaban por su estética original y por su auténtica representación del imaginario futbolero. Este proyecto surgió desde la tentativa de derribar los estereotipos que clasifican la literatura deportiva como un subgénero irrelevante. Revisando infructuosamente el canon incompleto de la ficción futbolística, comenzamos a soñar con una especie de Copa América literaria que uniera las diferentes articulaciones nacionales sobre el deporte que domina el continente americano.

Este libro también es el resultado de un proceso arduo. Para localizar y convocar esta selección hemos consultado detalladamente los catálogos de bibliotecas desde Washington, D.C. hasta Montevideo para llegar a la conclusión de que estos cuentos representan lo mejor de la ficción futbolística contemporánea en Latinoamérica. Bien podríamos haber convocado un equipo distinto. En el caso de los países de tradiciones más fuertes, existe una amplia lista de talento. Por ejemplo, Fontanarrosa y Soriano contribuyeron a la difusión del género en el continente con una muy buen obra pero descreemos de las jerarquías. Rodrigo Fresán, Ariel Magnus, Eduardo Sacheri, Inés Fernández Moreno, Rubem Fonseca, Antonio Skármeta, Hernán Rivera Letelier y Patricio Jara son algunos de los talentosos autores que podrían haber integrado la alineación titular. Si bien es cierto que la ficción de fútbol aún no ha sido tratada extensamente por mujeres, y que poco se ha escrito acerca de la participación de las mujeres en el fútbol, hemos comprobado que varias autoras han escrito cuentos de suma importancia para el género. De ahí que Selva Almada sea la representante argentina en nuestra antología, justamente en uno de los países donde la presencia del fútbol en la ficción está intensamente arraigada. Como tuvimos la idea de añadir las palabras de los autores, necesitábamos convocar a aquellos que todavía no se han despedido del juego. Así, los clásicos como Benedetti o Bolaño quedaron fuera de la consideración. Las entrevistas con los autores nos permiten examinar las intersecciones entre fútbol, política y literatura, y las repercusiones personales que genera el fútbol en las diferentes regiones del continente. Comparar las respuestas de todos ellos nos devuelve una imagen rica y muchas veces contradictoria del papel que tiene el fútbol en la sociedad latinoamericana: la pasión desenfrenada del hincha frente a la rotunda indiferencia de algunos, o los beneficios y perjuicios de los mega eventos organizados por la FIFA como el Mundial de Brasil 2014. En algunos momentos el proceso de contactarnos con algunos de los autores nos hizo sentir como cazatalentos yendo de potrero en potrero en busca de la gloria. Acabamos reclutando a nuestro sabio colega George Shivers para ayudarnos a navegar los procedimientos editoriales y hacer la selección final.

El impacto social y económico del espectáculo futbolístico es innegable. Con esta antología, simplemente esperamos participar en la promoción de este género emergente. La ficción de fútbol presenta un medio único para lograr una comprensión más profunda del imaginario futbolero en Latinoamérica. La selección de los relatos que integran esta antología se ha hecho tomando en consideración un diverso público lector. Sin duda, los letrados fanáticos del fútbol devorarán estas páginas pero también retamos a los lectores curiosos que desconocen la cultura futbolera a explorar estos extraordinarios ámbitos del drama deportivo.

Esta antología reúne cuentos de once autores –uno de cada una de las diez naciones de la CONMEBOL (Argentina, Bolivia, Brasil, Chile, Colombia, Ecuador, Paraguay, Perú, Uruguay y Venezuela), más un invitado especial: México. Además de documentar la producción de este género literario inmerecidamente desconocido, nuestra antología provee una mirada cercana sobre la manera en que el fútbol se habla, se vive y se imagina en estas once sociedades. La ficción de fútbol nos ofrece una visión reflexiva de la manera en que las sensibilidades deportivas nos afectan emocional, física, psicológica y financieramente. Entre las variadas categorías con las que podríamos explicar estos cuentos optamos por una división sencilla basada en nivel y ambiente de juego.

Los cuentos de ámbito amateur intentan preservar la inocente alegría del juego a través de tramas que revelan el impacto profundo del fútbol en la infancia y la juventud. Sergio Galarza (Perú) problematiza las rígidas jerarquías sociales que se reproducen en el fútbol al narrar las expectativas frustradas de un estudiante de secundaria que quiere ser parte principal del equipo de su escuela. Además de glosar la tensa relación entre el fútbol, la intelectualidad y la gloria deportiva, Carlos Abin (Uruguay) retrata la manera en que el fútbol juvenil puede crear lazos afectivos que mantienen a las personas unidas por el resto de sus vidas. Abin usa el fútbol para mostrar cómo la humanidad puede acabar imponiéndose sobre la deshumanización violenta del totalitarismo. Miguel Hidalgo Prince (Venezuela) presenta un alucinante ámbito del "futbolito" estudiantil que hace hincapié en las tensiones entre amistad y competición en el deporte. Roberto Fuentes (Chile) construye una anatomía de la pichanguita de barrio que cuestiona los parámetros del comportamiento políticamente correcto. El cuento de Ricardo Silva Romero (Colombia) narra el partido decisivo en la carrera de un director técnico de escuela que tiene que ganar para que no lo despidan. Las inesperadas conexiones entre el entrenador, el árbitro, los jugadores y los hinchas acentúan divisiones éticas e ideológicas en un ambiente marcado por la pedagogía juvenil. Los cuentos sobre las ligas semiprofesionales retratan las frustraciones y dificultades que se presentan en las experiencias y percepciones del fútbol al margen de la hegemonía deportiva. Selva Almada (Argentina) retrata de manera sumamente auténtica el ámbito del fútbol provinciano. A pesar de utilizar un leve humor ácido y declararse una mujer argentina que aborrece el fútbol, Almada logra humanizar el desconocido mundo de las hinchadas femeninas. Edmundo Paz Soldán (Bolivia) captura el potencial desenfrenado de la pasión futbolística al reconstruir la escena de un asesinato en plena cancha a través de una lista extensiva de testimonios.

Los cuentos que abordan el fútbol profesional critican las fuerzas mercenarias que amenazan con corromper la fábrica del imaginario futbolero. Sérgio Sant'Anna (Brasil) retrata los últimos días de trabajo de un DT que a pesar de haber logrado enorme éxito, ahora dirige un equipo de arraigo local, pueblerino, que ha caído víctima de la lógica del mercado que transforma en mercancía todo lo que toca. El elevado nivel de autoconsciencia sobre su precaria condición profesional propone una lectura privilegiada de las psiques deportivas. José Hidalgo Pallares (Ecuador) retrata la venganza de un arquero a la hinchada que lo ha "crucificado" durante toda su carrera. Juan Villoro (México) articula con maestría las fuerzas de corrupción en el fútbol profesional tanto como las dificultades que aparecen durante la transición de jugador profesional a DT. Javier Viveros (Paraguay) utiliza la perspectiva de diferentes figuras de un club comercialmente exitoso para satirizar sin reservas la poderosa influencia del modelo corporativo en el fútbol profesional.

Más que nada, este libro es una labor de amor. Según nuestra humilde opinión crítica, la mejor ficción de fútbol es la que muestra el lado humano del fútbol; la que goza del juego sencillo que se celebra en las calles, las canchas y los estadios en el mundo entero; la que articula inquietudes existenciales y las conexiones entre el deporte y el ego; la que derroca los mitos sobre el *fair play* y la que deconstruye los mecanismos del espectáculo mediático. Según la mitología popular, Borges decía –entre otras provocaciones públicas– que "el fútbol es popular porque la estupidez es popular" y que "el fútbol es un deporte de imbéciles". Creemos que los cuentos y las entrevistas de esta antología contribuyen a una mejor comprensión de la existencia humana al socavar las posturas irreverentes sobre el fútbol, y erigir la práctica futbolística como una experiencia cohesiva y comunal.

Shawn Stein y Nicolás Campisi
Chestertown, Maryland, Estados Unidos, marzo de 2014

ARGENTINA
SELVA ALMADA

SELVA ALMADA nació en Entre Ríos, Argentina, en 1973. Es autora de los libros de cuentos *Niños* (Edulp, 2005) y *Una chica de provincia* (Gárgola, 2007); del poemario *Mal de muñecas* (Carne Argentina, 2003); y de las novelas *El viento que arrasa* (Mardulce, 2012) y *Ladrilleros* (Mardulce, 2013), que le valieron el reconocimiento unánime por parte de la crítica; y de la no ficción *Chicas muertas* (Random House, 2014). Cuentos suyos integran las antologías *Una terraza propia* (Norma, 2006), *Narradores del siglo XXI* (Programa Opción Libros del GCBA, 2006), *De puntín* (Mondadori, 2008), *Timbre 2 Velada Gallarda* (Pulpa, 2010) y *Die Nacht des Kometen* (Edition 8, 2010). Becaria del Fondo Nacional de las Artes (2010), Almada es una de las directoras del ciclo de lectura Carne Argentina. Su blog es Una chica de provincia: http://unachicadeprovincia.blogspot.com. "La camaradería del deporte" apareció por primera vez en la antología *De puntín* (Mondadori, 2008).

LA CAMARADERÍA DEL DEPORTE

Cuando salió de su casa, Laura vio que el cielo empezaba a cubrirse de nubes ligeras y entrecortadas y que se había levantado viento, así que volvió a entrar y agarró un saquito. Caminó rápido las dos cuadras oscuras que la separaban de la avenida. Los mocosos del barrio no dejaban una lamparita sana.

–Puta que los parió, pendejos de mierda –pensó, y enseguida sonrió recordando que ella y sus amigos, de chicos, hacían lo mismo y había sido divertido.

Sobre la avenida había un poco más de luz. No andaba un alma. Miró el reloj: dos y treinta y cinco. Con tal que el Rojo no hubiese pasado ya. Prendió un cigarrillo y miró para el lado contrario a ver si venía Mariana. Nada.

–¿Se habrá dormido esta boluda? –pensó, dando un bostezo y largando humo, todo junto. Justo ahora que estaban más estrictos que nunca con el tema del horario. El puto ese de Sosa, desde que lo habían ascendido a supervisor, se había olvidado que hasta hacía un mes estaba achurando pollos igual que todos ellos.

Vio la trompa del Rojo asomarse a tres o cuatro cuadras y se apuró a terminar el cigarrillo. Escuchó un ruido a sus espaldas, dio vuelta la cabeza y la vio venir a Mariana, corriendo y haciéndole señas con los brazos. En un minuto estuvo junto a ella. Se agarró de su hombro con una mano mientras que con la otra se agarraba el pecho.

–Pensé que no llegaba –dijo jadeando.

–Estás hecha mierda, boluda –dijo Laura, estirando un brazo para parar el colectivo, aunque los choferes ya las conocían y paraban solos.

La puerta se abrió con un resuello y subieron.
—Pero qué cara está la sandía —dijo Raúl, el chofer de turno, mirando a Mariana a través de los espejos de los rayban que no se quitaba nunca.
—Ay, callate, Raúl, estoy muerta.
—La noche se hizo para dormir.
—Entonces me querés decir qué mierda hacemos nosotros levantados a esta hora —dijo Mariana y los dos se rieron.
—La semana tendría que empezar el martes —dijo Raúl dando marcha y devolviendo el coche al asfalto.
—Apoyo la moción —dijo Mariana yendo para el fondo a sentarse con Laura en uno de los últimos asientos dobles.
Laura estaba del lado de la ventanilla, mirando hacia afuera. Aparte de ellas dos, había un tipo joven que venía dormido y una mujer cuarentona vestida de enfermera.
—¿Qué pasó? ¿Te dormiste?
—No. Seguí de largo.
—Ponete las pilas, boluda. Mirá que Sosa no te va a dejar pasar una.
—Ese conchudo. Al final estábamos mejor con Cabrera. Era un pesado, pero por lo menos te dibujaba la ficha. Pobre. ¿Se sabe algo?
—Lo último que supe el viernes es que está igual. Lo peor es que cuando se le terminen los días de internación se lo van a tener que llevar a la casa.
—Pero si es una plantita.
—Para lo que les importa a los de la mutual. O se lo llevan o lo desenchufan. Se lo dijeron bien clarito a la mujer. Pobre mina. Por ahí lo mejor es que lo desenchufen y listo.
—Callate, Lauri, no digas así.
—Y bueno, nena. Así como está no es vida ni para él ni para la familia. ¿Cómo estuvo el partido?
—Ni me hablés. Para atrás.

—Quise seguirlo por la radio. Pero el pelotudo del marido de mi tía, desde que el pendejo más chico juega al básquet, no escucha otra cosa. Se piensa que el pendejo los va a salvar a todos.
—¿Cuál?
—El Gerardo. Es de los más chicos. No sé si lo conocés.
—Bueno. El partido en sí no valió nada. No sé qué les pasaba a los vagos. Los nuestros no daban pie con bola. Y los de Bovril son unos paquetes de yerba, pobres. Pero así y todo no les pudimos meter ni un solo gol, ni de rebote.
—A la noche te iba a llamar a ver si hacían algo. Pero con el embole que me pegué en ese bodrio de fiesta ni ganas tuve.
—¿Qué me dijiste que festejaban?
—Las bodas de oro de mis abuelos. Yo ni en pedo estoy cincuenta años con el mismo tipo.
—Sí, qué embole. Pero bueno, capaz que se quieren ¿no? ¡Pará! No te conté lo que pasó.
—Tocá el timbre, Marian, que el Raúl está dormido.
—Después me dice a mí, el paspado.

Pasaron el portón y subieron la explanada de cemento que conducía al edificio chato, cuadrado, iluminado por luces blancas, de morgue. Pintado sobre la pared un cartel anunciaba Pollos Cresta Dorada. A un lado del acceso de entrada a las oficinas de la administración se alineaba una veintena de bicicletas inmóviles. Saludaron a algunos compañeros que, ya enfundados en el uniforme blanco, con las botas de goma puestas, terminaban sus cigarrillos en la puerta. En el pasillo, de pie al lado de la máquina de fichar, estaba Sosa sonriendo bajo la luz fluorescente que le acentuaba el azul de la barba recién afeitada.
—¿Cómo les baila a las chichis? —dijo haciéndose el gracioso.
Mariana y Laura le respondieron con un seco qué hacés, Sosa; buscaron sus tarjetas en la pared y las metieron en la ranura de la máquina.

–Por un pelito no me llegan tarde –dijo Sosa consultando su reloj. –Así me gusta. No sea que después pierdan el presentismo. Las chicas, sin mirarlo, devolvieron las tarjetas a su sitio y caminaron pasillo arriba rumbo a los vestidores.

–Este es un pajero marca cañón –dijo Mariana. –Me dan unas ganas de cagarlo a bollos...

–Dejalo. No le des bola. A estos tipos lo que más bronca les da es que los ignores.

En el vestuario, se desnudaron y se pusieron los uniformes blancos. Colgaron la ropa de calle y la guardaron cada una en su respectivo casillero junto a los zapatos. Después se sentaron en un banco largo para ponerse las botas de goma, también blancas. Por último se ajustaron los gorros de tela, metiendo adentro hasta el último mechón de cabello.

–¿Da para que nos fumemos un pucho a medias? –dijo Mariana.

Laura miró el reloj.

–No, mejor vamos. Ya estamos en hora.

–Puta madre.

–Oíme, ¿y vos por qué seguiste de largo? –le preguntó a Mariana. –¿El Néstor no se iba a Mendoza el viernes?

–Ajá.

–¿Y se fue?

–Sip.

–¿Entonces?

–Es la hora de abrir pollitos, mami. Después te cuento.

El turno en el frigorífico es de tres de la mañana a doce del mediodía. A las ocho, los empleados tienen media hora para tomar un café y comer algo. Laura y Mariana salieron a la explanada de cemento con vasitos de papel humeantes en la mano. El día seguía nublado y ventoso.

Se sentaron sobre un murito largo donde otros empleados también bebían café o tomaban mate y fumaban.

—¿Entonces? ¿Con quién estabas anoche, turra?
—Me fui a tomar algo con el Chilo.
—¿Con el Chilo? ¿Y la novia? Si la Colorada no lo deja ni a sol ni a sombra...
—Parece que se tomaron un tiempo. No sé... Uy, pará, callate que ahí vienen las Trillizas.

Las Trillizas trabajan en el peladero, donde recién comienza el proceso: los pollos les llegan sin cabeza y llenos de plumas, todavía calentitos. No son hermanas ni parecidas, pero como siempre andan las tres juntas les pusieron las Trillizas. Una, la que lleva la voz cantante, es muy alta. Las otras dos, petisas, siempre van una a cada lado de la Alta, flanqueándola.

—Qué tole –tole se armó ayer, eh... –dijo la Alta.
—¿Por qué? ¿Qué pasó? –preguntó Laura.
—Boluda, justo iba a contarte –dijo Mariana.
—Flor de quilombo –dijo la Alta. –Pensé que terminábamos en cana.

Las petisas se rieron.
—Pero cuenten, che. ¿Qué pasó? –insistió Laura.
—Contale vos porque yo me acuerdo y me empiezo a mear de la risa –dijo Mariana.

Las Trillizas también se rieron.
—Denle, boludas, que en un toque tenemos que volver adentro.
—Se armó lío con las nenas del "Defen" de Bovril.
—No digan. ¿Las Rusitas?
—Sí. Resulta que las gringas taradas estas se vinieron todas vestidas iguales, de shorcito y remerita ajustada, tipo Las Diablitas, ¿me cazás?, pero con treinta kilos más cada una. Todas de verde. Se habían inventado cantitos y todo. Un cago de risa.
—¿Y se metieron en la cancha?
—No. Intentaron antes de que empiece el partido, pero el réferi las sacó carpiendo. No. Bardeaban de afuera, con los cantitos bola esos que no pegaban ni con moco. El partido empezó para

atrás y fue todo el tiempo para atrás. Un bodrio. Y las boludas estas meta canto, levantando los brazos, meneando el culo y toda la gilada esa. Cuestión que nosotras estábamos en los tablones de enfrente. Estábamos nosotras tres, la Mariana, Anita, la Negra que cayó con dos vagas más que siempre andan con los de Patronato, no sé qué hacían ahí, venían de un asado, algo así, no entendí bien. La cosa es que estaban con nuestra barrita. Ahí, todas alentando, que esto, que aquello, poniéndole el hombro. A los veinte minutos ya estábamos re-podridas. No daba ni para putearlos. Parecían del regreso de los muertos vivos. Menos mal que los rusitos del "Defen" estaban igual, porque nos llegaban a meter un gol y ahí entraba yo misma en persona a cagarlos a patadas en el ojete. Cuestión que estábamos todas con la cara larga. Y enfrente las Rusitas que "dame la D, te doy la E, y te pido la F" y la concha de su madre.

La Alta detuvo el relato para reírse a coro con Mariana y las petisas y encender un cigarrillo.

Una ráfaga de viento arrastró varios vasitos vacíos.

—Me parece que se va a largar en cualquier momento —dijo Mariana mirando el cielo.

—En la radio dijeron que a mediodía —dijo Sosa que andaba merodeando entre los grupos de empleados queriendo meterse en alguna conversación. —No me van a decir que le tienen miedo a un chaparrón.

Ninguna le contestó.

—¿Y? ¿Cómo se preparan para el miércoles?

—¿El miércoles? ¿Qué pasa con el miércoles? —dijo la Alta.

—¿Cómo que pasa? Jugamos contra los de Sagemuller.

—¿Eh? —dijeron las petisas a dúo.

—¿Quiénes "jugamos"? —preguntó la Alta burlona.

—Cómo quiénes. Nosotros. Cresta Dorada contra Molinos Sagemuller.

—Ah, bueh... —resopló Laura.

—Me imagino que van a ir a apoyarnos.

—¿Y nosotras qué tenemos que ver?
—Cómo qué tienen que ver. ¿No se van a todos lados atrás de la Unión ustedes?
—La Unión es nuestro equipo del alma, querido —boqueó la Alta olvidándose que Sosa, ahora, era un superior.
—Y nosotros somos el equipo del frigorífico. Y hasta donde sé todavía trabajan acá. Mirá vos —le respondió Sosa medio mosqueado.
—¿Y desde cuándo el peladero tiene equipo? —preguntó Mariana.
—Desde que yo soy el supervisor —dijo Sosa. —Es para promover la camaradería entre los empleados.
—Y a eso ¿dónde te lo enseñaron? ¿En el Walt Mart? —deslizó Laura con ironía.

Antes de entrar en Cresta Dorada, Sosa había trabajado en el supermercado y siempre que podía traía a colación, ensalzándolas, las técnicas de mercadeo y adiestramiento del personal de las multinacionales yanquis.

—Con tal que a las mujeres no nos pongan a jugar al vóley —dijo la Alta apagando la colilla con un pisotón. —En el primer salto me quedo seca.
—Tendrías que dejar de pitar un poco —dijo Sosa.
La Alta lo miró como para comérselo crudo, pero no dijo nada.
—Bueno, muñecas. Adentro que se terminó el recreo —ordenó el supervisor.
—Pará, Sosa. Me estaba contando algo —se quejó Laura.
—A los chismes los dejan para cuando se juntan a tomar mate, chicas. Acá hay que trabajar. Después al que le tiran la oreja es a mí.
—Un cachito más, Sosa. Si vos no hubieses venido a interrumpir ya hubiésemos terminado.
—No vine a interrumpir. Vine a ponerlas al tanto. Si no fuese por mí, se pierden el partido. Ustedes también son parte del

equipo, che. Después hablen con las chicas de la administración que están preparando algo para el miércoles.

Las cinco se miraron: no se podían ni ver con las que trabajaban en las oficinas.

—Sí, sí —dijo Laura. —No te preocupés. Pero bancanos un ratito más.

—Está bien —suspiró Sosa. —Vamos a hacer de cuenta que mi reloj está atrasado cinco minutos. Por esta única vez. Para que después no anden hablando por atrás y diciendo que soy un buchón. Para que vean que, aunque me ascendieron, sigo siendo uno de ustedes.

Sosa se fue a arriar a otro grupo y la Alta terminó su relato.

Las Rusitas son las esposas, novias y hermanas de los Defensores de Bovril, un equipo de la Liga Rural que dos por tres se enfrenta con Unión de Paraná, el cuadro que siguen las chicas.

No hay rivalidad entre los equipos, pero sí entre la hinchada femenina que se tiene pica desde hace rato. Las seguidoras del Defensores se sienten ninguneadas por las de la Unión, menospreciadas por ser del campo y protestantes, y tienen terror de que alguno de sus muchachos se meta con una de Paraná, por eso los acompañan a todas partes y siempre están a la defensiva.

Ese domingo, como contaba la Alta, se vinieron preparadas con sus atuendos verdes —el color del equipo—, medias bucaneras, cánticos y coreografía. Dispuestas a lucirse. De habérselo permitido, habrían entrado a la cancha a animar a su "Defen" querido antes del partido y así dejarles bien clarito a las paranaenses que los botines de Bovril tienen quien los lustre. Sofocada su primera ofensiva, no se desanimaron. Si sus muchachos dejaban todo en la cancha, ellas iban a dejar todo del tejido para afuera. La premisa era no parar de animar ni un minuto. Algunas tendrán cierto sobrepeso, como dijo la Alta, pero todas están acostumbradas al trabajo duro del campo y tienen aguante para rato.

Las chicas de la Unión estaban malhumoradas por el desarrollo del partido y encima les daba todo el sol en la tribuna, en una tarde bastante calurosa. Pero, si no hubiese aparecido la Shakira, seguramente la cosa no habría pasado de una andanada de insultos de tribuna local a visitante y algún empujón en el baño de mujeres.

La Shakira es una travesti afamada de avenida Ramírez, en la zona de la Terminal. Pero antes de transformarse en "la Shakira" jugó en las inferiores de la Unión y a la albiceleste la lleva metida en el pecho. Siempre dice que su amor por el fútbol empezó en la cancha y siguió en los vestuarios. En el club todos la quieren. Las malas lenguas dicen que de vez en cuando les anima las fiestas a los jugadores, pero si alguien se atreve a mencionarlo la Shaki se enfurece: vos qué te pensás, que los de la Unión son bufarrones, es la respuesta más suave que le merece un comentario de este tipo.

La cuestión es que ese domingo la Shakira entró haciendo crujir el tablón con sus tacos aguja. No tenía un buen día. Andaba de amores con un médico del Centro y el hombre la tenía a las vueltas, mareándola con promesas falsas. Esa madrugada habían terminado a las puteadas. Y la Shaki vino a la cancha a descargarse.

Preguntó cómo iba el partido. Recontra para atrás, le dijeron, y encima nos tenemos que aguantar a las conchudas estas haciéndose las porristas.

Los ojos de la Shaki, impenetrables detrás de los lentes negros, encontraron rápidamente el objetivo.

—¿Qué pasó? ¿Se incendia el monte que salieron todas las cotorras? —dijo. —Ya les voy a dar a estas venir a hacerse Las Diablitas acá.

Apenas empezado el entretiempo, se paró, se acomodó la pollerita de jean que se le había arremangado y puso las manos en las caderas.

—Síganme las buenas —dijo y volvió a hacer crujir los tablones de la tribuna, bajando sin mirar dónde pisaba como las vedettes del teatro de revistas.

Las otras se miraron. No sabían qué planeaba la Shaki, pero estaban dispuestas a acompañarla hasta el final. Pasaron atrás del arco y se ubicaron, disimuladamente, en el lado visitante. Las Rusitas seguían en la suya, cantando y bailando, dispuestas a no parar, pasara lo que pasara. Dos o tres se habían salido de la fila y tomaban agua de unas cantimploras y elongaban preparándose para volver a entrar cuando la coreografía lo permitiera.

Comenzó el segundo tiempo. La Shaki, sin aviso previo, saltó como un gato sobre el tejido, metió la punta de sus botas entre la malla de alambre y los dedos de largas uñas rojas y trepó un trecho. Frotándose contra el tejido fue levantándose la musculosa hasta que las tetas le quedaron al aire. Prendida del alambrado empezó a moverse para atrás y para adelante y con un grito digno del gol que nunca hubo en ese partido aulló: Boooooovriiiiiil, haceme un hijooooo.

Por unos segundos todo pareció congelarse. Las Rusitas siguieron cantando y bailando, tratando de no perder el ritmo, pero todas miraban azoradas a la Shakira que seguía meneándose en las alturas. El suyo fue un alarido de guerra. Pasado el momento de sorpresa, el resto de las chicas de la Unión se tiraron contra el tejido y empezaron a escalar y la consigna: Bovril, haceme un hijo, fue creciendo, violenta como una ola, tapando los versos con ritmos de Ricky Martin y la Shakira colombiana que las Rusitas coreaban a grito pelado, ya sin preocuparse en mantener los tonos, intentando vanamente acallar ese otro, obsceno y diabólico, dirigido a sus maridos, novios y hermanos.

Cuando vieron que con las canciones no iban a ninguna parte, largaron los carteles y las porras y se fueron contra las de la Unión a desengancharlas del tejido de los pelos. Terminaron todas revolcándose en el piso: Anita, las Trillizas, la Negra y sus amigas de Patronato, todas contra las Rusitas. Menos Mariana que se demoró en el baño y llegó cuando la batalla había comenzado. Y la Shakira, que tenía por regla no pegarle nunca a una mujer y se bajó sola del tejido y fue a la tribuna a fumarse un porro y ver el espectáculo junto con los hombres que no se decidían a separarlas.

Laura y la Alta se separaron a las carcajadas en el pasillo y volvió cada una a su trabajo: todavía les faltaba completar la mitad del turno.

Mariana y Laura están en la parte de evisceración, una de la etapas finales del proceso de faenamiento: el pollo se desliza por la cinta, pelado y con un corte vertical en la pechuga, ellas meten la mano, sacan las achuras, desechan lo que no sirve, separan los menudos, los meten en pequeñas bolsitas y otra vez al interior del pollo. Para esta tarea son más eficientes las mujeres pues sus manos pequeñas pueden introducirse rápidamente en el tajo. Aunque usan guantes, la blandura tibia de las vísceras traspasa el látex finito y por más que llevan varios años haciendo lo mismo, no pueden evitar retraerse de asco cada mañana cuando meten la mano por primera vez. Después se acostumbran y al tercer o cuarto pollo las yemas de los dedos pierden toda sensibilidad y actúan como ganchos mecánicos.

Laura estuvo el resto del turno riéndose sola con el relato de la Alta.

Al mediodía volvieron al vestuario, se ducharon y se rociaron un tubo entero de desodorante en todo el cuerpo. Por más que se fregaran y se perfumaran, el olor a pollo las seguía como un perro.

Volvieron a ponerse sus "ropas humanas", como decía Laura; pasaron por la máquina de fichar y salieron.

—Estoy molida, boluda —dijo Mariana.

En la parada de colectivos prendieron un cigarrillo. El día seguía encapotado, húmedo y ventoso, típico de la primavera en Paraná.

–Así que se fueron a tomar algo con el Chilo.
–Ajá. Parece que se va.
–¿El Chilo? ¿Adónde?
–A Buenos Aires. Hay una punta para que se pruebe en un club de la provincia. En Lanús.
–Mirá vos. ¿Y se va nomás?
–Y sí… tiene que aprovechar, no le queda mucho tiempo. Tiene parientes allá. Un tío que tiene un lavadero. Al principio va a laburar con él. Por eso se peleó con la Colorada.
–Sabés que nunca entendí, Marian.
–¿Qué cosa?
–El Chilo y vos. Desde los doce años que van y vienen. Cada uno ha tenido novio y novia y siempre viéndose. El Néstor es muy bueno, pero…
–¿Pero qué, che? Yo al Néstor lo quiero.
–Pero del Chilo siempre estuviste enamorada.
–Y bueno, Lauri, a veces las cosas se dan así y hay que tomarlas como vienen. Qué querés que te diga.
–¿Por qué nunca se jugaron por lo que sienten?

Mariana aspiró la última pitada y tiró la colilla de un tincazo. Los ojos le brillaban.

–Ahí viene, Lauri.

El colectivo frenó y subieron. Venía repleto. Se tomaron del pasamanos, en silencio. De repente, Mariana dijo:

–Bovril, haceme un hijo. Qué loca esta Shakira.

Las dos se rieron.

ENTREVISTA CON SELVA ALMADA

1. ¿Qué papel tuvo el fútbol en tu juventud?
Mi padre, de joven, era futbolista y siempre fue un fanático del fútbol. Cuando dejó de jugar, siguió como entrenador de la liga infantil y como preparador físico de las ligas mayores. Así que no había fin de semana y hasta entre semana que mi padre no tuviera alguna actividad relacionada con el fútbol. Actividades que lo alejaban de la casa y la familia, de las fiestas de cumpleaños de sus hijos (que siempre se hacían los domingos), de los actos y reuniones escolares. Así que no tengo buenos recuerdos del fútbol: durante toda mi infancia fue eso que me robaba a mi padre. Aunque, buscando, tengo algunos recuerdos luminosos como ir a ver los partidos nocturnos, en el verano, con mis tías y mi madre, el campo de fútbol iluminado y alrededor, los baldíos que rodeaban la cancha, a oscuras, con el cielo lleno de estrellas.

2. ¿Sos hincha de algún equipo?
No. A veces digo que de Rosario Central, pero la verdad es que no tengo ni idea de quiénes juegan.

3. ¿Es preferible para vos como hincha un buen resultado o un buen partido?
No puedo responder porque no soy hincha de fútbol. Pero me imagino que un buen partido debe ser mejor que un buen resultado.

4. ¿Qué te motiva a escribir ficción que tiene lugar en un contexto de provincias?
Soy provinciana. El universo que más conozco es el del interior del país: sus paisajes, su forma de hablar, sus personajes, todo me resulta narrativamente más potente que lo urbano.

5. ¿Cuáles son las intersecciones entre la política y el fútbol en Argentina?
No estoy al tanto. Pero si nos vamos un poco atrás en la historia, no hay que olvidar que un mundial de fútbol se hizo en este país para lavarle la cara a una dictadura atroz y que todos nos hicimos los distraídos en ese momento.

6. ¿Ves alguna conexión entre el proceso de creación y la manera en que uno juega o la manera de ser hincha?
No, pero por lo que ya dije: no me gusta el fútbol, no lo entiendo, no me interesa en lo más mínimo.

7. ¿Hay algún autor de ficción de fútbol que ha influenciado este cuento?
No.

8. ¿Qué papel ocupa la ficción futbolera dentro de la literatura de tu país?
Hay algunos buenos escritores como Eduardo Sacheri, Osvaldo Soriano y Fontanarrosa en cuyas obras el fútbol ocupa un lugar importante. Sobre todo Fontanarrosa, su influencia es tan poderosa que la mayoría de cuentos de fútbol que he leído intentan imitarlo y fracasan, por supuesto.

9. ¿Hay una identidad o un estilo que se asocia con el fútbol argentino?
No comprendo la pregunta.

10. ¿Qué significa para la región tener otro Mundial en el continente en 2014?
No sé. Supongo que para Brasil económicamente será provechoso.

11. ¿Crees que la selección argentina tiene esperanzas?
Ni idea.

BOLIVIA
EDMUNDO PAZ SOLDÁN

Edmundo Paz Soldán nació en Cochabamba, Bolivia, en 1967. Es autor de nueve novelas, entre ellas *Río Fugitivo* (Alfaguara, 1998), *La materia del deseo* (Alfaguara, 2001), *Sueños digitales* (Alfaguara, 2001), *El delirio de Turing* (Santillana, 2004), *Palacio Quemado* (Alfaguara, 2006), *Los vivos y los muertos* (Alfaguara, 2009), *Norte* (Mondadori, 2011) e *Iris* (Alfaguara, 2014); de los libros de cuentos *Las máscaras de la nada* (Los Amigos del Libro, 1990), *Desapariciones* (Ediciones Centro Simón I Patiño, 1994), *Amores imperfectos* (Santillana, 1998), *Simulacros* (Santillana, 1999) y *Billie Ruth* (Páginas de Espuma, 2013), y del libro de crónicas *Sam no es mi tío: Veinticuatro crónicas migrantes y un sueño americano* (Alfaguara, 2012). Ha coeditado los libros *Se habla español* (Alfaguara, 2000) y *Bolaño salvaje* (Candaya, 2008). Sus obras han sido traducidas a ocho idiomas, y ha recibido numerosos premios, entre los que destaca el Juan Rulfo de cuento (1997) y el Nacional de Novela en Bolivia (2002). Ha recibido una beca de la fundación Guggenheim (2006). Es profesor de Literatura Latinoamericana en la Universidad de Cornell, Estados Unidos. Partidario del Wilster en Bolivia, de Boca en Argentina, de la Juventus en Italia y del Real Madrid en España. "Como la vida misma" apareció por primera vez en *Billie Ruth* (Páginas de Espuma, 2013).

COMO LA VIDA MISMA

Ya sé que Usted, como todos los periodistas, quiere saber qué fue exactamente lo que ocurrió. Reconstruir los hechos y ver si eso arroja una verdad. Hay muchos testigos y no le será difícil armar un relato coherente. El problema, supongo, será lograr que los hechos hablen. Porque si bien en principio todo esto tiene una fácil explicación, o más de una, en el fondo verá que hay algo inexplicable, incapaz de ser atrapado por el sentido. Como la vida misma, por cierto.

Soy el cuidador de las canchas del estadio. No me pagan mucho y me hacen correr un montón, Elizardo por aquí, Elizardo por allá, pero heredé este trabajo de mi tata, Dios lo tenga en su santa gloria, y aquí me he de morir. Todos los días, por la mañanita, recibo una planilla con la lista de quiénes utilizarán las canchas auxiliares. Hay campeonatos de todo tipo, ligas intercolegiales, torneos fabriles, interbancarios, no aficionados A, prácticas de los equipos de primera, de segunda, un largo etcétera. ¿Fuma?

El partido del sábado es una tradición bien larga pues... Cuándo habrá comenzado, no lo sé. ¿Una latita más? Después la paramos... Está abierto a todos los ex futbolistas profesionales. Yo vengo desde hace tres años... Como muchos, con mi familia. Mi mujer, los hijos. Una especie de reunión de camaradería. Alguno trae sándwiches de chola, otro refrescos... Se acercan las anticucheras, aparecen los heladeros y los dulceros, y muchos espectadores, un clima de partido de verdad. Cruzamos apuestas, billetes, a veces la cuenta de la comida después del partido.

Elizardo. Elizardo Pérez. ¿Ya se lo dije? Hay tantos partidos y canchas, a veces se producen confusiones. Así que no sólo cuido las canchas sino que me encargo de aclarar las confusiones, mandar a estos a la cancha de por allá, a los otros a la de más acá. A veces vienen coladores, tipos que no han alquilado cancha y quieren jugar un amistoso, y los tengo que sacar. A veces no me hacen caso. Estoy solo pues, no tengo ayuda de las fuerzas del orden, ¿qué puedo hacer? Veo uno que otro partido, pero minutos nomás, todo un correteo es pues.

Vienen jugadores que estuvieron en la selección nacional, como Cordero, famoso porque una vez le metió un golazo a Brasil en el Maracaná... Viene en su BMW, le ha ido bien, colgó los cachos y abrió una escuela de fútbol y ahora tiene como seis tiendas de ropa deportiva en todo el país. Es de los pocos, la mayoría siempre anda peleándola, con deudas, problemas... El Croata, por ejemplo, un mujeriego y bien dado a los alcoholes es, cualquier rato le rematan la casa. Qué gran arquero que era, una araña. ¿Lo vio atajar en el Wilster? Seguro que sí. Dígame, ¿ha visto algo más triste que un ex futbolista? Usted debe andar por los treinta y cinco, si no me equivoco. Treinta y cuatro, qué le dije. Y está recién comenzando a ser conocido... Nosotros, a esa edad, estamos jubilándonos. Y tenemos media vida por delante para vivir de recuerdos. A veces me sorprendo cabeceando al aire, como si estuviera en medio de un partido. Otras noches tengo insomnio cuando revivo una mala jugada mía que ocasionó un penal, y trato de construir una historia paralela en la que mi pase retrasado a un compañero de defensa llega a destino. Es duro. Friecita, como me gusta, ya se abrió la tripa, agarrate Catalina que vamos a galopear... Ahora, nada de eso justifica lo que ocurrió el sábado. Así que no se confunda y no crea que estoy tratando de buscar excusas para Portales.

Lo que jamás me pierdo es el partido de los sábados de los de la mutual. Juegan en la mejor de las canchas que tenemos, la grama bien cuidada, las rayas marcadas. Ahí sí, me pueden estar llamando porque se armó una bronca en el otro costado, no me muevo ni a palos. Un lujo, ver en acción a las viejas glorias del fútbol nacional. Ya están viejitos, no corren mucho, una barriga que da miedo, pero igual, el que sabe, sabe y punto. Cómo tratan a la pelota, con qué elegancia. Son eufóricos, se toman su fútbol bien en serio, cualquiera diría que están jugando la final de un campeonato profesional. Es que el fútbol es nomás una gran pasión. Aun así, jamás hubiera pensado que llegaría a ser testigo de lo que presencié el anterior sábado. De sólo acordarme me da escalofríos.

A Gerardo Portales lo conocemos como Gery. Gran delantero, oiga, tan grandote, lo mirás y decís un tanque cualquiera, y sin embargo un nueve de esos con una gambeta loca y un oportunismo que ni Tucho. Jugué con él tres años. Tipango además, siempre un chiste, una sonrisa, una travesura en los camarines. Decite que una vez ocultó los cachos de todos los defensores antes de un partido clave contra el Bolívar. Mantuvo la joda hasta el final, por poco se tuvo que suspender el encuentro. Lástima que se rompió los ligamentos de la rodilla derecha en la plenitud. Pudo volver a jugar, pero ya no fue el mismo. No pisaba bien, las peores lesiones son las de la rodilla. Además la sicológica, tenía miedo y no le entraba con fuerza a la pelota. Una sombra del que fue. Una pena, se retiró del profesionalismo antes de los treinta.

En la mutual volvió a ser un astro, goleador todos los años, siempre en buen estado físico y oliendo a Ben-Gay. Claro, con todos jugando en cámara lenta, no se nota tanto su problema. Le decimos cosas de mal gusto, lo llamamos diciéndole "ven, gay, ven, gay", y él nunca se ha molestado. Es de los que con más ansias espera el partido de los sábados. Siempre llega con su mujer y sus dos hijos. Los chicos son de siete y cinco, y creo que a él le apenaba que no lo hubieran visto jugar en sus momentos de gloria. Así que el partido de los sábados es un premio consuelo.

Gery llegó con su mujer y sus hijos. Los chiquillos son muy parecidos entre sí, el pelo negro, bien rizado, como su papá. De sonrisas grandes, de ojos abiertos. Eso es lo que más pena me da. Que hayan visto todo. Y no sólo ellos, sino también el hijo de Aldunate, que es un poco más grande, unos once años, y comprende lo que ocurrió. Todos ellos corrieron a ver lo que pasaba. Como todos, por cierto. Si no hubieran estado ellos, podría haber aceptado un poco más lo que pasó. ¿Para qué joder así la vida de unos críos?

Yo sólo vendo anticuchos. Yo no vi nada.

Algunos dicen que es un buen tipo. No me consta. Muy orgulloso, se cree la muerte. Según él, si no hubiera sido por su lesión, habría llegado a la selección nacional, y quién sabe hubiera terminado en el extranjero. Para mí que la lesión le permitió construirse un mito del destinado a cosas mayores al que el azar le jugó una mala pasada. Como para una película de segunda. Yo creo, más bien, que es un chiquito de buena familia, al que no le ha faltado nada nunca, y que por eso le falta temple. No sudaba la camiseta. Los verdaderos grandes han podido volver de lesiones peores. Él se achicó. Pero como somos nomás clasistas, nadie dijo la verdad. Y ahora resulta que el periodismo se compadece de él y trata de justificar lo que hizo. Aldunate viene de una familia humilde y no habrá muchos que lo defiendan. Excepto los hechos mismos.

Ah, Aldunate. Una pulga en la oreja. A mí me caía bien, se paraba a charlar conmigo, me daba una propina. Al verlo tan chiquito y nada menos que de defensor central, uno lo subestimaba.

Pero tenía reflejos admirables, se enfrentaba a los más grandotes y no sé cómo hacía, en el último segundo estiraba la pierna y se quedaba con la pelota. Los delanteros lo odiaban. Si no hubiera sido cuidador habría sido futbolista profesional, y hubiera jugado de defensa central, en el puesto de Aldunate. Parece que le está molestando el humo. Mi mujer siempre se queja de eso, estos cigarrillos muy mal huelen pues.

Gery odiaba jugar contra Aldunate, se ponía de mal humor cuando lo veía llegar. Aldunate no era de los que venía todos los sábados, tenía un taller en el que hacía placas y demás fierros para dentistas, a veces tanto trabajo que no salía todo el fin de semana. La verdad, Aldunate era impasable para Gery, y eso lo tenía mal al pobre. Gery me dijo una vez que Aldunate usaba tácticas sucias, pincharlo con alfileres en los corners, jugarle la sicológica diciéndole que era un hijito de papá que se había inventado la lesión porque le pesaba la camiseta, esas cosas. A mí no me consta, oiga. Claro que eso es normal entre futbolistas, hay tantos que no nos podemos ver en la cancha y después del pitazo final nos vamos a comer una parrillada a una de las churrasquerías cerca del estadio.

Mi papá no es criminal. Mi papá no es un criminal. Mi papá no es criminal. Ha matado a alguien, sí, pero en defensa propia.

Discúlpeme, no puedo hablar. Mi Gery... mi Gery. El sábado por la mañana fuimos al supermercado. Los que hacen cosas así no van al supermercado. Discúlpeme, no diré una sola palabra más. Él hizo eso, y sin embargo fue al supermercado conmigo, así que hay algo aquí que no entiendo.

Ser árbitro no es una vocación. Es un destino. Yo estudiaba filosofía en la facultad en La Paz cuando me di cuenta que lo mío era otra cosa. Alguien debía vestirse de negro y hacer de Dios para las multitudes dominicales. Un Dios que controlara el curso de los acontecimientos en base a aciertos y errores, que fuera querido, insultado, maldecido y ramas afines. Nunca llegué a dirigir un partido en primera, pero esa es otra historia, se la contaré si me lo pide. Dirijo a mucha honra los partidos de la mutual. Lo que ocurrió... lo que ocurrió. Imposible que mis palabras hagan justicia a los hechos. Lamentablemente para usted, y para mí, el lenguaje es insuficiente para dar cuenta de la realidad. Por eso yo prefiero no abrir la boca en la cancha, y dejo que mi silbato hable, y mis tarjetas.

Una semana muy tranquila, ninguna queja, nada de nada, Gery es de los que no levanta la voz, acepta las cosas como vienen, gran carácter. Jamás me mencionó que tenía animadversión al... al... disculpe, no puedo pronunciar su nombre. Pobre su familia. Su esposa, su hijo. ¿Hará frío en las noches? Me han dejado entregarle un par de frazadas, pero dice que el Hilakata se las ha quitado.

Lo único que quiero es justicia. Que lo de mi marido no sea en vano. Que ese hijo de puta se pudra en la cárcel.

Mi hermano vive por y para el fútbol. Desde chiquito fue así. Tiene los videos de todos los mundiales. Videos con lo mejor de Maradona, de Pelé. Compacts con los himnos de Barcelona, de Boca, de Flamengo. Posters de Wilsterman, Oriente, The Strongest. Camisetas que le dieron al final del partido, una de Borja, manchada de sangre, otra de Gastón Taborga, con quien se identifica, porque dice que si no fuera por sus múltiples lesiones Taborga hubiera sido fácil el mejor jugador de la historia del fútbol nacional. Pelotas de partidos históricos, una firmada por Jairzinho. Autógrafos en servilletas, en pañuelos, en entradas al estadio, de Erwin Romero, Baldivieso, el Diablo. Montones de ejemplares de *El Gráfico*. Me pregunto si alguien que es capaz de coleccionar todo eso, de guardarle semejante devoción al fútbol, es el mismo que hizo lo que hizo. Y no lo creo. Yo no estuve allí, no vi lo que ocurrió, de modo que no me lo creo. Hay muchos que dicen que sí, es verdad, no hay vuelta que darle. Quizás se trate de una alucinación colectiva. Quizás mi hermano, bromista como es, fingió darle a Aldunate con el tubo, y Aldunate se tiró al piso y ahí nomás se rompió la cabeza.

Mucho verde. Verde y líneas blancas, y camisetas amarillas y rojas, y shorts negros y azules, y medias blancas y rojas, y cachos negros, sucios, viejos, y banderines rojos, manchas cafés en el fondo, detrás del verde y el blanco, y un azul en realidad medio celeste, y puntos negros sobre nuestras cabezas, y el olor de los anticuchos, y el polvo, y a los bordes de las líneas blancas las cabezas sobre las ropas, sobre las camisas y los pantalones, y el cemento gris de la caseta. Mucho verde.

El equipo de Alfonso Aldunate ganaba uno a cero al final del primer tiempo, gol de Alvarenga, tiro libre al rincón donde duermen las arañas. Un par de empujones entre Portales y Aldunate, cobrados por el árbitro a favor de Portales y sigue el juego, la redonda va y viene, quién iba a pensar que la sangre llegaría al río. El segundo tiempo, Aldunate le entra fuerte a Portales, intercambio de insultos, el árbitro los separa y le muestra el cartón amarillo a Portales. Dos a cero, cambio de frente espectacular de Cordero para el Cholo Marzana, este que le gana a su defensa y se mete al área y encara y le cuelga la esférica al Croata. Espectacular. Viejos y todo, aquí deberían venir los profesionales a aprender. Faltan veinte minutos para el final. Gran jugada de Portales, un túnel a Aldunate y se le va, está a punto de pisar el área grande cuando Aldunate lo tira al piso. Último hombre, yo diría que roja sin contemplaciones. El sepulturero camina más que corre, está un poco gordo el pobre. De pronto, Portales se levanta y comienza a agarrarlo a patadas a Aldunate. Nos metemos a separarlos. El sepulturero expulsa a Portales y amarilla para Aldunate. Una equivocación, debía haber expulsado a los dos.

Digamos que no soy su médico de cabecera, pero sí, he tenido acceso al historial del señor Portales. Yo lo operé de la rodilla. El ligamento anterior cruzado, una operación común. Tenía principio de artritis, los huesos y los cartílagos estaban en muy mala condición, vale decir que él se lesionó hace mucho, digamos en colegio, pero no lo operaron, y él creyó que no era para tanto y siguió jugando. Después de la operación le receté unas pastillas para controlar la inflamación de la rodilla. Hace unos meses le di pastillas para dormir, nada fuerte. Tenía insomnio pero no me dijo los motivos, y digamos que yo no pregunté. He leído el historial, nada fuera de lo normal, si me permite decirlo. Sé de esas teorías de que los criminales nacen, y esas otras de que se hacen, que su medio ambiente, que un golpe en la cabeza de chiquito, bla bla bla. Digamos que en el historial médico del señor Portales no hay nada de eso. Que yo sepa, al menos. Quizás sus vecinos, sus familiares, le puedan informar mejor que yo. Digamos.

Gery salió de la cancha por donde estaba el arco rival... No hubiera pasado nada, pero se dio la vuelta y se encontró con la sonrisa de Aldunate. Una sonrisa que le decía, te volví a joder. Y quizás no hubiera pasado nada de no ser porque tirado en el pasto, al lado del arco, había un tubo de metal... El cuidador es un viejito, se ocupa bien de las canchas pero todo el espacio adyacente a las canchas es una porquería, un basural. Para mí que ahí el cuidador tuvo la culpa. ¿Otra latita? Gery vio el tubo y perdió el control... Yo creo que ni siquiera tuvo tiempo de pensar nada. Alzó el tubo y entró corriendo a la cancha detrás de Aldunate, que le daba la espalda. Todos reaccionamos tarde. Incluso los que vimos lo que iba a pasar, no nos la creímos... Yo creo que el primer golpe fue suficiente, directo a la nuca, si no lo mataba por lo menos lo hubiera dejado paralítico. Aldunate cayó al gramado y antes de que alguien detuviera a Gery ya había recibido unos seis o siete golpes... Había sangre por todas partes.

Mi hijo tuvo una infancia muy linda. Todo a su disposición, creció en un hogar sano. Su papá y yo jamás nos peleamos, claro que después el infeliz me dejó de la noche a la mañana, pero a esas alturas Gery ya estaba grandecito y jugando en primera. Amigos de las mejores familias, buen chico, un estudiante no de los mejores, pero bueno. Una que otra pelea en el colegio, ya sabe cómo son los jóvenes. ¿Está usted insinuando...? Lo siento, ya no hablaré más con usted. ¿Cómo se atreve?

Alfonso tenía en su casa fotos enmarcadas de su carrera de futbolista. No muchas, decía que quería evitar las trampas de la nostalgia. Idolatraba a Beckembauer, a Passarella, esos defensores de temple capaces de poner a un equipo a los hombros. A veces le hubiera gustado ser un poco más alto, pero se decía que si con su tamaño Maradona había llegado tan lejos, no había que hablar más del tema. No leía mucho los suplementos deportivos de los periódicos, ni las revistas, ni le gustaba ver los programas deportivos en la tele. Decía que endiosaban a los delanteros y se olvidaban de los arqueros y de los defensores. "El mundo parece ser de los que atacan", le escuché decir más de una vez, "y a nosotros que nos coma el gato". En los últimos años le había dado por el tenis, y practicaba todos los días de siete a ocho de la mañana. No quería que su hijo fuera futbolista. Quería que fuera dentista.

Seré futbolista. También seré dentista.

Todo ocurrió a cinco metros de donde yo estaba. Le mentiría si le dijera que me di cuenta de lo que ocurrió. Miré al suelo un segundo, me desconcentré, me llegó a los ojos el resplandor del sol en esa típica tarde cochabambina, tan linda y calurosa, el cielo despejado. Fue como si hubiera pestañeado, y al terminar de hacerlo un tipo que no conocía agarraba a palazos a otro tipo que yo no conocía. Creo que nunca tendré una oportunidad semejante de ver de cerca cómo mata y cómo muere un ser humano. Y me la perdí. ¿Patético, no?

Mucho verde. Y luego rojo, mucho rojo.

Malagradecidos. Tanto les he cuidado la cancha, la he regado y he hecho cortar el pasto y rellenar baches y pintar los postes y conseguir nuevos banderines para las esquinas del corner, y son capaces de decir que yo tuve en algo la culpa, por haber dejado ese tubo detrás del arco. Dígame, ¿es culpable el que deja un revólver sobre una mesa, o el que usa el revólver? Estamos hablando de gente civilizada, que ha salido en los periódicos, ha dado mil entrevistas y ha firmado muchos autógrafos, tiene familia y viene a divertirse unas horas un sábado por la tarde. ¿Se imagina usted un hecho de sangre en ese escenario? Así que conmigo no se metan.

No insista. Ya le dije, el lenguaje, la realidad. Mi silbato, las tarjetas.

Portales estaba fuera de sí, oiga. Tan robusto, entre tres lo tuvimos que sujetar. Alguien llamó desde su celu a la policía. Había muchos espectadores, y la noticia cundió por las demás canchas auxiliares. Al rato, toda la cancha estaba lleninga de curiosos. ¿Podremos volver a jugar los sábados? Ahí mismo, seguro que no.

Claro, es un hecho extremo, pero quién sabe, quizás permitirá que la gente comprenda un poco más lo que nos toca... El parpadeo de la gloria, del vivir en olor de multitudes, de ser tapa de suplementos deportivos, ídolo de jóvenes y ancianos, y luego el turbio revés, el lento olvido, la pausada agonía... Por cierto, no estoy sugiriendo que esto no hubiera ocurrido en un partido del campeonato interbancario. Pero bueno, ocurrió aquí, y hay que tratar de entenderlo aquí.

Portales no ha hecho declaraciones. No nos ha explicado qué pasó por su cabeza en esos segundos previos al estallido. La semana previa al estallido. Los años previos. Qué frustraciones, odios o rencores se fueron acumulando en su interior, sin que ni siquiera él se haya dado cuenta. O quizás se dio cuenta y pensó que no era para tanto, ni siquiera para contárselo a su mujer o sus amigos. Hizo trizas un cuadro, y nos dejó a nosotros para que tratemos de reconstruirlo. Quizás él sepa cómo hacerlo, pero lo más probable es que no.

Todos corrieron a la cancha. Yo vi todo desde lejos, sentí que era tarde para hacer cualquier cosa, y fui el único que corrió hacia donde estaban la mujer y los hijos de Gery. Marina me preguntó qué había ocurrido. "Lo peor", dije. "Papá parece que mató a alguien", dijo el mayor de los chiquillos, Gery Junior. "¿Será que sigue el partido?", preguntó el menor, Eduardito. La mujer y el hijo de Aldunate estaban cerca. A la mujer le dio un ataque de llanto. Fue corriendo a la escena del crimen. El hijo no se movió, quizás estaba shockeado por lo que acababa de ver. Yo creo que la procesión iba por dentro. Supongo. Es un chico raro, muy callado, observa todo y jamás participa.

Mi papá está muerto. Lo vi todo. No me pida que se lo cuente. Lo que vi, no lo vi yo, lo vio alguien que está dentro de mí y que me conoce bien aunque prefiere mantenerse escondido. Yo seguiré viviendo, iré la próxima semana a la escuela, volveré a jugar con mis amigos, a soñar con ser futbolista profesional. Ese alguien se acordará por mí de todo lo ocurrido y algún día tratará de vengarse. Todavía no sabe cómo. Ya lo sabrá.

Podré entender todo, menos un hecho así en presencia de los hijos. Portales debió decir, mis hijos y su hijo están aquí, mejor espero a que estemos solos. Eso es imperdonable. Me sueño con ellos mirando desde el borde de la cancha lo que hacen sus mayores. Mejor, lo que uno hace, lo que el otro recibe.

¿Llegó a alguna conclusión?

ENTREVISTA CON EDMUNDO PAZ SOLDÁN

1. ¿Qué papel tuvo el fútbol en tu juventud?
Fue muy importante. Yo jugaba mucho, tanto en el colegio como en las divisiones inferiores de varios equipos en Cochabamba. Lamentablemente, nunca tuve la disciplina, el rigor necesarios para entrenarme todos los días, y a medida que pasaban los años otras cosas me distrajeron. De todos modos, gracias a una beca de fútbol completa de la Universidad de Alabama en Huntsville, pude llegar a los Estados Unidos y hacer un B.A. en Ciencias Políticas. Jugué tres años por la U. de Alabama.

2. ¿Le vas a algún equipo?
A muchos. En Bolivia, al Wilster. En Argentina, a Boca. En Italia, a la Juventus. En España, al Real Madrid.

3. ¿Es preferible para ti como hincha un buen resultado o un buen partido?
Si no soy hincha, un buen partido. Si lo soy, un buen resultado.

4. ¿Qué te motiva a escribir ficción que tiene lugar dentro de un contexto boliviano?
Es el territorio que creo conocer más, en el que me siento más cómodo.

5. ¿Cuáles son las intersecciones entre la política y el fútbol en Bolivia?
Evo Morales, el presidente, es un apasionado del fútbol. Ha tratado de intervenir en la forma en que se maneja el fútbol boliviano, influyendo en la designación de Azkagorta como técnico de la selección, aunque creo que su peso podría ser más importante si decidiera que el Estado invierta más en la formación de jugadores.

6. ¿Ves alguna conexión entre el proceso de creación y la manera en que uno juega o la manera de ser hincha?
Para mí el fútbol es arte. Combinación de fuerza con precisión estética. En eso es más cercano a ciertas novelas que al cuento.

7. ¿Hay algún autor de ficción de fútbol que ha influenciado este cuento?
Ninguno en específico, pero sí he robado fragmentos de entrevistas a exfutbolistas. Siempre he pensado que ser exfutbolista es un gran drama que merece más literatura. Yo no sé qué haría si me dijeran que debo dejar de practicar aquello que me gusta más a los 35 años. Queda toda una vida todavía, para ahogarse en los recuerdos. Me parece que hay algo trágico ahí.

8. ¿Qué papel ocupa la ficción futbolera dentro de la literatura de tu país?
Es menos importante de lo que debería ser. Nos falta un Fontanarrosa. Hay antologías de cuentos dedicadas a equipos particulares, como el The Strongest, que cuenta con una hinchada fiel, pero eso no se traslada a una gran obra narrativa.

9. ¿Hay una identidad o un estilo que se asocia con el fútbol boliviano?
Somos más de toque que de fuerza bruta. En los 90 estábamos asociados a los éxitos de la Tahuichi, una academia de fútbol de Santa Cruz que ganó muchos campeonatos internacionales y formó a la generación del 94, que nos llevó a nuestro último mundial.

10. ¿Qué significa para la región tener otro Mundial en el continente en 2014?
Será una fiesta, aparte de todo lo que significa para la economía de un país. Las críticas que ha despertado el mundial en Brasil deben asumirse, para que los gastos en infraestructura no sean

gratuitos, ayuden al crecimiento del país, y no impidan otros gastos importantes en educación y comunicaciones. Sin embargo, más allá de la economía, nos movemos en base a símbolos, y en América Latina la identificación popular con el fútbol es muy fuerte, por lo que el mundial debería verse como un espacio para la celebración, para formar comunidades más fuertes.

11. ¿Qué le hace falta a la selección boliviana para que tenga esperanzas mundialistas en el futuro?
Los milagros no ocurren de la noche a la mañana. Necesitamos formar jugadores desde la base, invertir en las divisiones inferiores. Nuestros jugadores suelen ser muy frágiles desde el punto de vista físico y psicológico, hay que trabajar en ambos espacios. El talento no sirve de nada sin fortaleza física y anímica.

BRASIL
SÉRGIO SANT'ANNA

SÉRGIO SANT'ANNA nació en Rio de Janeiro, Brasil, en 1941. Inició su carrera de escritor con el libro de cuentos, *O sobrevivente* (Estória, 1969), libro que le llevó a participar en el International Writing Program de la Universidad de Iowa, Estados Unidos. Además de *O sobrevivente*, es autor de los libros de cuentos *Notas de Manfredo Rangel, repórter (a respeito de Kramer)* (Civilização Brasileira, 1973), *Concerto de João Gilberto no Rio de Janeiro* (Ática, 1982), *A senhorita Simpson* (Companhia das Letras, 1989), *Breve história do espírito* (Companhia das Letras, 1991), *O monstro* (Companhia das Letras, 1994), *O livro de Praga - Narrativas de amor e arte* (Companhia das Letras, 2011, Prêmio Clarice Lispector da Fundação Biblioteca Nacional), *O voo da madrugada* (Companhia das Letras, 2003) y *Páginas sem glória* (Companhia das Letras, 2012); de las novelas *Confissões de Ralfo: uma autobiografia imaginária* (Civilização Brasileira, 1975), *Simulacros* (Civilização Brasileira, 1977), *A tragédia brasileira* (Guanabara, 1987), *Amazona* (Nova Fronteira, 1986, Prêmio Jabuti), *Um crime delicado* (Companhia das Letras, 1997, Prêmio Jabuti); de la obra de teatro *Um romance de geração* (Civilização Brasileira, 1981); y de los libros de poesía *Circo* (Quilombo, 1980), *Junk–Box* (Anima, 1984). Es hincha de Fluminense. "Na boca do túnel" apareció por primera vez en *Concerto de João Gilberto no Rio de Janeiro* (Ática, 1982).

EN LA BOCA DEL TÚNEL (*NA BOCA DO TÚNEL*), TRADUCCIÓN DE GEORGE SHIVERS, SHAWN STEIN Y NICOLÁS CAMPISI

La frase que le pedí a mi asistente que escribiera estaba allí, en la pizarra del vestuario: "El débil saca su fuerza del conocimiento de la propia debilidad".

Para ocultar el nerviosismo –van a jugar con el líder en el Maracaná–, ellos entran bromeando y ni siquiera se concentran en lo que está en la pizarra. Si yo hubiera escrito "La pelota hacia adelante, muchachos", tal vez hubieran prestado más atención.

La cuestión es comenzar el discurso.

–Un gran equipo, cuando juega con nosotros, entra relajado. Pone la pelota en el suelo, la pasa para atrás, para el costado, calienta, piensa. Si el saque inicial fuera nuestro...

Me interrumpe un estruendo. Alguien lanzó una pelota violentamente contra el guardarropa y rompió la tranca. Hay un momento de silencio delante de mis ojos. Nadie firmó la planilla y todavía hay tiempo para una sustitución. "Da igual que entre uno como otro en un equipo así", estoy por decir. Pero no lo digo. Sería *antipsicológico*.

–Si el saque inicial fuera nuestro, –comienzo de nuevo– recuerden lo que repetimos exhaustivamente en el entrenamiento táctico. Pasen la pelota a Jair, él sabe lo que debe hacer.

Tal vez por decir su nombre, lo recordarían. Oigo un grito allá, desde la mesa de masaje. Alguien tiró un cubito de hielo sobre Jair que se limita ahora a refunfuñar encabronado. Ya vivió días y clubes mejores. Yo también.

Lo mejor es fingir que no estoy ni allí.

–Jair va a patear la pelota a un espacio vacío, para que uno de los punteros entre en diagonal.

Con una pausa trato de adelantar un poco mi razonamiento.
—Todo el mundo anda auxiliando el mediocampo con los punteros. Es un viejo vicio del fútbol brasileño, desde que Zagallo fue el puntero izquierdo y después el técnico de nuestra selección. Si bien ahora, con la categoría y la creatividad de Zico y Sócrates, los jugadores de área han estado bajando más para buscar juego, liberando ofensivamente a los punteros. Pero sólo los diestros se adhieren a la revolución en seguida. Nuestra arma ofensiva serán los punteros desplazándose velozmente, para enloquecer a su defensa. Y una de las armas de los débiles es la sorpresa, la emboscada. Si tenemos suerte y convertimos un gol de jugada preparada, allí retrocedemos y con calma dejamos que el tiempo pase. Pero con o sin nuestro gol, la táctica será ésta: el equipo retrocede, menos los punteros. Jair hace de enganche y patea a esos punteros de larga distancia. ¿Entendieron todos?

Nunca vi a un jugador de fútbol que no sacudiera la cabeza afirmativamente cuando el técnico pregunta si entiende. Después van allá y hacen todo de manera diferente. Es necesario insistir e insistir. Entrenamiento táctico, discursos, hasta que la cosa se vuelva instintiva para ellos.

Nuestro artillero, por ejemplo, me escuchó en silencio. Pero era como si yo adivinase en él una sonrisa burlona que no llegaba a concretarse. Y después, como yo lo miraba bien a los ojos, hubo un instante en que él empezó a abrir la boca para hablar.

—Esa cosa del arma de los débiles —tal vez él habría dicho, pidiendo una explicación. Es un criollo muy fuerte, no lo excluí sólo porque es el artillero del equipo: mete algunos goles contra los clubes pequeños y ninguno contra los grandes. Pero es el artillero del equipo. Si lo sacara del equipo, los socios harían un alboroto tremendo allá en el club. Entonces, como yo no lo quería allí en frente, congestionando el área y agarrando a sus defensores allá atrás, sólo lo cambié a la punta derecha. Pero prefería un muchacho más rápido y aun así al tipo no le gustó. Es del tipo tanque, juega a base del físico, entra en el área chocando con todo el mundo. Un defensor de categoría lo anula fácilmente, fácilmente.

Dan ganas de decirle: "Mira a los elefantes, chiquillo. Ve allá al circo y mira los trucos graciosos que los domadores les ponen a hacer". Pero no lo digo. Sería *antipsicológico*.

—Ustedes, chicos, que están en el primer equipo por primera vez, tienen una gran responsabilidad —dije yo—. Excluí a gente con mucho tiempo en el club para ponerlos a ustedes. ¿Por qué? ¡Velocidad, audacia! El arma de ustedes es el entusiasmo, la juventud.

Mi esperanza es el puntero izquierdo, un chico joven que se ha destacado en las divisiones inferiores, hasta el punto en que un jugador puede destacarse entre los jóvenes de nuestro equipo. Y si sigo hablando es más para él, mientras los veteranos, con los privilegios de la antigüedad, son los primeros en la cola para firmar la planilla. Al Director no le gustan los atrasos: "Las multas son para equipos grandes".

Y aprovecho la timidez del chico allá, al fin de la cola; y concluyo:

—La confianza en sí mismo, a veces, hace la diferencia, el límite exacto entre hacer y no hacer, el éxito y el fracaso.

Un técnico es así: tiene que aparentar entusiasmo y confianza cuando en realidad ya los ha perdido. Me siento igual que una pelota en el punto del penal antes de que venga un imbécil y la patee con la punta del botín. La pelota sube demasiado, pasa por encima del travesaño, por encima del muro y cae en la calle. Y sólo basta con perder un partido más para que el Presidente venga y me dé una patada similar. El billetero del *jogo do bicho* tiene que cuidar su nombre.

Doy un golpecito en la espalda de Jair, quien sube las escaleras que dan a la cancha.

—Juega con el puntero izquierdo, más que con el negro.

Ni necesitaba. Jair sacude la cabeza, ya sabe.

Nuestro media punta, Jair, es uno de esos cracks (palabra que debería ser un pleonasmo para hombre de mediocampo) que saben todo del fútbol y varias veces estuvieron a punto de ser convocados a la selección. Existieron y existen muchos de ellos en esa categoría –Roberto Pinto, Alfonsinho, Zé Carlos del Cruzeiro, Dirceu Lopes, Edu del América, Bráulio– pero una suma de circunstancias acabó negándoles ese destino más glorioso. Entonces quedaron por allí, dándoles campeonatos regionales y victorias a equipos de mediana categoría. Quizás porque han vivido en una época de grandes profesionales de la posición –como Gérson, Rivelino, Clodoaldo– o quizás, ¿quién sabe?, por algún motivo más profundo, como la falta *de aquella ansia de vencer*. Entonces el fútbol no es todo para ellos, como en el caso de Alfonsinho, quien siempre iba de noche, juntado a artistas, y acabó por ser el tema de una canción de Gilberto Gil, "Meio-de-campo", esa posición que exige una mezcla de atleta y artista, jugando con las piernas y la inteligencia, casi con el alma, se podría decir.

Y el más grande de todos ellos, de hecho, fue sin duda Ademir da Guia, predestinado desde el nombre y el apellido y uno de los más grandes de todos los tiempos en la posición, pero que nunca se afirmó como titular de la selección brasileña. Trataba la pelota como si fuera parte de su propio cuerpo y João Cabral de Melo Neto llegó a dedicarle un poema, el cual es más imperecedero que una estatua en una plaza pública, pues un poema de crack nunca se oxida ni le cae mierda de paloma. Un poema queda allí, invisible, como un gol grabado en cinta de video, a la espera de que alguien vaya allá y la ponga a rodar. Sólo que está hecho de palabras, sustancia casi inmaterial, casi como el aire, y por eso puede permanecer por más de mil años, transmitiéndose de generación en generación. Basta que alguien vaya allá al estante, tome el libro y lo lea.

Palabras, carajo; yo debía ser locutor o cronista, porque me voy perdiendo entre las palabras, perdiéndome, hasta casi perderme. Jair. De Jair se puede decir que prácticamente nació aquí en São Cristóvão y volvió a São Cristóvão como quien vuelve resignado a morir en su casa. El barrio tiene varios de ellos, los que dejaron de jugar. Se sientan en las tabernas, con zuecos, limpiándose los dientes con palillo, hablando del pasado. Quien fue jugador de fútbol nunca se adapta a otra profesión. Después que todo pasó, anda por allí con cara de niño que no entiende lo que ocurrió.

Jair, por ejemplo. Antes de hacerse jugador, no era nadie, sólo uno más de esos chicos enclenques, típicos de los barrios pobres de Brasil. Con una diferencia: sabía patear una pelota con los pies, a larga distancia, con precisión. Y eso en nuestro país puede hacer una gran diferencia en el destino de alguien. Un día lo trajeron casi por el brazo aquí a Figueira de Melo, donde creció tan rápido que, después de un paso por Bangu y por Portuguesa de Deportes, enseguida estaba en Santos. Sin embargo, en una época en que Santos ya vivía de glorias pasadas, comenzó a perder a todo el mundo y tenían que echarle la culpa a alguien, ¿no? Y no iba a ser a Pelé, aunque Pelé ya estuviera con mucho rollo allí en medio, ligeramente gordo, hombre de negocios, chico-propaganda y hasta actor. Y Jair iba andando por allí de club en club, por todo Brasil. Se convirtió en uno de estos ídolos regionales que los fanáticos de los barrios siempre consideran el mejor del país en la posición, pero que nunca aparecen en la lista de convocados para la selección. De esos jugadores que ya cenaron con el gobernador del estado, fueron amantes de putas famosas, se acostumbraron a beber una cosita aquí, otra allá y después se casan con una muchacha de una familia del interior. Y acaban con aquel aire resignado, como diciendo "la vida es así, un momento que pasa - y la gloria, una ilusión". Y entonces quedan allí, en los equipos pequeños. Quietos, útiles, buenos: "Es para patear una pelota para el puntero, ¿verdad?" Entonces ellos patean de verdad. Ahora, si el puntero no sabe aprovechar, ése es otro problema. Y Jair adquirió la habilidad de sólo levantar los hombros después de que una jugada se pierde. Creo que hasta se espanta cuando una de aquellas pelotas que él patea acaba en el fondo de la red, aprovechada por alguien. Tal vez sea uno de esos tipos tranquilos, demasiado sabios para desear la inmortalidad. O tal vez haya comenzado a jugar en una época en que todavía no se comprendía tanto la importancia de la cinta de video, que plasma la jugada en el tiempo. Dentro de poco, los cracks ya estarán cobrando derechos de autor. Con la cinta de video, el fútbol entró en la Historia del Arte. Y el gol y el pase se volvieron obras de museo. Aquel pase matemático de Gérson para Pelé, por ejemplo, en el segundo gol de Brasil en la Copa del 70. Es como si aquella pelota nunca fuera a caer. Como si su trayectoria fuera eterna, es lo que quiero decir. Pero tiene que ser un gol o un pase en un juego importante. En el juego de hoy puede suceder la jugada más grande de todos los tiempos, que si fuera de nuestro equipo, nadie va a archivarla en las estaciones de televisión. Las mismas estaciones que no se cansan de repetir las jugadas inmortales de Pelé en aquella Copa, aun cuando no terminaron en un gol, como el disparo desde mitad de cancha contra Checoslovaquia o el drible con el cuerpo al portero Marzurkiewicz, de Uruguay, cuando Pelé después hizo lo más difícil: remató afuera.

La jugada que casi resultó en nuestro gol nació de un pase de Jair. Ellos ganaron el sorteo, escogieron el campo a favor del sol. El saque de salida fue nuestro. Como estaba acordado, el delantero central le dio la pelota al otro puntero y él la pasó bien atrás, a Jair. Éste apenas agarró la pelota, por unos dos segundos, mientras los punteros salieron rápidamente para el campo contrario, entrando por el medio, en diagonal. Jair tiene ojos de lince, en algunas jugadas recuerda a Didi y a Gérson. Y vio que el mejor espacio fue abierto por el puntero derecho, quien penetró por una brecha allí entre el cuarto defensor y el lateral izquierdo, quienes prácticamente todavía entraban en calor.

El pase fue perfecto, la pelota cayó delante de Jorge, el puntero, el negro, que ni necesitaba controlarla; lo cual, además, es una cosa que él no sabe hacer; él es del tipo huracán, demoledor. Así como la pelota viene, él dispara. Y fue eso mismo lo que hizo: corrió entre los dos defensores y disparó.

La sorpresa y la rapidez de la jugada fueron tales que el portero ni se movió; pero la pelota subió demasiado. Éste es uno de los defectos de los jugadores tipo tanque. Ellos no miran adelante; miran a la pelota, a la tierra. Sólo el crack tiene la pelota donde ya sabe y no necesita verla; mira precisamente al espacio, al punto futuro, está siempre un poco adelante de los demás. También es esto, un crack, en todas las profesiones: un dominio del espacio donde las cosas van a acontecer.

La pelota subió, dio en el travesaño y fue a perderse entre el público. Hasta se oyó un pequeño "oh" de los hinchas, recorriendo el estadio.

"El que no hace goles, los ve hacer", dice la sabiduría del hincha. La lógica del fútbol no es nada más que una aplicación de la teoría de la probabilidad. Un equipo grande, en un clásico equilibrado, posee más o menos de cuatro a seis oportunidades de marcar; si desperdicia algunas de ellas, es probable que el adversario, si no cae en el mismo azar, haga un gol poco después.

Esta máxima –"El que no hace goles, los ve hacer"– es aún más aplicable al equipo pequeño enfrentando a un equipo grande; mientras uno no cuenta con más de dos o tres buenas oportunidades de marcar, el otro, gracias a sus mayores recursos técnicos, si todo ocurre dentro de la normalidad, tendrá por lo menos unas diez.

Mi estrategia, reconozco, implicaba un riesgo: despertar el león. El técnico de ellos se agitó en el banco y de aquí de lejos puedo adivinar el recado que mandó para dentro de la cancha, por un correo que va del masajista al puntero y de éste al afiliado; y de allí a toda la defensa: "Atención a la marca". Un equipo grande es como una empresa, no debe fallar. Y "quien pierde un punto contra un equipo pequeño no gana el campeonato" es otra frase nacida de la experiencia del hincha. Ellos se pegan a nuestros punteros, porque ya percibieron la jugada; y salen por encima de nosotros con la autoridad de los que están acostumbrados a vencer. Nuestro equipo, como es natural y ya estaba planeado, retrocede en bloque, con la expectativa de una nueva oportunidad de repetir el contragolpe, cuando ellos se relajen de nuevo. Mientras tanto es necesario fortalecer la defensa. Y cuando ellos menos lo esperen, con la defensa adelantada por la ansiedad de resolver el partido, Jair podrá agarrar otra pelota y disparar para uno de los punteros, quien va a salir a la carrera y...

La línea recta no es siempre el camino más deseable entre dos puntos. Contra una defensa cerrada como la nuestra, lo mejor es abrirla por los costados, siempre menos congestionados. Como por el medio no hay espacio para controlar, hasta nuestro delantero central retrocede para ayudar a la defensa. Mi "teoría de los punteros entrando en diagonal" sólo se aplica a un equipo que está jugando al contraataque. Ellos, no. Inteligentemente, ellos comienzan a usar el clásico juego por las puntas. Si sus punteros son mediocres, ellos van tirando centros sobre el área, en el conocido juego de asfixia. Pero generalmente los defensores de área son altos y ya vi a mucho central de mierda hacer su nombre así: pasando un partido entero cortando de cabeza pelotas altas sobre el área.

El juego de asfixia puede ser un rendimiento ilusorio, un falso dominio; y, de repente, el adversario se patea en contraataque y marca. Y así acaba ganando el partido, porque no siempre quien sale para luchar gana. Eso es lo que podría acontecer hoy.

Pero los punteros de ellos son buenos: no luchan en medio de la cancha, driblan corto, llegan a la línea del fondo y meten el centro fuerte y por abajo. La pelota pega en las piernas de cualquiera, atacantes y defensores se atropellan en la confusión, y el gol puede salir de cualquiera de ellos. El gran Mané Garrincha, entre muchos otros, hizo su nombre de ese modo. Nuestra defensa entró entonces en pánico, pateando la pelota para cualquier lado. Hay una sucesión de córneres y laterales y Jair, como si fuera yo mismo en la cancha, se acerca al defensor central y gesticula: "Calma, calma".

Nuestro defensor central llamó a la novia por teléfono a la mañana, temprano, y oí cuando en voz baja, para evitar las bromas de sus compañeros, le dijo que hoy iba a "jugar en el Maracaná". Este chico es tan verde que hasta es capaz de pensar en la novia durante el partido, un puntito cualquiera en medio de la multitud; cuando cualquiera que tuviera más experiencia sabría que, en la cancha, el jugador tiene que olvidarse hasta de su madre muriéndose de cáncer en el hospital y diciendo que su último deseo es ver al hijo.

Nuestro portero es uno de esos que llevan pelo largo, frecuentan las discotecas periféricas y hacen grandes atajadas con saltos mortales que muestran una elasticidad increíble. Son unos tipos que, en un momento de la vida, en una ciudad del interior, pueden haber dudado entre ser amante de mujer de un hacendado, trapecista del circo o portero porque poseen aptitud para todo lo que sea difícil y arriesgado. Mientras tanto, en el dominio de lo sencillo, en el control del cuerpo dentro de su pequeño espacio, a veces son frágiles e ingenuos y, de repente, puede así llegar un gol:

El puntero izquierdo de ellos llegó a la línea del fondo, cruzó un centro bajo y fuerte, la pelota pegó en el delantero central y quedó para nuestro defensor central. Él podía haber dominado, mirado alrededor, encontrando un espacio para librarse de la situación. Pero, de manera apresurada, trató de disparar hacia cualquier lado. La pelota dio en el cuarto defensor y se metió debajo de las piernas del portero, y terminó dentro del arco.

Machista, inseguro, el brasileño, en general, se siente inmensamente humillado cuando el jugador rival le hace un "caño" en un partido de fútbol. Los jugadores evitan hacerlo en el uno contra uno, porque lo consideran una falta de respeto al adversario, que incluso puede terminar en pelea. Aquél no fue el clásico gol entre las piernas, porque no fue realmente intencional, sino un gol en contra, resultado de un rebote en medio del tumulto del área. Habiendo cometido, a lo sumo, una pequeña falla, o falta de reflexión, nuestro portero podría haberse recuperado, para seguir atajando normalmente, como acontece con los porteros de categoría después de metidas de pata mucho más humillantes que ésa, a veces hasta en partidos decisivos. Algunas personas incluso convierten las fallas, las críticas, en un trampolín que las lanzan hacia la victoria, hacia el éxito. Nuestro portero, desafortunadamente, no es uno de éstos. Él se puso las manos en la cabeza y después, caído allí, daba puñetazos al suelo. Y en seguida comenzó a mirar hacia los compañeros, buscando un *culpable* del gol.

Nuestro portero va a acabar su vida sin un duro en el bolsillo, amante de una prostituta, tal vez masajista o utilero de un equipo de fútbol, eso si no se vuelve un marginal.

Nuestro portero y nuestro defensor central no tienen el control sobre sus nervios necesario para sostener el equilibrio emocional. Cuando la pelota fue devuelta al mediocampo, se pusieron a discutir, acusándose mutuamente con gestos y palabrotas. Tras el gol, el adversario tomó la pelota de nuevo y vino controlándola hasta el área y, esta vez, después de una jugada de categoría, iban a marcar cuando nuestro defensor central bajó a su delantero central. Un penal claro y no había nada que discutir. Nuestro defensa discutió y fue expulsado. Yo no pierdo el tiempo con advertencias a quien no va a beneficiarse de las advertencias. El silencio, a veces, es una actitud que tiene un impacto más profundo en un hombre; lo obliga a reflexionar.

Nuestro defensor central, ya dentro del túnel, debe haber oído el zumbido inconfundible de los hinchas –de ellos– celebrando un gol.

La destrucción de nuestro sistema táctico que, cuanto más, podría llevarnos a una derrota honrada, cedió porque, a partir de ese segundo gol, nuestro equipo, por iniciativa de algunos jugadores, trató de plantarse de igual a igual y avanzar, sin tener la categoría necesaria para hacerlo. Y un equipo grande jugando al contraataque frente a un equipo pequeño es un signo de cobardía, pues ellos tienen hasta mejor alimentación. En nuestro equipo todos los suplentes del banco juegan y sólo en circunstancias muy favorables que incluye la disciplina táctica, ellos nos conducirían a la victoria y no a ese caos.

Ellos sólo dejaron que fuéramos. Defendían con confianza nuestros ataques desorganizados y después, en tres o cuatro pases, llegaban a nuestra área. Su delantero central, de nivel de selección, no complica una jugada fácil, escoge el rincón, toca levemente y es el tercer gol.

Sócrates, el del Corinthians y la selección, si en vez de estudiar medicina hubiera optado, como su homónimo de Grecia, por la filosofía, incluyendo la estética, tal vez hubiera podido decir que un estilo, muchas veces, es sinónimo de no entrar en complicaciones. Y el fútbol del mismo Sócrates, semejante al del holandés Cruyff, está hecho tanto de habilidad como de simplicidad.

La sobriedad de Sócrates nos impresiona hasta en el modo de conmemorar un gol, ya que, en una tierra donde casi todos, promocionalmente, celebran estos goles con gestos cada vez más extravagantes, tal sobriedad acaba por hacerse marca individual, característica distintiva.

Tal vez algo nuevo –para bien o para mal– haya comenzado a surgir en el fútbol brasileño desde que Reinaldo se embarcó en el avión que llevaba al seleccionado al Mundial de Argentina, leyendo *Huracán sobre Cuba*, de Jean-Paul Sartre. Y desde que Sócrates mismo –siguiendo el ejemplo de otro médico-jugador, Alfonsinho– empezó a dar entrevistas en que se discutía, entre otras cosas, de política y de teatro.

Una teoría del bamboleo brasileño, en efecto, podría ser extraída del hecho de que, al no tener grandes parques con césped como los europeos, los chicos brasileños aprendían a jugar fútbol –a veces hasta con pelota de calcetín– en los callejones, en terrenos baldíos, en las pendientes de *favela*, en las esquinas de las calles, naciendo de una nueva concepción y dominio del espacio, más o menos así:

Un chico, en una calle en declive, espera con el pie apoyado en la pelota hasta que pase un carro, para después, siguiendo un muro cuesta arriba, esquivar a dos adversarios y patear la pelota con efecto por sobre otro carro, estacionado, de manera que va a dar con un poste, una belleza improvisada, y a morir en la esquinita del arco, en el momento exacto en que un peatón pasa por la acera, estorbando la visión del portero.

Esta adaptabilidad a circunstancias desfavorables –o la tan celebrada capacidad de improvisación del pueblo brasileño– puede ser detectada en el propio Sócrates en su típica jugada de taco, nacida de una dificultad para equilibrarse a causa del tamaño desproporcionado del pie con las dimensiones del cuerpo. Una jugada, entretanto, que va incorporándose al repertorio de otros jugadores sin esa conformación física y haciéndose, por lo tanto, un estilo más allá del individuo.

La fusión de jugadores de drible corto y estilo bamboleado, generalmente de raza negra, con otros, en general blancos, de características más sobrias y objetivas, como Tostão, creó selecciones brasileñas casi imbatibles.

¿Estaría allí, en este tipo de fusión –la cual en música dio origen a la samba y al jazz moderno– el camino hacia toda una filosofía de nuestra raza?

El fútbol es un espectáculo y el medio izquierdo de ellos, un mulato alto, al recibir un pase en profundidad, se dio el lujo, bamboleando el cuerpo, sin tocar la pelota, de pasar por delante de nuestro delantero central, totalmente replegado –y hasta por delante de Jair. O mejor, con su drible de cuerpo, los nuestros eran quienes iban pasando mientras la pelota seguía con su trayectoria recta y suave.

Dando después un toque en la pelota, bajó la velocidad, se volvió hacia la izquierda, acompañado de cerca por nuestro nuevo central, improvisado después de la expulsión del defensa de área. Desde allí mismo el medio podría haber dado un cañonazo de zurda, pero no. Ya cerca de la línea de fondo, perseguido también por el lateral derecho, pisó la pelota y dejó que nuestros defensores pasaran jadeantes y, al intentar detenerse, cayeran ya fuera de la cancha.

Nuestro portero hizo lo que tenía que hacer: abandonó la meta para caer a los pies del atacante. Él ya podría haber disparado, de nuevo, desde allí, haciendo un gol de palanca, aunque ligeramente sin ángulo. Pero tampoco. Cuando el portero cayó a sus pies, él dio apenas un leve toque para la derecha, saltó por encima de los brazos del adversario y se encontró allí, con el arco plenamente abierto delante de él. Y, con la calma tranquila de un juego ya ganado, paró por una fracción de segundo, como si mirara el estadio, el paisaje. Y sólo después, cuando varios defensores se aproximaron, tocó la pelota levemente hacia la red.

El paisaje en las cercanías de un estadio es raramente apreciado, porque las personas están muy concentradas en el partido. Pero muchos han experimentado que, en un momento de choque emocional o de gran frustración, se puede sufrir una especie de desconexión del foco de la tragedia, lo cual nos defiende de la brutalidad de lo real. Y, de repente, usted se ve prestando atención, disipándose, a un montón de detalles mínimos. Como si, por ejemplo, uno estuviera en medio de los destrozos de un accidente ocurrido en medio de la noche en una carretera y uno se pusiera a observar la lucecita intermitente de las luciérnagas y el ruidito de los grillos en medio del bosque, lo que ya me ocurrió a mí alguna vez.

Y es así que observo, ahora, un rayo de sol brillando oblicuamente sobre el césped; una gota de sudor salpicando el rostro de nuestro lateral izquierdo, quien corre, jadeante, muy cerca de la línea de la cancha, junto al túnel. Veo, también, la cumbre de montañas de la ciudad de Río de Janeiro, una casita allá arriba, torres de electricidad. Y finalmente, un globo inmenso que ahora pasa, más allá de las marquesinas del estadio. Puedo incluso describir su alegoría pintada: una Venus, en azul y blanco, completamente desnuda, los contornos de los senos bien delineados, el sexo y hasta el ombligo. Debe haber consumido varias semanas del cuidadoso trabajo de una colectiva de artesanos de la periferia.

En medio de eso, pienso todavía cuán bonita es esta ciudad, cuán resistente a todo lo que hacen en contra de ella. Pero no dejo de pensar en cómo debía haber sido aún más deslumbrantemente bella la región de Río de Janeiro antes de que los europeos la descubrieran y jodieran todo. Y trajeran, mucho más tarde, un juego llamado fútbol.

Una reflexión sobre el fútbol, en un momento depresivo, cuando tu equipo pierde por cuatro a cero casi al terminar el primer tiempo y estás allí, en la boca del túnel, en el banco cavado en el suelo, teniendo una perspectiva de la cancha en la cual se ven principalmente piernas corriendo de un lado para otro en busca de una pequeña esfera de cuero, en medio de rugidos feroces desde las butacas, puede llevarte a preguntarte, en una ansia súbita de abandono o entrega al destino, a la vejez, a la muerte, si tiene algún sentido esto: ¿hombres y mujeres de todas las edades gritando en una pasión histérica por algo que no pasa de ser una pelota entrando en este o aquel arco? Carajo, para una persona sensata, ¿qué diferencia puede hacer esto?

Nuestros hinchas, mientras tanto, poseen algo peculiar, pues no pasan de unas doscientas o trescientas personas, si tantas, acompañando a un equipo que compite en un campeonato consciente de que no tiene la menor posibilidad de ganarlo. Cuando mucho, esperan ganar partidos contra equipos pequeños, conseguir algún empate o alguna victoria contra los grandes y no ser eliminado para la siguiente temporada.

¿Por qué, entonces, continuar? ¿Por qué? Quizás sólo para alimentar una tradición, pues en algún barrio también tradicional de esta ciudad un grupo de personas abnegadas resolvió un día fundar un club y, con el pasar de los años, posiblemente todos se acostumbraron a su existencia y creían que matarlo sería una herejía. Una tradición existe efectivamente para ser continuada.

Y hay una hinchada, sí, ¿cómo no? Son algunos ciudadanos que se reúnen con banderas delante de la sede del club, después de haber pasado la mañana del domingo emborrachándose en los bares del barrio. Y quizás haya en esto un cierto humor negro, mexicano, del que observa su propia herida y se ríe de ella, llevándola como un estandarte. Me hace recordar a la hinchada de cierto club inglés, de segunda división, que se caracteriza por promover grandes farras en los partidos en que su equipo casi invariablemente es derrotado. Son chicos que trabajan disciplinadamente la semana entera en las oficinas, tiendas y fábricas – repitiendo *"Yes, sir"* a todas las órdenes del jefe– y los sábados van a hacer alborotos y pelear en los estadios a causa de un equipo absolutamente mediocre.

La derrota puede volverse casi una mística, como el sufrimiento cristiano. Y hubo una época en que hasta un club grande como el Corinthians vivió de esto. Pero ser hincha de un equipo pequeño provee individualidad al hincha, semejante a la que viven los miembros de los partidos políticos minoritarios. Hay en esto algo sofisticado, como el mal gusto, el *punk*, elevados a la categoría de arte. Y no se puede negar una cierta dosis de sensibilidad, inteligencia, en esta actitud, aunque vueltas hacia el mal que afecta sobre todo a ellos mismos, puede, de repente, volverse en contra de la sociedad. El Partido Nazi alemán, por ejemplo, en sus orígenes...

Bien, dejémonos de elucubraciones. El árbitro pita el final del primer tiempo y estos mismos hinchas nos hostilizan, tirando pilas de radio, naranjas, vasos de papel, en medio de un tremendo abucheo. Sin embargo es un abucheo mezclado con carcajadas, con autoflagelación, pues ellos no nos toman ni se toman a sí mismos en serio, como hacen los hinchas de los clubes grandes, que pueden llegar a extremos como agresiones y, si los dejaran, tal vez hasta al asesinato.

Bufones, diría yo, si todavía me refiriera a Inglaterra. Como no estamos allí, diré claramente que nuestra hinchada está compuesta de jovenzuelos.

El silencio en el vestuario al inicio del entretiempo es interrumpido solamente por las respiraciones, que tardan en volver a la normalidad. ¿Qué puede decir un técnico ya derrotado en el entretiempo? ¿Mandar, en la desesperación, como un general que reuniese los vestigios de sus soldados para la fase decisiva de una batalla en la que no puede rendirse, a que se lanzaran todos al ataque? ¿Cómo un toro cribado de banderillas que embistiera a la muerte?

No, esto sólo aumentaría el fragor de nuestra derrota.

—Ustedes no siguieron mis instrucciones —dije, frío, manteniendo la misma calma que creó un mito en torno a mi persona.

—Vamos a actuar, ahora, como si fuera otro partido que todavía estuviera cero a cero. Vamos a usar esto, por lo menos, a nuestro favor: la tranquilidad de los que no tienen nada que perder.

Jair, por ejemplo, está allí quieto, chupando una naranja. Indiferente o estoico, yo qué sé. Si dependiera de él, hasta sería posible dar vuelta un partido de estos. Bueno, no exageremos, no sería imposible, al menos, reducir la diferencia en el marcador.

—Vamos a continuar haciendo... —O mejor, vamos a *empezar* a hacer lo que yo mandé desde el principio. Usar los punteros entrando en diagonal, para que no nos metan un montón de goles más y por lo menos no perder la dignidad.

Fue lo que dije, en medio de un silencio de muerte, pero no pude evitar que una gota de sudor cayera de mi rostro sobre el traje blanco. Ya no soy más el mismo, pienso, sacando un pañuelo azul del bolsillo.

¡Yo! ¿Qué se puede decir de mí en pocas palabras? ¿Que llevo, hasta en las tardes de verano, un traje inmaculado? ¿Que no sudo (y para una persona inteligente esto bastaría)? ¿Que soy una momia del fútbol que se niega a morir (y la vida, para mí, siempre fue el fútbol)?

Yo —¿este manojo de sensaciones diversas y contradictorias y para el cual se aspira, hasta el fin, la paz y la unidad, como un campeonato ganado y que fuera el último de todos los campeonatos? ¿Aspiraciones estas que van volviéndose recuerdos, cada vez más, a medida que el tiempo se estrecha?

¿Recuerdos que pueden mezclarse con vagas banderas ondulando en un estadio; una lluvia fuerte, no sé cuándo ni dónde, y yo allí, con un impermeable sobre el traje, gritando a los punteros que suban? ¿Que todavía pueden conseguir, de repente, un gol perdido en el último momento de un partido tan decisivo que quedará para siempre, aquí conmigo, la marca de lo que *podría haber sido* (*y no fue*) si aquella pelota entrara? ¿O la memoria, todavía, de cierta tarde en que fuiste llevado en andas desde el estadio hasta la sede de un club de provincia, pero consciente de que deberías aprovechar al máximo aquel momento de gloria, porque lo efímero es la constante en la vida de un técnico? ¿Y por esto mismo este recuerdo asociándose a otro, el de la imagen de un rostro de mujer, saludando por última vez desde el mirador de otro aeropuerto más, cuando yo estaba partiendo para siempre y ella se quedaba?

¿Yo, un teórico, un estudioso, como dicen, porque fui uno de los primeros técnicos diplomados? ¿Y que en tus excursiones a Europa ganaste fama porque, en las tardes y noches libres, en vez de ir a los cabarets, frecuentabas museos y teatros?

Se olvidan, sin embargo, de que prácticamente me crié entre los muros y alambrados de los estadios y sólo no estuve del lado de dentro de la cancha porque cojeaba de una pierna. Y si me dejaran tratar, sólo una vez más, la *táctica de los punteros entrando en diagonal*, pero en un club grande, donde los laterales no precisaran jugar tan fijos en la defensa y pudieran ocupar el espacio de los punteros que se dislocaban, tal vez allí, sí...

¿Pero no es esto lo que estamos deseando, siempre, insaciablemente? ¿Un amor más, un último relato (¿como éste?), un campeonato final? Hasta que la muerte nos interrumpa en medio, siempre en medio, como si yo parara aquí, en este momento, la narrativa y me dejara vencer, acostándome en el banco del vestuario y cerrando los ojos. Pero no, todavía no... Debo llevar todo hasta el fin.

Yo, que ya entrené hasta un equipo árabe, en un emirato. Trataba a cada jugador por su número (y hasta así apuntándolo con los dedos), correspondiente a un rostro y una posición, en vez del nombre, impronunciable. Y mostraba en la pizarra cómo estos números debían posicionarse; en qué momento deberían correr los punteros, una fracción de segundo después que el armador los pateara, para que no fueran atrapados fuera de lugar.

Y fuimos campeones. ¡Fácil! "En tierra de ciegos...", ustedes podrían argumentar... De cualquier modo me hice héroe nacional y sólo salí de allí porque me gustaba una cervecita y, al contrario, nunca aprecié las ejecuciones en la plaza pública como un espectáculo.

¿Yo, un desenraizado sin familia, juntando sus trastos, en un pobre club de barrio, a mitad de camino entre el centro de la ciudad y los suburbios? ¿Yo, un organizador, un cerebro, que ya hasta pronunció una plática sobre el fútbol y su táctica, en la Escuela Superior de Guerra? Y siempre la Teoría de los Punteros, como una obsesión. Los punteros como guerrilleros infiltrándose en los flancos del enemigo. "Gil. ¿Conocen a Gil? Díganme: ¿por qué Gil sólo jugaba bien junto a Rivelino?"

Pero lo negué. Les negué a aquellos caballeros uniformados que mi táctica tuviera cualquier cosa que ver, aparte de la conquista del campeonato, con la revolución popular victoriosa en aquel emirato musulmán. Esto no fue lo que pasó, les dije, eso es sólo uno de los mitos que se crearon en torno a mi humilde persona. Y, al final, ¿fue una conferencia o un interrogatorio?

¿Esta persona –¡Yo!–, un mundo que se organiza, aquí, en palabras que se mueven como moscas en mi cerebro y que, dichas por mi boca a los atletas de mi club, deberían servir, allí en la cancha, para transformar una realidad adversa?

Yo, ¿un discurso que se articula y se finge íntegro y real para sí y para los otros?

¿Pero no será esto una convención, un artificio que en cualquier momento podrá destrozarse, este yo que pronuncia para sí y para los otros tal discurso, texto (imaginario)? ¿Este yo que se transforma en *otro* en la medida en que hablo *de él*?

Pero es como si apenas así, a través de este discurso, me volviese *yo* existente, la ilusión se materializase, el caos estructurándose para formar una realidad más allá de la alucinación. Como si de este modo, solamente, pudiese yo sentarme otra vez en el banco cerca del césped, comprenderme dentro de una función, la de técnico de un equipo derrotado. Sabiendo, estoicamente, que ha de haber alguien que haga este papel, como ha de existir un modesto juez de línea (que a veces quieren engañar), indolentes, espectadores, funcionarios del estadio, todos creyendo –o fingiendo creer– que estamos en el partido.

¡Yo! Poniéndome otra vez ahora esta máscara, casi impasible como la de un actor japonés, pero compenetrándome tanto en este, mi papel, que ahora doy golpecitos de incentivo en las espaldas de mis comandados que suben la escalera que conduce a la cancha –y llego a decirles, al contrario de mi estilo: "Vamos, chicos".

*

El quinto gol nació en un momento del partido en que, quizás por el desinterés de ellos, teníamos por primera vez un leve predominio territorial y táctico. Jair pudo dejar un poco el área rival y lanzaba a los punteros y a los hombres del medio, quienes ya no retrocedían tanto. El quinto gol de ellos nació de la superioridad técnica de un jugador que, él solo, tiene un salario más alto que nuestro equipo entero. El quinto gol nació de una de esas jugadas que valen de por sí un espectáculo y el hincha la lleva a casa en la memoria y va a verla de nuevo en la televisión, y que se la muestra a la mujer, que le importa poco el fútbol.

El quinto gol de ellos fue en un disparo desde fuera del área, pero no uno de esos balazos que se atizan casi al azar cuando no hay nadie mejor posicionado para recibir un pase. El quinto gol de ellos nació cuando el jugador número diez, recibiendo la pelota de espaldas al arco en nuestro terreno, le hizo un sombrerito al defensor que venía a marcarlo. Y al volverse, se encontró de cara al arco, pero todavía a mucha distancia.

Con esta inteligencia espacial de los grandes jugadores, él percibió instantáneamente que el portero se encontraba ligeramente adelantado. Y pateó así, con la cara del pie y con efecto, de modo que la pelota, además del impulso hacia arriba, se arremolinó en su propio eje y vino cayendo, mientras nuestro portero, bien a su manera, se estiró todo, hacia atrás y también hacia el rincón del gol, con mucha elasticidad, pero no lo suficiente para alcanzar la pelota que estaba muriendo suavemente en la malla, como si, desprovisto de peso, fuera a permanecer para siempre en la red.

¿Qué más hay que decir excepto poner fin a lo que ya está terminado? ¿Que el equipo de ellos, tomando la pelota, ya se guarda para un próximo partido? ¿Que algunos hinchas ya se levantan para abandonar el estadio tan temprano? ¿Que también nuestros jugadores, burocráticamente, apenas cumplen con un compromiso, satisfaciéndose en no agotarse inútilmente? ¿Y que, por eso mismo, sufrieron otro gol más que no habrían sufrido si se hubieran mantenido aguerridos? ¿Uno de esos goles rutinarios, cuando alguien en vez de batir directo una falta, lo pasa a un compañero desmarcado por displicencia de nuestra defensa y que el arreglo de primera, en un gol que nada añadió al partido, sólo a nuestra humillación en números?

Muchos le temen a la monotonía, a la rutina, a la calma porque no pueden soportarse a sí mismos, y a su soledad. Muchos vienen a los estadios por ese motivo: la necesidad ansiosa de rellenar, emocionalmente, los vacíos dentro de sí mismos. Y los abucheos se hacen oír desde todos los rincones del Maracaná. De parte de nuestros hinchas, no es necesario explicar por qué; pero de parte de ellos, porque son insaciables, no pueden aguantar ni un minuto de monotonía, ni siquiera con un marcador de seis a cero.

Por mi parte, ahora, ya todo está bien. Me relajo frente a lo inevitable, encendiendo un cigarro, disfruto de aquel buen cansancio. Disfruto de este momento vago en que uno no piensa en nada, ni siquiera en el próximo partido, porque no habrá para mí un próximo partido.

Pero también es uno de esos momentos de calma que alguien muy paciente puede aprovechar y al acecho como un guerrillero o un guardaespaldas en una emboscada. Alguien como Jair. Él está jugando como siempre, jugando como sabe. Tal vez su modo de actuar ya no se resienta más, emocionalmente, con los resultados. Él es un profesional.

Le llegó una pelota a los pies, ¿no? Casi en la media luna de nuestra área. El chico de la punta izquierda corrió rápidamente hacia el medio y abrió un claro, como si solamente ahora comprendiera nuestra táctica en toda su extensión.

Jair lanzó una pelota de cincuenta metros –sí, cincuenta metros– que va a caer suavemente entre el central y el lateral derecho. Lanzó una de esas pelotas maliciosas que caen en una zona muerta, donde un defensor se la deja al otro, pensando que le toca al otro salir a marcar.

El chico de la camisa once entra por ese espacio, pisa en el área con la pelota ya dominada y, tal vez a causa de la tranquilidad de un marcador tan adverso, tiene la calma de esperar la salida del portero y tocar la pelota ligeramente al rincón.

En términos tácticos fue la mejor jugada de la tarde, pero ¿quién va a recordar esto, el gol de honor de un equipo que fue masacrado?

El chico en la camisa once ni recibió abrazos. Y si nuestros hinchas celebran, lo hacen sólo para burlarse. Este gol ordinario va a darles motivo para descender la rampa de las gradas en pandemonio, seguir a pie hasta la Praça da Bandeira, donde paran en un bar y, después, hasta el barrio de São Cristóvão, la calle Figueira de Meio, donde podrán tomar las últimas cervezas de este domingo. Para después llegar a casa y tirarse a la cama, en una especie de estupor que va a durar hasta la mañana del lunes.

El chico de la camisa once sabe todas estas cosas y no se dirige a los compañeros para los abrazos ni a los hinchas. Vuelve a su campo al trote, pero no para, allí en su posición, a esperar el saque, sino que camina un poco más, llega cerca del túnel y me hace una señal con el pulgar derecho levantado. Éste entendió. Y está agradecido.

Toso un poco, casi un carraspeo, y el masajista me mira de lado. Ya trabajamos juntos en varios clubes; me conoce bien. ¿Quién diría? ¿Quedarme yo así, casi emocionado, por un golcito de éstos? Tal vez ya es hora...

Aún sufriremos un séptimo gol, pero el chico de la camisa once saldrá de aquí pensativo, algo cambió dentro de él. Nadie hablará de ese gol. El gol y el chico serán un pequeño número en la estadística del campeonato en los periódicos. Allá, al final de la lista, su nombre: "Evilásio, São Cristóvão – 1 gol".

Sin embargo, en medio del desánimo general en el vestuario y después llegando a una pequeña casa de suburbio, habrá un joven puntero izquierdo que jugó por primera vez en el Maracaná y marcó un gol. Un gol nacido de un disparo bien planeado y ejecutado; y él, el chico, habrá aprendido alguna cosa más sobre el fútbol.

En el fútbol uno nace para ser bueno o no. Pero perfeccionar, se perfecciona. De aquí a algún tiempo ese chico jugará en algún equipo mediano. El América, por ejemplo. Va a ser un puntero con recursos, pudiendo ser el tercer hombre del mediocampo o jugar bien al frente, marcando goles como el de hoy. Lo importante es el talento, la inteligencia, y éste parece que los tiene. Con algo de suerte, un técnico en apuros podrá pedir su contratación para ser útil en un momento de crisis en Fluminense o Botafogo. Y ¿quién sabe, un día, una reserva en la Selección?

Nadie va más allá de sus posibilidades, pero un hombre que se conoce bien puede llevarlas al límite. Esto me recuerda a Dirceu, un puntero apenas bueno, pero inteligente y que se agigantaba en los momentos críticos de la selección brasileña. Hoy ya se hizo rico jugando fuera del país.

A mi edad, carajo, ¿será que estoy volviéndome también un soñador?

—Todos nosotros respetamos tu pasado y tu competencia —dijo nuestro Director, ya en el vestuario, con la mano en mi hombro. —Pero entiendes, los asociados quieren resultados y un siete a uno en contra es demasiado. São Cristóvão es un barrio tradicional y nuestro club, una verdadera institución. El Presidente queda mal.

"El billetero del *jogo do bicho* tiene que cuidar su nombre", pienso, pero no lo digo. Doy un golpecito a la espalda del Director, como si fuera él, en su vergüenza, quien necesitara consuelo. Y lo que digo es sólo esto: Mañana paso allá, por el club, para ajustar las cuentas y recoger mis cosas.

Sí, São Cristóvão es un barrio tradicional y el club del mismo nombre, una verdadera institución. Sin São Cristóvão, el campeonato carioca no sería el mismo campeonato. Al final, el equipo sirve para padecer goleadas frente a los grandes, lo que desahoga a los hinchas de masa. Como todos los equipos pequeños, es cierto, de vez en cuando asoma y prepara alguna sorpresa. Y, una vez, aunque poca gente lo sepa, el equipo fue campeón. Pero eso fue en la época, si no me equivoco, de un artillero llamado Caxambu. Después el equipo y el club fueron decayendo, hasta quedar tal como están. El mayor ultraje de su historia, sin embargo, no fue a causa de una derrota, sino cuando la revista *Realidade* publicó un artículo sobre la decadencia del club, con las fotos de unas cabras pastando en el césped de Figueira de Melo.

*

Figueira de Melo, a pesar de que todos desconozcan quién fue tan ilustre ciudadano, es el nombre de una de las calles más tradicionales de este barrio también tradicional. Pero ni siquiera la calle es la misma, desde que construyeron un viaducto por allí. El viaducto, como todo el mundo sabe, sólo es bueno para quien pasa por encima de él. O sea, quien pasa en coche. Por debajo, reina una verdadera desolación: oscuridad, hollín y tristeza. El que anda por debajo del viaducto siempre parece que está queriendo esconderse.

Y es por allí que yo paso, ahora, llevando un traje igual que siempre; cojeando un poco, igual que siempre; y cargando la bolsa con mis cosas; pero también con la cabeza erguida igual que siempre, como el mediocampista que podría haber sido, si no fuera por el defecto físico. Con una noción de todo el espacio a mi alrededor, sin necesidad de mirar fijo para ninguna parte. Como Jair.

Detrás de mí quedaron la sede y la cancha del club, donde los grandes equipos como Flamengo, Fluminense y Vasco no vienen más a jugar. El estadio no tiene capacidad para los hinchas de equipos así, y las últimas veces que abarrotaron las gradas, acostumbraban entonar un coro para la Social del Club: "Es gallinero, es gallinero".

En el fondo, toda hinchada, de club grande o pequeño, está mayormente compuesta de gente pobre. Y no hay burla más cruel que la de un pobre contra otro pobre. Y ya he visto a muchos negros en las tribunas llamando *mono* a otro negro en la cancha.

Pero los que juegan aquí actualmente son sólo Madureira, Serrano, Olaria, Volta Redonda. Y como allá encima del viaducto se tiene una vista razonable de la cancha, en día de partido queda lleno de este tipo de gente, que va a cualquier espectáculo con tal que sea gratis.

Cuando uno vive en un barrio durante algún tiempo, te hace quedar impregnado de él, sabértelo de memoria, aunque seas un ciego o casi no salgas de casa como mi madre. Este barrio es São Cristóvão, con su tonalidad gris, sus pequeñas industrias, talleres mecánicos, tiendas de piezas de automóvil, la Feria del Nordeste, el Pabellón de Exposiciones. Y, por fin, el Cuartel, que hizo que durante tanto tiempo los locutores de deportes, con sus lugares comunes, llamaran *cadetes* a los jugadores del club, con su inmutable uniforme blanco.

Todos los barrios, sin embargo, tienen sus secretos; y dando la vuelta una calle a la derecha aquí, otra callecita a la izquierda allí, de repente has caminado hacia atrás en el tiempo y te encuentras en el Río antiguo con sus viejas costumbres, señoras y viejos en las ventanas de las casas, una u otra silla que se pone en la acera, niños jugando en la calle, noviazgos de balcón y de esquina, bares con mesitas de superficie de mármol, donde, de vez en cuando, se improvisa una ronda de choro o de samba.

En una de esas tabernas voy a sentarme ahora. La pierna me duele un poco, como siempre, pero nunca me quejé. Y con una *cachaça* y una cerveza siempre aguantamos más. Ahora no necesito darle ejemplo a ningún atleta; ése ya es problema del próximo entrenador.

El portugués de la barra no me pregunta nada, sólo lo que voy a beber. Ya debe saber por la radio la noticia de mi despido. Y si no es noticia para dar en la radio, los hechos corren rápidamente de boca en boca por allí.

Allá en el fondo del camino está más fresco y puedo observar un pequeño trecho de la calle que, poco a poco, va oscureciéndose. También puedo ver inmediatamente a quien entra en la taberna; y ver si vale la pena hacer alguna señal de amistad, para invitarlo a sentarse o no. Si es un viejo deportista, lo invito, aunque esté cayéndose de borrachera y venga con lamentos del pasado y del fútbol.

Pero lo que más me gusta es sólo ver y oír, cuando la charla está a poca distancia de mí. Mecánicos, industriales, cargadores, funcionarios jubilados, pequeños marginales, hablando de cosas del trabajo, de la ciudad, de la vida, del fútbol.

Cuando la gente no tiene ningún compromiso inmediato, presta atención hasta al canto de los gorriones a la hora en que se reúnen en los árboles. A mí, en cambio, me gusta aún más el canto de las cigarras, cuando es verano; y después la oscuridad de la calle, las personas volviendo del trabajo, las muchachas del colegio.

Ay, es hora de que yo también me vaya. En pie, todavía, a pesar de las dos *cachaças* y de la cerveza. Pasando, ahora, delante de una ventana donde un niño, confiado, se deja sostener en la baranda por el abuelo. Después una chica de uniforme que abraza a un chico junto a un poste, mirando hacia los dos lados, como si se enamoraran escondidos de la familia. Más adelante, un policía que ignora a un borracho desplomado en la acera.

Y, envolviéndolo todo, el ruido de voces de una telenovela y el olor de una cena recalentada. Mi madre también está allí, recalentando los frijoles, levemente inquieta por mi demora, anormal en un lunes, día que nunca he entrenado en el club. Voy a comer, bañarme, ponerme el pijama, ver televisión. Tengo un dinerito ahorrado, de todos estos años de fútbol. Con o sin empleo en el club, tal vez siga viviendo por allí. Me gustó eso. A veces hay algunas peleas de bar feas, juerga en días de partido, asaltos nocturnos, pero no peor que en otros barrios de la ciudad.

Un hijo que vive solo con su madre puede tener cincuenta años pero todavía lo tratan como a un niño. Y un niño con defecto físico, ya se sabe cómo es: la madre lo protege aún más, especialmente si el padre murió temprano.

Llego a casa, los cubiertos y los platos ya están en la mesa, beso a mi madre, me siento y luego viene el bife, la ensalada, el arroz y los frijoles.

¿Por qué nunca me casé? ¿Para no dejar a la vieja solita? ¿Pero cómo explicar, entonces, que luego fuera a meterme con el fútbol: viajes, partidos, concentraciones? ¿Será, pues, verdad aquello que a veces murmuran sobre mí? Esos cuchicheos, nunca los escuchas, o nadie te los cuenta, pero los sientes en el aire. Pero ¿qué importa, de hecho, lo que cuchichean sobre ti? El problema es más de ellos que tuyo.

¿Y sabrán lo que es ir a una fiesta o a un cabaret y tener vergüenza de bailar? ¿Sabrán lo que es esconderse detrás de una ventana y mirar por las rendijas a los otros niños jugando a la pelota? La cosa más importante del mundo, en aquella hora, es ser uno de ellos. Entonces comienzas a darte cuenta con la cabeza, aquello que los otros pueden hacer con el cuerpo y los pies. Ése es un modo de estar allí presente, hacer tus goles, usando los pies de ellos.

Bueno, ésa puede ser una explicación. Una persona actúa de cierto modo en la vida y se puede dar un montón de explicaciones, pero tal vez da igual una o la otra. ¿Qué es una verdad? ¿Palabras lógicas y convincentes en la boca de alguien o en un pedazo de papel?

Un cuarto de paredes vacías, amueblado apenas con una cama de hierro, una mesita de luz en la cabecera y un pequeño armario es ideal para que duerma un hombre solo. Tú no te dispersas con nada, te duermes en seguida y listo. Una costumbre, quizás, adquirida durante años y años de los horarios rígidos del fútbol. Antes yo ponía sobre el armario unos trofeos, en la pared fotografías de partidos importantes, cosas así. Después al poco tiempo, iba tirando todo, hasta quedar tal como está.

Alrededor de las once de la noche, cuando acaba la última telenovela, mi madre me prepara un vaso de leche. Desde cuando era niño, esto siempre fue una señal de que era la hora de acostarme, lo cual nunca tarda en ocurrir.

A veces, sin embargo, en medio de la madrugada, te despierta alguna conversación en la calle, de personas de la bohemia que llegan tarde, o de gente ya caminando para el trabajo, en alguna obra de construcción lejos de aquí. O a veces es una armonía tan suave que lo va impregnando poco a poco, de un *cavaco* o de una flauta, voces cantando a lo lejos, o el batir casi inaudible de cajas de fósforos, que tú reconoces en seguida, como nunca, que es una persona tal en la noche tal de un barrio tal que sólo puede ser en Río de Janeiro.

En otras noches, en cambio, es un único sonido breve y constante el que de repente te arranca del sueño, sin que sepas de dónde vino el sonido ni qué lo produjo, porque cuando te despertaste ya no podía oírse, un sonido que te transporta a uno de aquellos momentos escurridizos cuando un hombre no sabe dónde se encuentra ni cuándo. Y tanteando dentro de sí, en una asociación que no es tanto por palabras, sino mezclando, por ejemplo, el barullo y el movimiento imaginarios del mar con el olor a pez y un viento frío, tú intuyes que oíste el silbato de un barco, a lo lejos, en medio de la cerrazón, y tú, que ya viajaste tanto, todavía no te diste cuenta, en aquel cuarto tan desnudo, si el lugar donde te despertaste es tu casa, São Cristóvão –con el puerto no muy distante de allí– o algún hotel en Fortaleza o Natal, o alguna ciudad tan lejos e improbable como Marsella o Tenerife y, aún, contra qué equipo tu club va a jugar y por qué razón. Si es un sencillo amistoso o la disputa de una copa importante, nacional o internacional.

Si te despiertas y tienes un empleo, un tiempo presente que vivir, luego acabarás por ajustar tu cabeza, más o menos así: "Hoy es martes y a las nueve tengo entrenamiento".

Pero si todo esto terminó, necesitas buscar pensamientos y palabras para organizar un pasado, la única manera de sentirte una persona real.

Y hay otras noches, entonces, de una oscuridad total que no es alterada por sonido o movimiento alguno y dentro de la cual alguien se despierta sin el calor de una persona a su lado o ni siquiera un sueño reciente que se vuelva una referencia. Y ese hombre, si se puede llamarlo así en este momento –este infinito instantáneo– no sólo desconoce quién es, dónde está y por qué, sino también, más oscuramente, demora una pequeña fracción atónita de tiempo para determinar hasta si se encuentra vivo.

ENTREVISTA CON SÉRGIO SANT'ANNA
(TRADUCIDA DEL PORTUGUÉS)

1. ¿Qué papel tuvo el fútbol en tu juventud?
El fútbol fue importantísimo en mi infancia y juventud. Mi padre me llevaba a los partidos de Fluminense (mi equipo) desde los cinco años. También jugué fútbol durante mi infancia, adolescencia y el inicio de mi juventud, en la calle, en los colegios, en la playa. Me convertí en un razonable defensor.

2. ¿Le vas a algún equipo?
Le voy (soy hasta fanático) a Fluminense, de Rio de Janeiro.

3. ¿Es preferible para ti como hincha un buen resultado o un buen partido?
Como hincha, prefiero un buen resultado. Pero como espectador, cuando no juega mi equipo, prefiero un buen partido.

4. ¿Qué te motiva a escribir ficción que tiene lugar dentro de un contexto brasileño?
Bueno, yo vivo en Brasil y estoy completamente involucrado en las cosas de mi país y una de ellas es el fútbol.

5. ¿Cuáles son las intersecciones entre la política y el fútbol en Brasil?
Durante la dictadura militar, el gobierno de los generales explotó mucho el mundial ganado por Brasil en 1970. Y fue la peor fase de la dictadura, el gobierno del general Emílio Garrastazu Médici. Los jugadores desempacaron de México en Brasilia y fueron directamente al palacio del gobierno. Ahora, afortunadamente, el fútbol no está siendo mezclado con la política.

6. ¿Ves alguna conexión entre el proceso de creación y la manera en que uno juega o la manera de ser hincha?
Veo una conexión entre mi modo de escribir y el modo de jugar de muchos cracks de fútbol, del presente y del pasado. Podría citar, por ejemplo, Tostão y Ademir da Guia, de los estilistas de la pelota.

7. ¿Hay algún autor de ficción de fútbol que ha influenciado este cuento?
No, nadie me influenció para escribir este cuento, "Na boca do túnel".

8. ¿Qué papel ocupa la ficción futbolera dentro de la literatura de tu país?
Ahora, hay cada vez más escritores brasileños usando el fútbol en su literatura.

9. ¿Hay una identidad o un estilo que se asocia con el fútbol brasileño?
El estilo asociado con el fútbol brasileño es el del drible, de la *ginga* del cuerpo, pero cada uno escribe a su modo, con un estilo propio.

10. ¿Qué significa para Brasil ser nuevamente el anfitrión del Mundial en 2014?
Para mí, que Brasil sea anfitrión de la Copa Mundial de 2014 fue una demagogia del presidente Lula. La Copa está costando billones de dólares, mientras el país no resuelve los problemas urgentes de la educación y la salud. Estoy en contra de que Brasil sea la sede del Mundial 2014. El gran público no podrá pagar el precio de las entradas y verá los partidos en la televisión, lo mismo que ya acontecería si el Mundial fuera disputado en cualquier otro país.

11. ¿Crees que la selección brasileña tiene esperanzas?
La selección brasileña siempre tiene esperanzas pero no la considero la mejor del mundo. Está atrás, más que nada, de España y Alemania.

CHILE
ROBERTO FUENTES

ROBERTO FUENTES nació en Santiago de Chile en marzo de 1973. Se tituló en ingeniería de ejecución en geomensura y luego en construcción civil. Es autor de más de diez libros, entre ellos los tomos de cuentos, *Está mala la cosa afuera* (Editorial Cuarto Propio, 2002) y *No te acerques al Menotti y otros cuentos* (Alfaguara, 2003), con el cual ganó el concurso de la revista *Paula*, y las novelas *Puro hueso* (Editorial Cuarto Propio, 2007) y *La mano pequeña* (Uqbar Editores, 2009). Publicó su primer libro de no-ficción en 2012, *Síndrome de Down: Historia de un superhijo* (Aguilar, 2011). Actualmente trabaja administrando obras de construcción. También es un maratonista dedicado, habiendo logrado terminar trece maratones de 42k. Partidario del Colo Colo, reside en Santiago. "Un huevón más" apareció por primera vez en la antología *Uno en quinientos* (Alfaguara, 2004).

UN HUEVÓN MÁS

Era invierno, y aun así yo estaba sentado en la vereda bajo el nogal. Era domingo también, pues papá y mamá habían salido juntos a la feria de Amengual. Lo único que no tengo claro es por qué me encontraba solo, siendo que a esa hora por lo menos uno de mis amigos debía andar paseándose por el pasaje. En cambio estaba solo y triste. Hacía un par de meses una amiga que quería mucho se había marchado a Estados Unidos y todavía no me escribía. Además, la noche anterior me había doblado el tobillo derecho mientras jugaba a la pelota. Metí la cabeza entre las piernas y sentí un tímido toque en el hombro. Hola, me dijo alguien. Miré hacia arriba achinando los ojos. No era ninguno de mis amigos, era el Pato, un joven con síndrome de Down al que con mis amigos le llamábamos "el mongolito de La Palma", nuestra población vecina.

Me demoré un poco en contestarle debido a lo raro del asunto. Jamás antes el Pato había estado en mi pasaje. Él tenía unos veinte años, pero parecía de catorce. Era bajo, gordo, casi no se le notaba el cuello, su boca siempre estaba abierta y parecía feliz. Incluso cuando se enojaba se veía contento, como si enojarse o apenarse fuesen para él meras representaciones, como un juego. Hola, le dije. Él estiró la mano y me ayudó a ponerme en pie. Sentí dolor en el tobillo y fruncí el ceño.

—Estás triste —aseguró, y sonrió.

La sonrisa acompañada de ese comentario, en cualquier otra persona me hubiese parecido una burla.

—No, no lo estoy, solo me duele un poco el pie.

Me fijé en que él andaba con chaleco. No hacía tanto frío a pesar de que estábamos a fines de junio. Yo vestía solo polera.

—Mi hermano me dice que cuando uno está triste hay que pensar en algo lindo y se pasa.

El Pato trabajaba con su hermano en la feria. Vendían sandías y melones en verano, y papas y cebollas en invierno.

—¿Por qué no estás en la feria?

—Un domingo va él y el otro voy yo.

Recordé que algunos domingos, cuando acompañaba a mamá a la feria, lo había visto trabajando sin compañía en su puesto. La gente comentaba que el Pato era muy bueno para sacar cuentas. Jamás se equivocaba al dar el vuelto.

—Piensa en algo lindo —me sugirió.

Cerré los ojos y recordé la noche en la plaza junto a Ingrid, mi amiga viajera. Sonreí.

—¿Qué haces acá? —pregunté.

El Pato se empezó a balancear hacia los costados. Lo hacía cada vez que se ponía feliz o ansioso.

—¡Resultó! Mi hermano tiene razón.

—Sí, tu hermano tiene razón, me siento mejor, pero ¿qué haces acá?

En mi tono de voz no había brusquedad alguna. Solo me sentía intrigado.

—Les jugamos un partido.

El Pato se balanceó más fuerte. Le mostré mi tobillo hinchado y él lentamente dejó de moverse.

—Chucha —exclamó, y exageradamente se llevó una mano a la cabeza.

—Yo no puedo jugar, pero mis amigos sí.

El Pato sonrió y me dijo:

—Esta noche, en la plaza.

Hacía un par de meses se había inaugurado la luz artificial en ese lugar.

—No sé.

Recordé que en el último campeonato estuvimos a punto de agarrarnos a combos con La Palma, y que era difícil que entre mis amigos lográramos reunir nuestra parte del arriendo. Únicamente de noche, y debido a la luz artificial, se cobraba por ocupar la cancha.

—Es solo un amistoso, nosotros pagamos la luz —dijo el Pato como adivinándome el pensamiento.

—Bueno —me encogí de hombros.

—Vamos a arrendar la cancha —propuso el Pato con tanto entusiasmo que fue imposible negarme.

Nunca habíamos cruzado tantas palabras. Yo siempre lo veía de lejos. Ellos, los de La Palma, siempre se reían junto a él. Le hacían burlas, es cierto, pero eso era un privilegio solamente de ellos. Si alguien que no perteneciera a su grupo molestaba al Pato, lo defendían a muerte. El Pato era el encargado del club. Organizaba los partidos, reunía a los jugadores y cargaba el bolso con las camisetas. También las lavaba. Él vivía con su hermano, feriante de muchos años, y una hermana a la que pocas veces se veía en la calle. Ella era la dueña de casa y era aún más gorda que el Pato. Los papás habían muerto en un accidente de tránsito cuando el Pato era muy chico. Contaban que el bus, que llevaba a los papás y a la hermana hacia el sur, había chocado de frente con un camión. Murió mucha gente y salió en todos los diarios. La hermana se salvó de milagro luego de permanecer un buen tiempo en coma.

Me sentía raro caminando junto a él. Confieso que me daba vergüenza. Además yo cojeaba un poco y como el Pato caminaba moviendo mucho los brazos, pensé que nos veríamos ridículos. Mis amigos no estaban en la calle y, en general, había poca gente pululando por ahí. Un niño de unos tres años nos quedó mirando muy asombrado. El Pato lo saludó y el niño entró corriendo a su casa.

Llegamos a la casa de don Lito, ubicada frente a la entrada de la multicancha, y golpeamos fuertemente la puerta. El Pato se rascaba la cabeza y cada cierto rato soltaba una risita. Yo me frotaba los brazos. El cielo se había nublado y una brisa fresca empezaba a correr.

Don Lito apareció muy chascón y refregándose los ojos.

– Qué huevada quieren.

–Arrendar la cancha, don Lito –contestó sonriendo el Pato.

–¿A qué hora?

–Entre nueve y diez –dije.

El Pato asintió. Su balanceo me tenía un poco inquieto así que me concentré en la desaliñada cara de don Lito.

–Son quinientos.

El Pato sacó varias monedas, le pasó cinco a don Lito y guardó las otras.

–A las nueve, entonces –balbuceó don Lito, y se dio media vuelta.

–Don Lito, espere –gritó el Pato. El viejo refunfuñó y nos miró–. ¿Me presta una pelota para pegar unos chutes?

Yo no entendía nada. Don Lito entró finalmente a la casa y cerró la puerta de un portazo. El Pato se cubrió la cabeza con las manos y reía. Yo estaba por retirarme y una sombra me hizo agachar. La pelota cayó muy cerca de mí.

–Gracias, don Lito.

El Pato tomó la pelota y entró corriendo a la multicancha. Yo lo quedé mirando. Él pateaba la pelota y la seguía, la pateaba de nuevo y volvía a seguirla. Antes del cuarto chute se detuvo en seco y me buscó con la mirada. Me hizo exagerados gestos para que yo entrara a la cancha.

No me costó mucho convencerlo de que él pusiera primero el arco. Quedamos de acuerdo en que al primer gol cambiábamos de roles. Yo le pateaba la pelota despacio. La pelota era de cuero y pequeña, como las que se usan para jugar *baby*. La idea era hacerle un gol bonito, sin tener que fusilarlo. De esa manera, también, evitaba el dolor en mi tobillo y demoraba más el momento en que yo tendría que ponerme al arco. Al quinto tiro la pelota se coló en un ángulo. Gol, gritó el Pato.

—Anulado, anulado —dije, y moví las manos negativamente.
—¿Anulado?
—Sí, hice un *foul* antes de tirar al arco.
—Bueno —dijo contento el Pato—. Soy un gran arquero.
—Un arquero de primera.
Luego de unos cinco minutos volví a embocarla. El Pato repitió el grito de la primera vez.
—El árbitro invalida la conquista por posición de adelanto del delantero —dije imitando el tono de los locutores radiales.
El Pato encontró graciosa mi performance y se rió tanto que le dio hasta hipo. Al rato se atoró y tuve que golpearle fuerte la espalda para que se le pasara.
—Nos falta un árbitro para la noche —dijo apenas se recuperó.
—Que arbitre medio tiempo cada equipo.
El Pato me miró sin entender nada. Le iba a explicar, pero él se me adelantó:
—El Menotti arbitra gratis.
Quise decirle que a mí no me parecía bien la idea, pero él empezó a caminar rápido. Salió de la cancha y lanzó la pelota por sobre la muralla de la casa de don Lito. No me atraía la idea de seguirlo, lo admito, pero empezaba a sentirme responsable de él. No podía dejarlo ir solo donde el Menotti, maricón declarado de la población y que le daba una luca a cada adolescente que se dejase practicar sexo oral.
—¿Sabes dónde vive el Menotti? —le pregunté al alcanzarlo.
—No.
Llegamos a la esquina, lo tomé del brazo y lo hice girar hacia la izquierda. Pasamos frente a mi pasaje y el Perrito nos vio pasar. Me hice el leso. El Perrito corrió a nuestro lado.
—Bonita pareja hacen —comentó mi amigo en tono burlesco.
—Gracias —dijo el Pato, y sonrió.
El Perrito me miraba, apuntaba al Pato y se reía.
—Déjate de huevear y ándate.
—La calle es libre.

—Vamos a la casa de tu "pololo" –dije, y el Pato se rió mucho. No sé si se rió por reír o porque había entendido la ironía.

El Perrito, en cambio, se puso muy serio. Hacía dos noches lo había visto junto al Menotti rumbo al botadero, lugar descampado que se usaba como basurero municipal, y hasta entonces yo no había abierto la boca.

—¿Estará en su casa o en el botadero?–pregunté mirando al cielo.

—Si me sapeas le digo a mi hermano que te saque la chucha –amenazó el Perrito.

Nos paramos en seco. Noté al Pato muy preocupado. El hermano del Perrito era el Coquito Malo, amigo mío también.

—Si el Coquito sabe lo que yo vi, al que le van a sacar la chucha es a ti.

—¿Por qué vas a ver al Menotti ahora y acompañado de éste?

—No te interesa, y ándate al tiro –El Perrito no movió un músculo–. Avísale a los chiquillos que a la noche hay partido.

El Perrito escupió al suelo y se fue, mientras el Pato sonreía aliviado. Él me dio un pequeño golpe en el hombro. Vamos, le dije. Toma, me dijo él, y me pasó una piedra que sacó del bolsillo del pantalón.

—Es para la suerte –agregó–. La besas tres veces seguido y listo.

—¿De dónde sacaste esto?

—De mi pantalón.

—Me refería... Vamos andando, mejor.

Golpeamos la puerta del Menotti. El Pato se balanceaba mucho.

—Espero que diga que sí.

—Nunca dice que no.

—¿Qué quieren? –preguntó el Menotti desde la ventana del segundo piso.

Ambos subimos la vista y a ambos también nos molestó el sol.

—Queremos que arbitre, don Menotti —dijo el Pato.
—Jugamos hoy a las nueve —dije.
—Bueno, allá voy a estar.
El Pato dio un brinco de felicidad. Yo me sentí incómodo. Bajé la mirada y a pesar de escuchar la risa del Menotti me prometí que no miraría más hacia arriba.
—Pasen a tomar bebida —nos invitó el Menotti.
El Pato dio otro brinco y dijo:
—Me encanta la bebida.
—No podemos, tenemos que irnos —dije rápido, tomé al Pato del brazo y nos alejamos de ahí.
—Yo quiero bebida —repetía el Pato mientras miraba cómo lo llevaba tomado.
—En mi casa hay.
—Pero que sea Fanta, con la Coca-Cola me tiro los medios ni que chanchos.
Sonreí y lo solté.
Llegamos frente a la puerta de mi casa y me quedé pensando. No podía hacerlo entrar. ¿Qué les diría a mis papás? ¿Cómo reaccionarían? El Pato me era cada vez menos raro, pero mi familia no lo conocía, solo lo habían visto por ahí y para ellos seguía siendo el "mongolito de La Palma". Creo que mamá hasta un poco de miedo le tenía.
—Quédate aquí que ya te traigo un vaso.
El Pato asintió y se sentó en la vereda. Antes de entrar a la casa vi cómo él se entretenía siguiendo con la vista a unas hormigas. Subí la escalera muy rápido. Apenas llegué al comedor escuché a la tía Nena que me llamaba desde el living. Fui para allá y aguanté como pude sus largos besos en cada mejilla y sus preguntas sobre mi vida. Contesté con monosílabos y al primer silencio escapé a la cocina. Mamá, muy concentrada, pelaba unos tomates. La bebida estaba sobre el mueble de la cocina. Con total naturalidad tomé la botella y llené un vaso. No era Fanta ni Coca-Cola, era Bilz, pero para el caso daba lo

mismo. Salí al comedor y mi abuela Chela me atrapó y me dijo que el almuerzo lo había preparado ella y que, por lo tanto, debía comérmelo todo. Sí, le dije, y traté de esquivarla. Hay una sorpresa, además, me dijo mientras pasaba por un lado. La quedé mirando.

—Compré helado de chocolate, del que más te gusta.

Yo le sonreí y me fui. No tuve tiempo de pensar en lo maleducado que había sido con ella. Salí a la calle y noté, con mucha amargura, que el Pato ya no estaba. Tiré la bebida junto a un árbol, pateé el suelo, me dolió mucho el tobillo, aguanté las ganas de gritar y me entré.

Con mis amigos fuimos a la multicancha y cada uno de nosotros llevaba una camiseta roja en la mano, incluso yo, que era solo el entrenador. Doblamos por la calle Araucana y vi al equipo rival que caminaba unos treinta metros delante de nosotros. El Pato iba el último y, como siempre que había partido, llevaba al hombro el bolso con las camisetas. Apenas pueda le explico lo de la bebida, pensé. Llegamos a la plaza y vi las luminarias encendidas. El Menotti y don Lito nos estaban esperando en el centro de la cancha. Sentí unas ganas enormes de jugar y me lamenté por ello. Los equipos se vistieron y yo informé la alineación titular a mis dirigidos.

—El Coquito al arco. El Nino y el Juanito, atrás. Adelante van el Willi y el Álvaro.

—¿Y yo? —preguntó el Perrito.

—Al cambio.

Mi amigo no alegó.

El Menotti llamó a los capitanes. Miré al Pato. Él estaba con su clásico balanceo previo a los partidos de su equipo. A veces palmoteaba y arengaba a sus jugadores. Vamos a ganar, decía. Yo esperaba que se equivocara. En el último campeonato, con el que se había inaugurado la luz artificial, nosotros habíamos perdido cinco a cuatro con La Palma. Ahora era la oportunidad precisa para vengarnos. Nosotros, Los del Cayul, no nos juntábamos con niños de las poblaciones vecinas. Los encontrábamos demasiado pelusas. Por lo mismo nuestros vecinos siempre nos querían ganar. Ellos alegaban que nosotros éramos unos cuicos al peo.

A los cinco minutos perdíamos por dos a cero. El Perrito daba vueltas a mi alrededor y el Pato saltaba de felicidad. En una de las tantas ojeadas que le di me fijé que él sacaba una piedra del pantalón, la besaba tres veces y la guardaba. El Perrito también vio lo mismo.

—Hay huevones y huevones —me dijo.

No lo tomé en cuenta. Esperé que mirara hacia otro lado y yo saqué *mi* piedra de la suerte y realicé el rito de los tres besos. Antes de un minuto el Nino marcaba el descuento. Bien, dije, y saludé al Pato con la mano. Él me sonrió, luego miró hacia la cancha y empapeló a garabatos a su arquero. Nadie del equipo de La Palma le dijo nada. Antes de que se reanudara el partido, saqué al Álvaro y metí al Perrito. Fue, sin querer, una jugada maestra. El Juanito robó la pelota, se la pasó al Perrito, éste eludió a un rival y pateó al arco desde un metro antes de entrar al área. La pelota no tocó a nadie, por lo que el gol no era legítimo, y solo el Coquito, que por su posición no pudo apreciar bien la acción, celebró el tanto. Para sorpresa de todos el Menotti validó el gol. El equipo rival se fue inmediatamente encima del árbitro. El Pato hervía de rabia y pateaba el suelo. El Perrito se reía con mis amigos y los abrazaba. Nunca fue capaz de mirarme. El Menotti lo estaba regaloneando. Ambos lo sabíamos.

Los palmeños siguieron alegando y rodearon al Menotti. El Pato se agregó al conciliábulo y era el que más garabatos vociferaba. El Nino se acercó de forma pacificadora al grupo y un empujón lo lanzó lejos. El Nino agarró al culpable del empujón y de un solo combo lo tiró al piso. Ahí empezó a quedar la grande. Yo, vil cobarde, me limité a taparme los ojos. Fue un acto de resignación, también. El Menotti se salió de la cancha y los jugadores seguían dándose combos, aunque, cabe aclarar, eran esporádicos, más que nada bravuconadas. Lo que más me llamó la atención fue que el Pato daba empellones a todos mis amigos y ninguno de ellos reaccionaba contra él. Lo ignoraban y seguían haciéndose los chicos malos con los otros palmeños. El Pato hacía el ridículo y me sentí mal. Me acerqué a él y traté de conversarle. Un combo en plena oreja recibí de su parte. No tuve tiempo de pensar (o si no no hubiese hecho lo que hice) y le enterré mi zapatilla en su trasero. Se hizo un largo silencio. La patada la había lanzado con mi pierna mala y el tobillo me dolía mucho. El Pato se sobaba sus nalgas y me miraba asustado. Fue el Richard, el capitán del equipo rival, el primero en irse encima de mí. Caí al suelo y recibí muchos golpes. Mis amigos trataban de defenderme, pero los otros atacaban con mucha rabia.

—Huevón maricón —me gritó uno de ellos.

—¿No ves que el Pato es enfermo? —me gritó otro.

Me quedó dando vuelta lo de "enfermo". Yo al Pato ahora lo veía sano como un roble. Era distinto, sí, pero nunca enfermo. Una patada en las costillas terminó de golpe con mis cavilaciones.

Por suerte llegó don Lito y todo se calmó. Si algún equipo no le hacía caso a él, jamás podría volver a jugar en esa cancha. Era una regla de oro y se respetaba. Don Lito abrió la puerta y dejó que nosotros nos fuéramos primero. Yo iba cojeando y desde la reja me seguían lloviendo los insultos y algunos escupos. Vi al Pato que se estaba riendo mientras saludaba de mano a don Lito y me sentí mejor.

—La cagaste, Betto —me dijo el Nino.

—Es un huevón más —dije en voz alta, y mis amigos se quedaron mirándome como si hubiese dicho una barbaridad.

Esa noche me costó un mundo dormir. Repasé la escena del puntapié al Pato en varias oportunidades. No alcancé ni a pensar, me decía. Además, si el Pato se mete en una pelea tiene que aguantar las consecuencias. El cuerpo me dolía en distintas partes, pero prometí no contar nada a mis padres. Estaba convencido de que ya había llegado a una edad en que uno se defiende solo. Finalmente me dormí y al poco rato, así lo sentí, desperté para ir al liceo todavía adolorido y con mucho sueño.

Esa mañana en el liceo no la recuerdo en absoluto. Salí de clases y caminé a casa con desgano. Lo del Pato no dejaba de darme vueltas en la cabeza. Prometí que le pediría disculpas y que le aconsejaría que se mantuviera lejos de las peleas. Estaba convencido de que me entendería. No lo había tratado tanto, pero en el poco tiempo que habíamos compartido me di cuenta de que él no era un tonto como yo lo había pensado, solo era distinto, insisto, y hasta me parecía que era más feliz que cualquiera de nosotros, los "normales".

A unas dos cuadras de casa vi al Pato y a su hermano que venían caminando en mi dirección. Cagué, pensé, y se me apretó el estómago. El Lucho, el hermano, venía fumando y a unos diez metros botó la colilla al piso. Él era muy alto, fornido y tenía unos veinticinco años. El Pato, apenas me vio, corrió hacia mí. Me dio un fuerte abrazo que me desarmó entero. El Lucho se detuvo a unos cinco metros de nosotros y miró hacia las copas de los árboles, como si le importara poco lo que estaba haciendo su hermano.

—Anoche empatamos —dijo el Pato—. Tenemos que jugar la revancha.

—Sí, sí, puede ser —con el rabillo del ojo no descuidaba los posibles movimientos del hermano—. ¿Le contaste a tu hermano lo de anoche?

—¿Lo de anoche? Creo que no. ¿Has usado la piedra de la suerte?

Metí la mano en el bolsillo del pantalón y se la mostré.

—Poco. Oye, es mejor que no lo cu...

—Bésala tres veces.

Miré al Lucho y él estaba saludando a un vecino que pasaba por la vereda del frente. Besé rápidamente la piedra en tres oportunidades y la guardé nuevamente.

—Es mejor que no...
—Tú eres mi amigo —dijo el Pato, y sonrió hasta con los ojos.
—Sí, lo soy —le dije, y le estiré la mano. Nos dimos un fuerte apretón—. Más rato quiero conversar contigo.
—Yo te voy a ver.
—Me tengo que ir.

Nos despedimos con otro apretón de manos y con el Lucho nos saludamos con un pálido movimiento de cejas.

—Ese es mi amigo, lo conocí hace poco... —alcancé a escuchar que el Pato le contaba a su hermano.

Yo aceleré el paso.

Llegué a mi pieza, tiré la mochila sobre la cama y el sonido del impacto fue distinto al habitual. Miré atento y noté que un sobre se asomaba por debajo de la mochila. De golpe lo tomé y el corazón me latió a mil por hora. Era Ingrid que me escribía de Nueva York. El sobre tenía una franja azul y roja por todo el contorno, como los sobres aéreos, y en la estampilla se podía apreciar la silueta de dos edificios iguales. Demoré un rato antes de recuperarme del impacto inicial. No me atrevía a descubrir el contenido de la carta. ¿Qué me dirá? ¿Todavía me quiere? ¿Volverá luego? Una vez que obtuve el valor necesario rompí el sobre delicadamente y expuse las esquelas (eran cuatro y estaban totalmente escritas con una letra pequeña y de bonita caligrafía) frente a mis ojos. En el primer párrafo ella me pedía disculpas por no haber escrito antes y me confesaba que se la pasaba pensando en mí. Si yo hubiese sido el Pato en ese momento me habría balanceado tanto que de seguro me hubiese caído al piso. Tomé aire y me dispuse a seguir leyendo.

—Betto, huevón, mírame —dijo alguien desde la ventana.

Era el Nino. Dejé las esquelas sobre la cama y fui hacia la ventana tratando de ocultar mi estúpida sonrisa.

—¿Te escribió la Ingrid?
Asentí.

—Qué bueno, de ahí me cuentas, pero ahora no te tengo buenas noticias.

Lo miré extrañado. Ingrid me había escrito, era una carta larga y en el primer párrafo me decía que se la pasaba pensando en mí. ¿Qué cosa podría ser eso de las malas noticias?

—El Lucho está en la entrada del pasaje esperándote.

Me asomé y lo vi muy quieto paseándose de un lado a otro.

—¿Qué quiere? —pregunté, sin sonrisa alguna dibujada en mi cara.

—Me dijo que te dijera que quiere conversar contigo.

—Ya debe saber lo de la pelea.

—Supongo.

—¿Y el Pato?

—Cuando llegué vi cómo el Lucho retaba al Pato y lo mandaba para casa.

Miré nuevamente hacia fuera y nada había cambiado.

—Estoy frito.

—¿Qué vas a hacer?

—Voy a ir a conversar con él.

—No seas huevón, te va a sacar la cresta.

—No creo que pase nada.

—Yo voy detrás tuyo, por si acaso.

Agradecí con una sonrisa las palabras de mi amigo y volví a la cama. Dejé las esquelas ordenadas sobre el velador y salí al pasaje. Inmediatamente después de cerrar el picaporte, tomé la piedra de la suerte y la besé tres veces, pero en vez de guardarla en el bolsillo del pantalón, la dejé atrapada en mi puño. Vi al Nino que se estaba comiendo las uñas y eso no me dio mucha confianza. Caminé hacia la entrada del pasaje y noté cómo el Lucho dejó de caminar de un lado para el otro apenas me vio. Quise detenerme, pero no lo hice, es más, apuré el paso.

ENTREVISTA CON ROBERTO FUENTES

1. ¿Qué papel tuvo el fútbol en tu juventud?
Se dice que el fútbol es el opio del pueblo. Yo vivía en un sector pobre de Santiago y como nuestros patios eran pequeños, con los amigos nos juntábamos en el pasaje. Ahí bastaba una pelota para alegrar las largas tardes. Cuando éramos quinceañeros nos inscribimos en un club de fútbol y fue nuestra primera vez que jugábamos en una cancha grande. Anduvimos perdidos varios partidos hasta que nos acostumbramos a ellos. En resumen, el futbol me ayudó a matar horas y a conocer nuevos amigos.

2. ¿Le vas a algún equipo?
Soy colocolino desde siempre. Tengo carné de socio y voy al Monumental a alentar a mi equipo. Ser hincha de Colo Colo es ser mapuche, ser del pueblo y me ayuda a no olvidar de dónde vengo.

3. ¿Es preferible para ti como hincha un buen resultado o un buen partido?
Cuando juego prefiero un buen partido. Entretenido, apretado, transpirado. No importa mucho el resultado. Pero cuando juega mi equipo y sólo soy hincha, me contento con ganar. Los colocolinos somos mal criados, acostumbrados a obtener los tres puntos cada domingo.

4. ¿Qué te motiva a escribir ficción que tiene lugar dentro de un contexto chileno?
Narro sobre mi mundo. Escribo sobre lo que conozco. Sobre mi despertar a la vida en una zona popular ochentera de Santiago. En plena dictadura, además. Me siento comprometido con un mundo donde la gente viaja en micro y asiste a escuelas públicas.

La idea es mostrar, enseñar, ojalá emocionar. No existe un afán panfletero o de reivindicación.

5. ¿Cuáles son las intersecciones entre la política y el fútbol en Chile?
Uf. Mucha. La dictadura manejaba el fútbol chileno. Y eso todavía se huele. Hoy los dueños de los clubes son todos empresarios derechistas que alguna vez amasaron su fortuna gracias a la dictadura. Espero que pronto los hinchas logremos recuperar a los clubes.

6. ¿Ves alguna conexión entre el proceso de creación y la manera en que uno juega o la manera de ser hincha?
Obvio. Para escribir se necesita disciplina y pasión. Parecido a jugar fútbol donde la disciplina y la concentración son muy necesarias, además de mucho corazón. Para ser hincha basta solo la pasión. Ahí la razón queda un poco afuera.

7. ¿Hay algún autor de ficción de fútbol que ha influenciado este cuento?
Quizás Benedetti. Tiene un cuento donde el atacante juega bien a pesar de que eso le cueste una paliza o la misma vida. Si la pelota queda boteando en el área es imposible reprimir el impulso de impulsarla adentro y, como en mi caso, de narrarlo.

8. ¿Qué papel ocupa la ficción futbolera dentro de la literatura de tu país?
No es tan importante debido a que el mercado, que mete su nariz en todas partes, es pequeño. Se lee poco, se vende poco libro. Existen más textos periodísticos de futbol que de ficción. Es una pena. El futbol es un pequeño mundo que refleja la sociedad entera.

9. ¿Hay una identidad o un estilo que se asocia con el fútbol chileno?
Antes se decía que éramos tácticos. Eso era un eufemismo. En realidad éramos simplemente mediocres. No jugábamos a nada. Hoy con Sampaoli y gracias a la herencia de Bielsa la selección Chilena busca todos los partidos, no importando el rival. Chile corre y ataca mucho. Ya no sabemos jugar de otra forma. En hora buena.

10. ¿Qué significa para la región tener otro Mundial en el continente en 2014?
En Chile existe mucho fanatismo por el fútbol. Somos la selección que lleva más hinchas al estadio durante las clasificatorias. Y ahora con un mundial cerca nuestro vamos a pintar las ciudades brasileñas de rojo.
Como se sabe, la FIFA designa las sedes basándose con un criterio económico. Ahí Sudamérica está atrás. Pero si es por pasión e historia, debiéramos tener un mundial en la región cada 8 años.

11. ¿Crees que la selección chilena tiene esperanzas?
Nuestra selección nos hace soñar. Nadie nos quita eso. Podemos ganarle a cualquiera. El problema es que nos falta plantel. No tenemos jugadores suplentes para reemplazar a los titulares sin mermar demasiado el equipo. Y en la defensa necesitamos solidez. Si logramos mejorar en estos dos aspectos en Brasil podemos llegar a la cima o muy cerca de ella.

COLOMBIA
RICARDO SILVA ROMERO

RICARDO SILVA ROMERO nació en Bogotá, Colombia, en 1975. Estudió literatura en la Universidad Javeriana. Entre 1999 y 2000 hizo una maestría en cine en la Universidad Autónoma de Barcelona. Es autor de la obra de teatro *Podéis ir en paz* (1998); del poemario *Terranía* (Planeta, 2004, Premio Nacional de Poesía); de la biografía *Woody Allen: incómodo en el mundo* (Panamericana, 2004); de los libros de cuentos *Sobre la tela de una araña* (Arango, 1999) y *Semejante a la vida* (Alfaguara, 2013); de los cuentos ilustrados *En orden de estatura* (Norma, 2007), *Que no me miren* (Tragaluz, 2011) y *El libro de los ojos* (Tragaluz, 2013); y de las novelas *Relato de Navidad en La Gran Vía* (Alfaguara, 2001), *Tic* (Planeta, 2003), *Parece que va a llover* (Planeta, 2005), *Autogol* (Alfaguara, 2009) y el díptico *Érase una vez en Colombia* que conforman *El Espantapájaros* y *Comedia romántica* (Alfaguara, 2012). Además de escritor, es periodista, guionista y crítico de cine. Partidario del Millonarios, reside en Bogotá. "El Cucho" apareció en *Semejante a la vida* (Alfaguara, 2013).

EL CUCHO

El partido comenzó hace cuarenta minutos, pero todavía van cero a cero. Los locales, como siempre, están acorralados. El Cucho, que es el entrenador, el director técnico del equipo del colegio, el Gimnasio del Retiro, se muerde las uñas porque lo van a echar, porque el rector, presionado por el Consejo Directivo, ya no le va a aguantar que los chinos se dejen meter otro gol o que pierdan otro partido. Esta es su última oportunidad.

Sí señor: esta vez tienen que ganar. Como sea. Este año el Gimnasio lo ha perdido todo: el concurso de bandas, las olimpíadas de matemáticas, el puesto en el escalafón de los mejores colegios de Bogotá. ¿También van a quedar por fuera de la segunda ronda del campeonato? ¿Tendrán que reconocer que no solo no les funcionan las cabezas sino que tampoco son capaces de usar las patas?

El Cucho cree que sí. O sea, está convencido de que ese es el peor equipo de fútbol que ha visto en su vida. Quisiera reírse de ellos, pero no puede porque es el entrenador. Los goleadores cabecean con los ojos cerrados, los defensas le pegan puntazos al pasto y los mediocampistas tratan de terminar una conversación que comenzaron en el recreo de almuerzo.

La suplencia está hecha de tipos altos, muy altos, que no entraron en el equipo de basquetbol y no tienen guayos. El arquero le tiene miedo al balón y acaba de perder el examen final de química y el crack del equipo, el jugador de quien depende la figura, el esquema, la estrategia, Mateo Delgado, el hijo de Roberto Delgado, el respetado presidente del Consejo Directivo del colegio, sufre constantes ataques de asma y hasta el momento no ha tocado ni una sola vez el balón.

—Estamos jodidos —dice El Cucho—, habrá que pedirle puesto a mi cuñado.

—Profe, ¿qué hace su cuñado? —pregunta El Chino Morales, que es malo no solo para el fútbol, sino para todo, para el estudio, la vida social, la familia, todo, y por eso, porque le inspira compasión y mucha, mucha lástima al Cucho, se ha convertido en el asistente técnico del equipo.

—Tiene una cadena de ferreterías, chino, y para que vea que no le va nada, nada mal —dice El Cucho justo cuando Mateo Delgado, en la primera jugada que hace el equipo en todo el partido, en el contragolpe, se saca a uno, a dos, a tres, le hace una finta al arquero, y es derribado por un malparido del otro equipo, porque, claro, esos niñitos de esos colegios ricos, como este, juran que una patada no importa y que uno no se raspa ni nada—: ¡penal!, ¡penalti!, ¡juez!, ¡árbitro, papá!: ¡penalti!

La banda toca, con rabia, el himno del Gimnasio del Retiro. El rector del colegio se abraza con los alumnos de último año. El profesor de filosofía, Londoño, sonríe con ironía. El árbitro, aterrado, dice que ahí no hay nada, que sigan jugando, y mira de reojo a las tribunas que avanzan un poco, como uno solo, como si se le fueran a ir encima a lincharlo. El Cucho se deja caer sobre la banca. Se afloja la corbata. Puede estar a punto de un infarto o de un gas. Cualquiera de los dos. La angustia y la Coca-Cola le hacen daño.

—Perdón, chino —dice—: la Coca-Cola me infla la barriga.

—Fresco, profe, mi hermanita vive con amebas.

—¿Amebas?: ojo, chino, que esas se pueden enquistar en el cerebro, ¿oye?

—No, no, no: amebas —dice El Chino y se pone a pensar en la posibilidad de que El Cucho no sea tan brillante como él cree.

Jaime Venegas, el capitán del equipo del colegio, famoso por sus paticas chiquitas, se lanza contra el inmenso defensa que cometió el foul no solo porque Mateo Delgado es su mejor amigo sino porque habían quedado de ir a hacer rafting a Barichara este fin de semana, y ahora, que lo ve lamentándose en el suelo, dándose besitos en la rodilla, se imagina que habrá que cambiar de planes. ¿Qué será?: ¿cine en el Andino?

Los jueces de línea entran a la cancha para impedir la pelea. El árbitro, con los ojos rojos, como carne cruda, se tapa la cara con las manos.

El Cucho y El Chino se meten al campo. Las trompetas de la banda tratan de tocar algo, pero todas se equivocan de canción y se quedan mirándose las unas a las otras. El rector del colegio le ordena a la tribuna que no se mueva. Que no vaya a dar un paso más. El profesor de filosofía, Londoño, ayuda a controlar la situación.

—No nos vamos a dar en la jeta por un partido de fútbol —les dice—: a ver allá, usted, tranquilo.

—¿De qué colegio creen que son? —les pregunta el rector—, ¿del liceo Richard Nixon?

Los plays del curso, liderados por Rodrigo Peña, que tiene una avioneta espectacular, y sabe volarla, se ríen porque nunca habían oído hablar de un colegio tan lobo. La barra del otro equipo, que es el de un colegio masculino del norte, otro, que para decir verdad ha preferido no ser mencionado en esta crónica, provoca, con señales de la mano, la ira de los fanáticos locales.

—Bueno, bueno, a portarse como gimnasianos —dice el rector y señala a la hinchada del otro colegio—, que ellos pongan la grosería, que nosotros, mientras tanto, ponemos la decencia.

Mientras El Chino Morales separa a Venegas del inmenso defensa, del agresor, del capitán del otro equipo, un tipo de unos veinticuatro años que no habrá sido capaz de pasar cálculo en los últimos seis años y se habrá despedido de todos en los últimos seis anuarios, El Cucho se le queja con rabia al árbitro a pesar de que el juez de línea, que tiene la pantaloneta subida hasta el cuello, y manotea y manotea y manotea, le exige con palabrotas que vuelva a su lugar y no ponga problemas.

El árbitro se quita las manos de la cara. Y El Cucho descubre que lo conoce de la guerra de Corea y que está llorando desconsoladamente, como un niño chiquito.

—¿Qué pasa, juez?, ¿por qué llora, hermano?

—La mamá se le murió esta mañana —dice el juez de línea.

El árbitro asiente y berrea. Es, desde ya, un recuerdo imborrable. Su mamá ya no está y todo el mundo, en la tribuna, se empeña en recordársela. Pobre hombre de negro. El Cucho le quita el silbato de la boca para que no pite ahora, cuando El Chino Morales impide que Venegas sea destrozado por el veterano defensa y el rector detiene, junto con Londoño, el profesor de filosofía, la rabia de las graderías.

Mateo Delgado está a punto de perder el conocimiento y, en medio de la pelea, al tiempo que sufre un intenso ataque de asma y su papá entra a la cancha para salvarlo con un poco de Ventilán, solo puede pensar en la clase de filosofía, y en que Londoño, el profesor, dijo que no había ninguna forma para probar que sí existíamos, y que todo esto, la hinchada, el balón, el arquero, incluso El Cucho, podría ser parte de un sueño.

Pero si el mundo es una ficción, ¿por qué le duele la rodilla?, ¿por qué se queda sin aire?, ¿será que, como dijo Londoño, ha sido educado en el miedo y el dolor?, ¿puede ser que, como decía Platón, ya hace como cien años, o una cosa así, solo exista la idea, la idea del dolor, o la del miedo, o la del asma?, ¿puede ser que solo tengamos la palabra "miedo", y la palabra "palabra", y que tengamos que conformarnos con esos códigos y pretender que sí, de verdad, aprendemos el mundo?, ¿o cómo era eso que decía el profesor esta mañana?

Ahora abre los ojos y ve a su papá. No está muerto. Si lo estuviera, su papá estaría vestido de negro. Como el árbitro. Y no oiría la banda del colegio, sino el coro de la iglesia. Aunque, si lo piensa con cuidado, le encantaría que lo enterraran en el punto penal de la cancha. Con la banda y con todo.

El Cucho, a unos metros, le pone una mano en el hombro al árbitro. La vida debe continuar. El partido tiene que seguir y el equipo tiene que ganar. No puede perder el puesto. Esta vez no. La pensión, con el ácido úrico podrido, con la próstata de los setenta y tres años, y la pierna tiesa de Corea, ya no le sirve para nada, y ya no es solo que los dueños del apartamento lo estén presionando para que pague el arriendo ni que el amante de su esposa necesite un poco más para comprar aguardiente ni que le haga falta un poco para sostener a su única hija, que resultó madre soltera, y ya ha acusado a tres inocentes de ser el padre, sino que, como si fuera poco, tiene que cancelar, como sea, una deuda de juego. Podría no pagarla, claro, pero quizás en el futuro necesite sus brazos y sus piernas para algo. Mejor pagarla.

—Hermano —dice El Cucho—, ¿me perdona si le hago una pregunta?

—Yo no vi ningún penalti —dice el árbitro—: el pelao se piscinió.

—Pero hombre, no, si ya no tiene una rodilla —dice El Cucho.

—Ahí no hubo nada —dice el árbitro sorbiendo los mocos—: se vuelven mañosos de tanto ver televisión.

—Claro que esa no era mi pregunta —aclara El Cucho—, yo sé que usted ya no puede echarse para atrás, hombre: mi pregunta es si usted estuvo en la guerra de Corea.

—¿Por qué?

—Porque yo creo que usted es Atanasio García y yo creo que le salvé la vida.

—¿En Corea?

—En el avión: usted estuvo a punto de caerse y yo alcancé a cogerlo en el aire pero por un poquito y se nos mata.

—¿Usted es Ramiro Carranza? —dice como si regresara a la infancia.

—Tiempo sin vernos, ¿no? —dice El Cucho—: uno les salva la vida y después desaparecen.

—No, no diga eso —dice el lloriqueo del árbitro—: es que llega una cosa y la otra y uno se casa y la vieja resulta defectuosa, y la mami se le muere a uno, y los hijos se van y uno después, en pleno partido, solo quiere morirse.

—Siento mucho lo de su mami —dice El Cucho—: yo sé que era la niña de sus ojos.

—Tan linda la vieja, ¿cierto?

—Hombre no, yo no la conocí, pero usted hablaba de ella hasta dormido.

—¡Árbitro hijueputa! —grita Peña, el líder de los plays del colegio, y entonces se hace el gracioso imitando a una especie de hincha paisa—: comenzá el partido, papá.

—Lárguese —le dice el rector, que, pobre, al comienzo de su gestión insistía en que había que tratar bien a los muchachos, en que el colegio debía convertirse, de verdad, en un segundo hogar, y en que en vez de instruir tenía que educar, pero ahora, seis años después, está convencido de que hay que coger a esos malparidos hijos de papi por el cuello, y zarandearlos y hacerlos poner de rodillas para que pidan perdón por lo estúpidos que pueden llegar a ser —: no quiero volverlo a ver.

—¿Y entonces por qué mejor no se va usted? —le dice Peña.

El auditorio emite un "oh" colectivo y se queda callado. El rector mira al suelo, a su zapato desamarrado, y piensa que debería irse a vivir a otro país, o poner un negocio, y desaparecer, o volverse informante de la guerrilla y comenzar por decir que los Peña tienen una avioneta espectacular.

—Váyase, no sea insolente.

—Y si no, ¿qué?

—Ya, ya, Peña —dice el profesor de filosofía—: nadie lo va a aplaudir por dárselas de valiente.

—¿Y usted más bien por qué no se calla? —le dice Peña—, ¿no tiene ningún alumno para coquetearle?

Segundo "oh" colectivo. Los demás plays comienzan a molestarse con Peña. Ya no es chistoso. Ya es ofensivo. El pobre profesor Londoño será medio amanerado, y se vestirá con sacos pegados al cuerpo, pero no porque invite a los alumnos a tomar cafés a los lugares de moda, o porque los lleve de noche a conocer su apartamento, o les haga preguntas privadas, ahora va a resultar marica. Y si lo es, ¿qué? ¿No eran homosexuales Platón y Aristóteles?, ¿no iban los griegos por ahí, medio empelotas, hablando de si somos más reales que nuestras propias sombras?

—El lunes lo espero en mi oficina a primera hora —dice el rector—: si no va, considérese expulsado del colegio.

Si no se reanudara el partido, si El Cucho no animara al árbitro a continuar el juego, seguro que Peña, que ahora se ríe de las amenazas del rector, y se mete el dedo índice en la boca como diciendo que en cualquier momento va a vomitar, armaría una tragedia.

—Profe, ¿usted ya se conocía con el juez? —pregunta, en la otra orilla de la cancha, El Chino Morales.

—Nos conocíamos de la guerra.

—¿De Corea?

—De Corea, chino, de Corea, pero ahora vaya, reúna al equipo que tengo que hablar una vaina aquí con el juez, con Atanasio: estimúlelos, mentalícelos, métales cojones.

—Listo, profe, gracias —dice El Chino y corre porque para él esto es un mundial, una oportunidad de la vida. El árbitro, que está muy triste, pero no es bobo, le pide al juez de línea, con un gesto simbólico, que declare finalizado el primer tiempo. Y así lo hace. Y la tribuna, consternada, se desgrana en unas doscientas personas. Y tienen hambre.

—¿Y Atanasio cuándo salió de la cárcel? —pregunta El Cucho así, como si nada, como al mismo aire del pobre juez—, ¿no que tenía que estarse como treinta años?

—Yo no le toqué ni un pelo a esa niña —dice el árbitro y le da un beso a un círculo que arma con su dedo gordo y su dedo índice—: Dios es mi testigo.

—Hombre, lástima que Él no haya declarado en la indagatoria —dice El Cucho —: se habría salvado de la cárcel y se habría evitado la fuga de hace tres meses.

—¿Cuál fuga?: yo no le hice nada a esa pelada.

—Hombre, tranquilo, mucha gente ha estado en la cárcel —dice El Cucho: nunca se le había pasado algo tan horrible por la cabeza—: tranquilo que yo no voy a decir nada, yo sé cómo son esas niñas cuando están en los colegios, yo solo quiero que ninguno de los dos, ni usted ni yo, perdamos el puesto.

El árbitro abre sus ojos crudos. Él no ha hecho nada malo y quiere mucho a su mamá. Esa es la frase que le pasa por la cabeza.

—Usted sabe que yo siempre he estado listo a salvarle la vida.

—Yo sé, yo sé —dice la sabiduría del árbitro—: no se preocupe.

—Gusto de verlo, Atanasio.

—Lo mismo digo, Ramiro.

Y El Cucho no se voltea a mirar al árbitro ni una sola vez mientras camina hasta donde está el equipo, que ahora se burla del discurso, plagado de lugares comunes, que ha emprendido El Chino Morales.

—Bueno, bueno —dice El Cucho al tiempo que saca un recorte de periódico del bolsillo de su chaqueta de cuadritos con parches de gamuza en los codos—, dejamos la rochela y nos concentramos en jugar un poquito de fútbol. Es que yo no sé qué es lo que les pasa. ¡Puta!: ¡tiene más garra un anca de rana! Es que hasta yo les estaría dando sopa y seco a esos vergajos.

—Pero Cucho, ¿no ve que nos están jugando sucio?: metieron al huevón ese en la defensa y casi me mata.

—Pero claro que nos están rabonando, Delgado, claro, hasta su taita creyó que me lo habían matado, y todo, pero yo sí le digo una cosa: aquí donde me ve trabajé en un taller, fui a Corea, jugué en las inferiores del Santa Fe, tuve un restaurante y quebré, alcancé a hacer una hija y me duele un jurgo mear, pero a los setenta y tres todavía se me para cuando pasa una muchacha en minifalda y todavía pongo los pases como con la mano y los goles

en donde el carpintero puso la escuadra. Y usted tiene cuántos, ¿diecisiete?
—Diecisiete.
—Y hombre, nada, nada de nada por ahí.
—No le entiendo, Cucho.
—Que parece un mariquita, Delgado, un mariquita: ¿ya se le acabó el aire?, ¿quiere que el cacorro de filosofía le haga respiración boca a boca?

El equipo se ríe. El Cucho los mira, uno por uno, y piensa, con cierta ternura, que al final son como unos hijos de mierda que nunca tuvo. Delgado sabe que el entrenador no ha querido ofenderlo, y que lo que le está diciendo es, en realidad, que todos dependen de él. Que tiene que jugarse el partido de la vida y salvarle el puesto porque ni su papá, ni el rector, están dispuestos a perder otro torneo.

—Pero si ni siquiera tenemos pruebas de que existimos —dice Delgado—, entonces, ¿para qué nos matamos jugando?
—¿Qué?
—Pruébeme que existimos, Cucho: deme una prueba de que esto sí es la realidad, de que no somos un programa de computador, o una obra de teatro montada por un dios maligno.
—Mierda: este se enloqueció.
—¿Usted dice como en *The Matrix*? —pregunta El Chino Morales. Los demás, claro, han perdido el interés porque, existamos o no, habitemos o no un juego de PlayStation, la verdad es que ahí, mírenla, viene una vieja espectacular.
—Exacto: como en *The Matrix*.
—¿Usted la vio, profe?
—No, chino, no: yo me quedé en *El último cuplé*.
—Cucho: dígame que no se ha puesto a pensar nunca que de pronto todo es un sueño.
—Es una pesadilla: si fuera un sueño, iríamos ganando.

—En serio: no hay ninguna manera de probar que esto no es una ficción, y si lo es todo depende de que queramos jugar el juego.

—Pero yo pienso, yo como, yo tengo hambre —dice El Chino Morales—, ¿eso no cuenta para nada?

—Para nada: alguien nos está engañando.

—Pero entonces nada tiene sentido.

—Nada.

—Todo es como una película.

—O como un partido de fútbol —dice El Cucho—: como este picado, y vamos a ganarlo, y vamos a sudar esa camiseta y a correr hasta los fueras de lugares.

—Pero si todo es un juego, no hay necesidad de inventarse otro: perder o ganar da lo mismo.

—No, chino, no: hay que ganar —dice El Cucho—. ¿O es que se les hicieron así?, ¿ah?, ¿se acullillaron?, ¿me van a venir a mí con pendejadas?, ¿saben qué tengo aquí?, ¿en la mano?, ¿no?

No, no saben.

—Este es mi horóscopo, el de Leo, ¿quieren que se los lea?, ¿no?, ¿sí?, ¿les da lo mismo? Pues dice "siempre piensa en los demás pero hoy necesita estar en primer lugar: darse gusto y hacer los viajes aplazados. Se guiará por la intuición, hará los cambios que esta le indique y se relacionará con las personas que sienta próximas. Gracias a su intuición, antena en tierra, encontrará también una forma segura de invertir su plata. Con su intuición de zorro de monte podría pronosticar resultados electorales o partidos de fútbol". ¿Partidos de qué, chino?

—De fútbol, profe.

—No de tejo ni de basquetbol ni de tenis, ¿cierto?

—No señor: de fútbol.

—Eso es: aquí hay un zorro, uno que sabe más por viejo que por diablo, y eso soy yo, que existo, que todo el tiempo siento agrieras, y que voy, y hago la fila, y pago la cuenta de luz, que existe, y aumenta, y no me vengan a decir que es un engaño de los sentidos, porque ahí el engaño es del gobierno, y sé que este es el momento, que no hay más, que o ganamos o ganamos, y si no ustedes pierden un recuerdo de sus vidas y yo el último puesto que me queda. Delgado: hay que jugar el juego, métale huevos, póngale picante. ¿Quiere pensar que nada existe? Pues piénselo, mijo, porque qué más da. Da lo mismo. Si todo esto es un juego, una farsa, no hay que tener asma y lo que hay que hacer es jugar, ¿sí o no?

—Pero este es mi último partido –dice Delgado.

—Lo que sea, mijo, pero despabílese, por Dios, despabílese: juegue por esa vieja –dice señalando a la mujer que camina por el borde del colegio–, por ese culo, por esa sonrisa, ¿usted tiene novia?

—Sí, Cucho, sí, qué importa.

—Hombre, importa mucho: ¿está en las barras?

—Sí señor –dice El Chino Morales–: es esa.

—¿Y no quiere zampársela?

—Bueno sí, no, no en esos términos.

—Entonces qué, ¿quiere que sea suya?

—Como sea, Cucho, da igual, qué importa.

—Hombre, importa mucho: si no quiere jugar porque no le ve el sentido a nada, juegue porque está quedando como un marica con su papá y con su novia.

El equipo dice que sí con la cabeza, como si estuvieran a punto de una batalla y el general les hubiera gritado un estupendo discurso para avivarlos, para enfurecerlos, para incendiarlos. El árbitro, cansado de todo, pita y señala el centro del campo para que comience el segundo tiempo. Y El Cucho los mira a todos y les dice, con un gesto, que su vida depende de esos cuarenta y cinco minutos.

—Yo veré, Delgado, yo veré.

—Fresco, Cucho –dice Mateo Delgado mientras se levanta y recupera, con un par de movimientos, la flexibilidad–: si perdemos yo le digo a mi papá que fue mi culpa.

El Cucho sonríe. Así era él cuando tenía esa edad. Irreverente, hábil con la zurda, metelón. A veces quisiera ser más joven. Saber más por diablo que por viejo. Pero no, ya no, ya qué, casi siempre se siente muy bien, con todo y sus setenta y tres años, fuerte, como un toro, y nunca lamenta demasiado ser viejo.

El Chino Morales está muy nervioso. No quiere perder al Cucho. Lo ve ahí, con la corbata suelta, secándose la frente con un pañuelo de rayas, resoplando, escarbándose un poco la nariz, y quiere ser su asistente técnico para siempre. Es su maestro. Nadie, en ese colegio, había podido estimularlo como El Cucho.

Y comienza el segundo tiempo del partido. Y el tipo de veinticuatro años, el defensa del otro equipo, se le pega a Delgado como un guardaespaldas, y no lo deja moverse, ni respirar, ni nada, y entonces El Cucho cierra los ojos y se dedica a oír los insultos de las barras, los regaños del rector y las exclamaciones del Chino, que le recuerdan, vagamente, a las de Robin, el compañero de Batman, en la serie de los sesenta.

Van a perder. El Cucho abre los ojos y allá va, por la derecha, un pase al fondo, y un delantero del otro equipo, que corre y corre y corre, está a punto de centrar el balón, y lo hace, y el tipo de veinticuatro años llega y cabecea tan duro que parece que le hubiera pegado con la pierna, y el arquero, aterrado, cierra los ojos, y es gol, Dios mío, y eso deja el marcador uno a cero, o cero a uno, mejor, cuando queda media hora para que se termine el partido. Y al cucho ni siquiera le sirve empatar. No, no puede. Tiene que ganar porque, de lo contrario, saldrán del torneo. Del único campeonato en el que son locales. De la competencia que ellos mismos organizan.

Hay que hacer algo. Se quita la chaqueta de cuadros, se la entrega al chino Morales, que la dobla con cuidado y se la cuelga en el antebrazo, como una mamá de los cincuenta, y se saca la camisa del pantalón y, bajo las risas de la tribuna de plays, la angustia de los de la suplencia, y el desprecio de las barras del colegio oponente, comienza a gritar todos los dichos que se sabe.

—Pica más un arequipe —le grita a Delgado—, ahí, por la misma, por la misma, vaya, vaya, no, no: eso es mucha maleta.

Delgado, bajo la mirada de su papá, y la boca de su novia, le pide a Dios, si acaso existe, si no hace parte de la farsa, o si de pronto la dirige, que le quite el asma, que lo deje correr como un carterista, como un raponero, que le de piernas, para sacarse a este, y al que viene, y para hacerle el pase a Venegas, que lo acompaña, pero, cuando su amigo va a patear al arco con todas sus fuerzas, el mismo matón de antes, el veterano de mil batallas, se lanza, con rencor, contra el tobillo de Venegas.

A la tribuna le duele más. Los plays gritan, como un coro gregoriano, y sílaba por sílaba la palabra *malparido*. El rector, molesto, le dice a Roberto Delgado, el presidente del consejo superior, que no puede creerlo. El profesor de filosofía, Londoño, está paralizado como si a él le hubieran dado la patada. El Cucho escupe a unos centímetros del zapato del Chino Morales y se lanza a la pista atlética para defender a sus muchachos.

—Que ese penal quede en su consciencia, juez —grita El Cucho—, que se lo lleve a la tumba.

El árbitro señala el punto penal, se da la vuelta y le pica el ojo al Cucho. No podía ser más descarado, es cierto, pero ese gesto, esa milésima de segundo en su vida, le devuelve el alma al cuerpo al entrenador.

Claro que ahora hay otro problema. No uno, dos. Primero, Venegas no puede levantarse del dolor y un grupo de suplentes, comandados por El Chino Morales, lo sacan, alzado, de la cancha, mientras le dice a Dios que no, que no es justo, que ahora ni siquiera va a poder ir al cine al Andino, ni al rafting, ni a nada.

—Qué chanda —grita—: qué empute, marica, qué mamera.

Y, segundo, el profesor de filosofía, Londoño, ha bajado al campo y está hablando con Delgado y seguro que le está metiendo más pendejadas al pobre en la cabeza. No le gusta para nada esa amistad. Donde él le hubiera dicho a uno de sus profesores del liceo que el mundo era una farsa o que nada tenía sentido, seguro que le habrían volteado la cara de una cachetada.

—Delgado, hombre, métase al campo a cobrar —le grita El Cucho.

—Sí, Delgado —grita Peña, el rey de los plays, con todas sus fuerzas—, no sea promiscuo.

Los plays se ríen, aunque parece que no supieran muy bien cuál es el significado de "promiscuo", pero Londoño, el profesor, no resiste más y se dirige, como un asesino, hasta las graderías.

—Cójanse la mano, frescos —grita Peña—, ahora hasta pueden adoptar.

—Cállese, Peña, ni una palabra más —exige el rector.

—Sí, cállese —dice un sublevado.

Y ahí viene Londoño, dispuesto a darle su merecido. No soporta más los rumores de su homosexualidad. Ya tiene treinta y cinco años, y esas cosas no deberían importarle, pero le enerva que los alumnos se rían a sus espaldas, que se burlen de él en los anuarios, que no pueda ponerse en paz los sacos y las camisas que le gustan ni las pulseras que trajo de la Sierra Nevada. Si supieran. Si solo supieran.

—Qué, ¿me va a pegar? —le dice Peña—, qué man tan boleta.

—Venga, venga a ver si es tan machito —dice el profesor de filosofía.

—Machito sí soy: no como otros.

Y todos, en la tribuna, se quedan pasmados. El rector va a ponerse en el medio, pero Roberto Delgado, el presidente del consejo superior, lo toma por el brazo y le sugiere con una mirada que no es buena idea que se meta, que a veces lo mejor es dejar que ocurra la pelea.

Peña lanza un puño con el pulgar adentro y los ojos cerrados que va a dar, completamente roto, a un hombro. Londoño le tuerce el brazo y lo obliga arrodillarse. Y entonces le da una patada en el estómago.

—Ahora sí: ¿quién es un marica?, ¿quién?

—Usted.
—¿Quién?
—Yo, yo, yo.

Londoño lo suelta, y Peña, como Chuckie, el muñeco diabólico, que vuelve y vuelve y no se rinde ni se deja matar por nada del mundo, se lanza contra la espalda del profesor y le clava una rodilla en el omoplato. Londoño, malherido, se voltea, le da un cabezazo en la frente y lo escupe. Y Peña, que cree ver en el profesor a un monstruo, a un tipo que se ha convertido en Hulk, el hombre verde, se tapa la cara como si fuera a caerle un balón encima.

—Váyase —dice Londoño—, lárguese de aquí.

Peña mira al rector, a la tribuna, a alguien, pero nadie le responde. Prefiere irse antes de llorar.

—El lunes lo espero en mi oficina —le dice el rector.
—Espéreme a mí, a mis papás y a mis abogados.
—Venga con el que quiera, pero venga.

El Cucho recuerda, de pronto, que están en un partido. Y que hay que meter a alguien en vez de Venegas. El problema es que ninguno de los de la banca tiene guayos, y que el lesionado, Venegas, tiene los piecitos chiquitos. ¿Quién podría jugar?, ¿quién?

—Profe: podemos ganarles con diez —dice El Chino Morales.

Y al Cucho, como en los cómics, se le enciende el bombillo: los pies de su asistente son diminutos.

—Chino: pruébese los guayos de Venegas.
—Huy, no, profe, qué asco.
—¿No quiere jugar?, ¿no quiere que el equipo gane?
—Sí, pero yo no juego muy bien.
—Usted es un berraco, Chino: vaya allá y déjelos mamando, pruébese los guayos y hágase su golecito.

Al Chino se le pone la carne de gallina. La frase, "vaya allá y déjelos mamando", pasará a la historia como la que le dio la fortaleza para vencerse a sí mismo. Esa es la batalla. Le dice que sí con un gesto, se quita la sudadera de toalla, y la suplencia descubre que Morales, el asistente técnico, siempre lleva el uniforme debajo de la ropa. Como un superhéroe. Listo a servir.

Se mide los guayos, y, como una cenicienta moderna, descubre que son exactamente de su tamaño. Están sudados, sí. Huelen feo, claro. Pero los van a llevar a la victoria.

Delgado cobra el penalti. Y, aunque el arquero se lanza hacia la misma dirección en la que va el balón, es gol, y las tribunas se abrazan, y El Cucho vuelve a respirar, y quedan veinte minutos para hacer otro gol y pasar a la segunda redonda.

El Chino Morales no se complica: hace los pases rápido, piensa en las soluciones antes de enfrentarse a los problemas, quiere que Delgado sea el centro del equipo y por eso siempre le está dando el balón. Pero el partido se enreda, y los del otro equipo, para quemar tiempo, todo el tiempo botan el balón a cualquier parte.

Y el tiempo se va acabando. Y el juez de línea le grita al árbitro que ya va siendo hora de acabar. Y el árbitro, Atanasio, el ex convicto, el prófugo, siente que todo se va a ir al demonio. Y El Cucho ya se ve en la ferretería, detrás del mostrador, aguantándose los sarcasmos del pendejo de su cuñado. Y Londoño ve venir un futuro lejos de los colegios, lejos de todo. Y el rector ya se espera la demanda de los Peña, el regaño del Consejo Superior y la falta de respeto de los estudiantes.

Y el equipo trata y trata, pero ya solo quedan cinco minutos, y nadie se atreve a mirar al campo. Y cuando todo va a terminar, El Chino Morales le hace un pase a Delgado y Delgado se lo devuelve, y entonces se enfrenta, cara a cara, con el líbero de veinticuatro años, y, aunque nadie da un peso por él, El Chino logra hacerle un túnel al defensa e irse, solo, a enfrentar al arquero.

Delgado viene por la derecha, marcado por dos, o tres, muerto del asma, y El Chino simula que va a hacerle el pase, y todos se dirigen hacia ese lado y logra, así, ir para el otro, sacar del camino al arquero y disparar, con todas sus fuerzas a la cancha. Es gol.

El árbitro levanta sus dos brazos como si la guerra hubiera terminado. No le importa que se den cuenta de su felicidad. Se ha salvado de la cárcel. Y no ha tenido que pitar otro penalti ni nada ni adicionar diez minutos de reposición. Celebra el gol como cuando era joven y todavía era feliz viendo partidos de fútbol. Ese dos a uno lo ha rejuvenecido por completo.

Todos se abrazan. Todos. La banda de guerra toca un pasodoble, los plays chocan las manos y el rector y el doctor Delgado se estrechan la mano. El Chino Morales se abraza, por primera vez en su vida, con los del equipo, y ya tiene qué contar en su casa y cómo presentársele a las niñas de los colegios y qué pretexto dar para las pésimas calificaciones que obtiene. Corre por el campo y se levanta la camiseta a rayas del uniforme para que las cámaras, que no existen, vean un letrero que él mismo se escribió, con un marcador, en la franela: "Dios es gimnasiano", dice.

La barra del otro equipo se ha convertido en estatua. El veterano, rendido, saca un cigarrillo y se lo fuma en nombre de la derrota. El profesor Londoño se despide, desde lejos, de Delgado. Y se va, lentamente, y para siempre, del Gimnasio del Retiro, del último colegio de su vida. Y aunque esa imagen es muy triste, porque nos deja la duda de qué sentirá el supuesto filósofo, de qué tipo de relación existía entre él y el crack del equipo, a cambio está El Cucho, dichoso, con una lágrima en los ojos, pensando que por eso, por este tipo de emociones, es que le gusta el fútbol.

—Ahora sí nadie nos para —les dice a los suplentes—: me pido darle el primer beso a la copa.

Se pone su chaqueta de cuadros. Se mete la camisa. Se arregla la corbata. Y sale, poco a poco, de la escena.

ENTREVISTA CON RICARDO SILVA ROMERO

1. ¿Qué papel tuvo el fútbol en tu juventud?
El fútbol fue para mí, primero, una manera de destacarme: como jugaba bien en los días de la primaria, y era un buen delantero que le pegaba al balón con la pierna izquierda, tenía mi lugar dentro de mi curso. Luego, en la adolescencia, me sirvió para reducir los temas de conversación a uno que nos interesara a todos (los mundiales, los campeonatos colombianos) y eludir de paso las confesiones sobre mi vida y mi forma de ser, que siempre ha sido más bien particular. El fútbol y el cine han sido mis pasiones, mis paréntesis. Siempre ha sido una felicidad y un alivio.

2. ¿Le vas a algún equipo?
Voy por Millonarios. Nada más que por Millonarios, que es el equipo de Bogotá que mi papá y mi hermano me enseñaron a querer. Por supuesto, me gusta cuando la selección colombiana gana. Y, como una prueba de lo extraño que puede ser el fútbol, voy por Alemania en todos los mundiales.

3. ¿Es preferible para ti como hincha un buen resultado o un buen partido?
Es una pregunta muy difícil. Pero me temo que ser hincha es carecer, por completo, de autocrítica. Es un gesto irracional, una locura, seguir a un equipo. Y creo que la respuesta es que lo que me interesa, como hincha, es que gane mi equipo.

4. ¿Qué te motiva a escribir ficción que tiene lugar dentro de un contexto colombiano?
Me parece más interesante para todos. Por un lado, es lo que mejor conozco: lo que pasa en Colombia. Por el otro, aunque no me

siento obligado a narrar lo colombiano y creo que siempre salen cosas interesantes cuando un extranjero narra un país que no alcanza a conocer del todo, me parece mejor para los lectores: yo, de ser un sueco, me gustaría que un colombiano me contara bien contadas, primero, historias buenas, y, segundo, historias de Colombia, historias que yo no sepa con una lengua que yo no haya pensado.

5. ¿Cuáles son las intersecciones entre la política y el fútbol en Colombia?
Es un tema complejo. Se dictan semestres sobre ello. Pero, en resumen, el fútbol ha sido utilizado por Colombia para que exista una nación (para que en algún lugar del país nos sintamos todos parte de un proyecto, parte de lo mismo) y ha sido usado por los políticos para aplazar las soluciones urgentes que requiere la sociedad. El fútbol ha sido una buena prueba, siempre, de lo que está pasando en Colombia: ayer, en tiempos de Pablo Escobar, probó cómo la sociedad fue estremecida y replanteada por el narcotráfico, y hoy, demuestra el pulso que se ha estado viviendo para que los derechos de los colombianos no queden sepultados bajo el resurgir de la peor de las derechas políticas.

6. ¿Ves alguna conexión entre el proceso de creación y la manera en que uno juega o la manera de ser hincha?
Veo, en el fútbol, una estructura semejante a la del drama. Una estructura contra el tiempo que es la esencia del suspenso: quedan 50 minutos, 30, 20, 10... Y veo una pregunta, ¿quién ganará?, que mueve el relato hacia delante como sucede con cualquier historia. Narrar es ser técnico, jugador e hincha al mismo tiempo. Planear, poner en escena y padecer el relato al mismo tiempo.

7. ¿Hay algún autor de ficción de fútbol que ha influenciado este cuento?
No lo recuerdo porque lo escribí hace diez años. Pero podría decir que los cuentos de Fontanarrosa y Soriano siempre me han parecido conmovedores y brillantes.

8. ¿Qué papel ocupa la ficción futbolera dentro de la literatura de tu país?
Creo que es un subgénero. Y creo que ha ido creciendo de tal manera que ya se han hecho tesis y antologías de relatos de fútbol. Como sucede en todos los países, es una ficción muy particular. Y creo que se pierden muchos cuentos maravillosos de fútbol, que el lector se los pierde, digo, porque se tiende a pensar (como sucede con los relatos infantiles) que son sólo para un lector particular. Repito: la ficción futbolera es una manera compasiva y llena de humor de resumir lo que sucede en el mundo.

9. ¿Hay una identidad o un estilo que se asocia con el fútbol colombiano?
Hay un juego bonito, venido de la nostalgia por el Brasil de los mejores tiempos, que sigue siendo lo que se busca con los equipos colombianos. Pero ahora, en estos años, como ha estado pasando con tantos equipos del mundo, se ha ido mezclando con la necesidad de los resultados, con la rentabilidad que es la realidad hoy en día, y ha ido perdiendo mucha de su personalidad.

10. ¿Qué significa para la región tener otro Mundial en el continente en 2014?
Significa, para el mundo, un buen mundial. Los mundiales son buenos cuando suceden en lugares que sí entienden el fútbol. Para no ir demasiado lejos en la memoria, el de Alemania (2006) fue extraordinario, emocionante, trágico. El de Suráfrica (2010) y el de Corea (2002) fueron francamente aburridos. Aunque,

bueno, mundial es mundial. Yo creo que el de Brasil va a ser tan tenso y tan apasionante como el de México, creo.

11. ¿Crees que la selección colombiana tiene esperanzas?
Yo, de tanto investigar el tema para Autogol, una novela que escribí, y luego de darme cuenta de los horrores que suceden en el mundo del fútbol, fui escéptico, sobre todo al comienzo. Los dirigentes colombianos son nefastos, y todo, las malas costumbres y las trampas, apuntaba a fracasos como los de 2002, 2006 y 2010. Pero la llegada del técnico argentino Pékerman cambió todo, puso en orden a la selección, y, aunque me queda difícil identificarme con el equipo y olvidar todo lo malo y lo injusto de ese mundo, no puedo negar que me alegraría que al equipo le fuera muy bien. Será difícil. No ha estado jugando bien últimamente. Pero creo que, con la seriedad de Pékerman de por medio, va a hacer un buen mundial esta vez.

ECUADOR
JOSÉ HIDALGO PALLARES

JOSÉ HIDALGO PALLARES nació en Quito, Ecuador, en 1980. Es autor de los libros de cuentos *La vida oscura* (El Conejo, 2003) e *Historias cercanas* (El Conejo, 2005, Premio Joaquín Gallegos Lara) y de las novelas *Sábados de fútbol* (Paradiso, 2007) y *La búsqueda* (Paradiso, 2013). Formó parte de la antología de nuevos narradores latinoamericanos *Quince golpes en la cabeza* (Editorial Cajachina, 2008) y de otras antologías publicadas en Ecuador y en el exterior. Actualmente vive en Buenos Aires y escribe en el diario *La Nación* de esa ciudad. Fanático del Deportivo Quito, mira los partidos de su equipo por internet pero, por cábala, lo hace sin la camiseta azulgrana. Una versión anterior de "El ídolo" apareció en la antología *Cuentos de fútbol*, publicada en 2011 por el programa "Quito lee" del municipio de Quito.

EL ÍDOLO

Lo más seguro es que la prensa y el público general lo terminen olvidando, como a todos (nosotros no, hasta que el último de nosotros muera, habrá alguien que lo recuerde). Pero también es posible que algún iluminado lo empiece a poner como ejemplo de paciencia y tenacidad, incluso de superación. Puede ser. Al fin y al cabo, nunca antes, en toda la historia del fútbol, y no me refiero sólo al fútbol nacional, debió haber un jugador tan puteado por la hinchada (la rival y, no pocas veces, la propia), tan mofado, tan vapuleado. Tanto, que llegaba a provocar lástima, sentimiento poco frecuente en un estadio, donde se puede sentir rabia, odio, euforia, desconsuelo, desesperación, pero lástima, rara vez, a menos que sea por uno mismo, por haber escogido el equipo equivocado.

No creo exagerar al decir que nosotros éramos los más hostiles, o para ser más preciso, los más hirientes. Burlarnos de él, ponerlo nervioso, incitarlo al error llegó a convertirse en un verdadero placer, una de las pocas alegrías que podíamos sentir siendo, como éramos, hinchas de un equipo de media tabla hacia abajo. Aquellas burlas eran nuestra manera de desahogarnos por el modo en que los seguidores de los demás equipos (no todos, siempre había un equipito de provincia recién ascendido al que podíamos ver por encima del hombro) se burlaban de nosotros. Motivos no les faltaban: el Rumiñahui, nuestro querido "Aurinegro", además de ser el equipo de menor convocatoria en el país, año tras año defraudaba nuestra renovada esperanza de conseguir algo medianamente importante (aunque en los cánticos pedíamos dar la vuelta, nos hubiéramos dado por satisfechos si clasificábamos a algún torneo continental). Pero nosotros –mil,

mil quinientos, dos mil a lo mucho— seguíamos ahí cada domingo, con nuestro bombo emparchado y nuestras banderas de un negro grisáceo y un amarillo ya pálido, saltando y alentando hasta quedar afónicos; y ese aliento incansable, esa inexplicable fidelidad eran, a la vez, nuestro principal motivo de orgullo (por no decir el único), nuestro mayor argumento frente a los hinchas de los equipos ganadores, a quienes nos gustaba llamar noveleros, porque sólo llenaban el estadio en los partidos decisivos. Y así también él, Edwin Arnulfo Guerra, domingo a domingo, recibía la no menos inexplicable confianza de su entrenador (a quien, según se rumoreaba, le soplaba la nuca) y saltaba a la cancha como titular, para recibir una oleada de insultos y mofas desde los graderíos y hacer que los pelos de los hinchas y los jugadores de su propio equipo se pusieran de punta cada vez que el balón rondaba su área.

Siendo francos, incluso en sus peores momentos, nadie se atrevía a decir que era un pésimo arquero, ni siquiera se lo podía definir como malo. De hecho, sus reflejos eran fuera de serie y varias veces salvó goles cantados. Su problema consistía en que cada tanto, mucho más a menudo de lo que se puede considerar tolerable para un arquero profesional, algo hacía circuito en su cabeza y se dejaba anotar (o él mismo se anotaba) unos goles que superaban por mucho lo meramente ridículo. De esas jugadas absurdas, también conocidas como "arnulfadas", las que recuerdo con más claridad son dos: el gol de arco a arco que nuestro porterito le hizo una tarde lluviosa de finales de septiembre (esa fue la primera vez que el nombre de nuestro querido Rumiñahui apareció en noticieros deportivos internacionales) y aquel otro, jugando contra un equipo de Manabí, cuando un compañero le hizo un impreciso pase hacia atrás y él, por querer evitar el tiro de esquina, corrió tras el balón con tal torpeza o mala suerte que al pisarlo tropezó y se fue a estrellar de cabeza contra una valla de publicidad, "mientras el esférico hacía un recorrido caprichoso para luego traspasar, lentamente, la línea de sentencia", como lo narró uno de nuestros floridos relatores de fútbol. Las escenas de ambos goles dieron la vuelta al mundo, ya sea en noticieros deportivos, programas cómicos o en el multitudinario YouTube, donde un usuario uruguayo, cuya selección se iba a enfrentar con la nuestra luego de pocos días, escribió: "POR FAVOR CONVOQUEN A ESTE ANIMAL PARA EL PARTIDO DEL DOMINGO!!!!". Obviamente, el pedido del usuario uruguayo no fue atendido, pero el nombre de Guerra se hizo más famoso que el del arquero titular de la "Tricolor" y el de cualquier otro deportista ecuatoriano, incluido el doble medallista olímpico y tres veces campeón mundial, Jefferson Pérez.

Cuando el histórico director técnico de su equipo, luego de no haber cumplido el objetivo de clasificar a la Copa Libertadores, presentó su renuncia, todos dimos por hecho que la carrera de Guerra había llegado a su fin, que ningún otro entrenador le tendría la confianza o el afecto o lo que fuera, para incluirlo en su equipo. Irónicamente, si alguien lamentó esa situación (aunque el verbo lamentar tal vez resulte excesivo), fuimos nosotros, que, entre burla y burla, habíamos llegado a sentir una especie de gratitud hacia Guerra, por brindarnos esos buenos momentos que nuestros propios jugadores no nos sabían dar.

Esa especie de gratitud, sin embargo, no apaciguó nuestra indignada sorpresa cuando, faltando menos de un mes para el arranque del nuevo torneo, la dirigencia de nuestro equipo anunció, con bombos y platillos, la contratación de Guerra para las dos siguientes temporadas. "*La Comisión de Fútbol del Club Atlético Rumiñahui*", decía el comunicado oficial, "*tiene el agrado de informar a su fiel hinchada que se ha llegado a un acuerdo con el experimentado golero Edwin Arnulfo Guerra, cuya incorporación a las filas de nuestra gloriosa institución fue solicitada por el propio director técnico, profesor Gastón De Santis*". Lo de "experimentado", al menos, no se podía discutir, pues por ese entonces Guerra bordeaba los 38 años. Aun así, la decisión no fue bien recibida por la fervorosa parcialidad rumiñahuense. El foro de la página oficial de nuestro equipo, generalmente utilizado para descargar las consabidas frustraciones del último fin de semana, subrayar los errores del director técnico en los cambios o en la alineación inicial o coordinar los viajes cuando el equipo jugaba fuera de Quito, nunca recibió semejante caudal de comentarios. Estos iban desde el atónito pero aún respetuoso "ESTÁN LOCOS?????????? POR QUÉ MEJOR NO JUGAMOS ARCOS ABANDONADOS DE UNA VEZ?????", hasta el fogosamente enardecido "TODOS SON UNOS MAMARRACHOS HIJOS DE LA CERPIENTE PUTA, DESDE EL BAVOZO DEL RODRIGUES (Vicente Rodríguez, el presidente de nuestro equipo en aquella época) ASTA EL MARICÓN DEL DE SANTIS, QUE SOLO LE A DE QUERER AL VESTIA DEL GUERRA PARA QUE LE ROMPA EL CULO". Los dos o tres hinchas que cometieron la imprudencia de defender la contratación recibieron toda clase de insultos; a alguno de ellos, que se mantuvo firme en su posición, incluso se le llegó a advertir que mejor no se apareciera nuevamente por el estadio. Pese a los reclamos, el contrato había sido firmado y, de nuestra parte, no había nada que hacer, salvo aguantar como varones las cargadas de los hinchas de los otros equipos, que ahora tenían un nuevo motivo para burlarse de nosotros.

En el primer partido del campeonato (en el que teníamos por costumbre corear los nombres de nuestros nuevos refuerzos para ver si así se encariñaban con la camiseta que les había tocado vestir y jugaban con un poco más de entrega de la que se les podía exigir a cambio de su modesto sueldo), Guerra, cuyo nombre, evidentemente, no coreamos, estuvo en un nivel aceptable. Sin embargo, la primera "arnulfada" (que, por fortuna, no terminó en gol) dio lugar a una retahíla de mofas y agravios del más grueso calibre; parecía como si una buena parte de nuestra hinchada no se hubiera enterado de que ahora Guerra tapaba para el Rumiñahui y que nuestra obligación, por mucho que nos costara, era apoyarlo. La hostilidad se mantuvo durante tres o cuatro partidos más, en los que Guerra aún se mostró visiblemente nervioso. A partir de ahí, sus habituales errores (salidas en falso, rebotes en el área chica, rechazos que se quedaban cortos) se fueron haciendo cada vez más esporádicos. En el octavo partido del torneo, un cotejo realmente memorable, la aversión hacia Guerra comenzó a transformarse en romance: nuestro "candado", como lo empezamos a llamar desde entonces, atajó dos penales a nuestro rival de patio, lo que nos permitió volver a ganar el clásico después de cinco años y medio y, sobre todo, apropiarnos del primer lugar de la tabla de posiciones, logro sinceramente memorable para nuestra modesta institución.

El resto de la primera etapa del campeonato pareció un larguísimo sueño: derrotamos a los tres equipos más populares de Quito (a uno de ellos con goleada incluida); empatamos, en calidad de visitantes, con los dos poderosos equipos de Guayaquil y nos dimos gusto basureando, en sus propios estadios, a los equipos de provincia, varios de los cuales hasta entonces nos tenían de hijos. Luego de algunas semanas de escepticismo, la prensa deportiva empezó a destacar nuestra campaña. **El milagro aurinegro**, titulaba un reportaje especial publicado en *El Metropolitano* el 26 de junio de 2005 y cuyo primer párrafo reproduzco a continuación:

> *Una vez finalizada la primera etapa del Campeonato Ecuatoriano de Fútbol, el humilde Rumiñahui aparece en la cima de la tabla de posiciones, acumulando 43 puntos de los 66 en disputa. El artífice de este milagro, el técnico argentino Gastón De Santis, señala que los resultados se deben a la humildad de sus jugadores y a la unión del plantel. "Los muchachos han entendido lo que yo les busco transmitir en las prácticas y han disputado cada partido como si fuera el último, todo se debe a ellos", sostiene el entrenador gaucho. Por su parte, el goleador Christopher Chalá, quien lleva nueve tantos en lo que va del torneo, afirma que el apoyo de la hinchada ha sido fundamental para esta campaña, histórica para el tradicional equipo capitalino.*

Los atrasos en el pago de los sueldos a los jugadores y la detención de nuestro defensa central, Jacob Ayoví, acusado de atropellar a un peatón mientras manejaba en estado de embriaguez, hicieron que la segunda etapa se pareciera un poco más a lo que estábamos acostumbrados a vivir. Aun así, el primer lugar alcanzado en la etapa anterior nos aseguraba un cupo en la liguilla final del torneo, para la que nosotros, a través de rifas, peñas y aportes personales, habíamos logrado recolectar cerca de 20.000 dólares, que permitirían cubrir un mes de pagos para el plantel y el cuerpo técnico.

Si en las dos primeras etapas del torneo la solvencia de Guerra en el arco le había permitido ganarse nuestro aprecio y respeto, su actuación en la liguilla final lo terminó de consolidar como ídolo indiscutible. Jugando contra los rivales más difíciles, aquellos que nos podían robar el sueño de salir campeones, atajó penales y "mano a manos" y su extraordinaria habilidad para fingir lesiones y quemar tiempo cuando el adversario nos tenía encerrados permitió que nuestra defensa se diera un respiro y los jugadores del otro equipo perdieran la paciencia y se ganaran tarjetas amarillas y rojas. En las mallas que separaban los graderíos de la cancha nuestra hinchada empezó a colgar banderas con su imagen y alguien escribió con una vistosa letra de estilo medieval, sobre una tela a rayas doradas y negras, un acróstico en rima que pretendía evidenciar la adoración (no se la puede llamar de otra manera) que habíamos llegado a sentir por nuestro nuevo héroe:

Guardameta
Universal
Ecuatoriano de
Raza
Rumiñahui te
Abraza

Incluso las hinchadas rivales lo empezaron a mirar con cierta consideración: no es que lo dejaran de insultar, pero cuando uno de nuestros defensas hacía un pase hacia atrás, ya no se escuchaba ese humillante murmullo de "goooooooooooool", que nosotros mismos, para ponerlo nervioso, habíamos instaurado en sus épocas más bajas. Él, por su parte, simulaba conservar su sencillez. Antes de empezar cada partido, cuando cantábamos su nombre, se limitaba a levantar su mano derecha hacia nosotros y seguía caminando hacia el arco, con la cabeza gacha y la mirada fija en el césped.

Luego de la penúltima fecha de la liguilla, el Rumiñahui se ubicaba primero en la tabla de posiciones, con 19 puntos (fruto de cinco victorias y cuatro empates) y un gol diferencia de +7. Nuestro escolta, el Club Sport Guayaquil, con el que —caprichos del destino— nos debíamos enfrentar en el último partido, tenía 16 puntos y +2. Para quitarnos el campeonato, por lo tanto, no sólo debían ganarnos, sino hacerlo por goleada, lo que en un campeonato regular, para ser honestos, no hubiera sorprendido a nadie, menos aun considerando que el partido debía jugarse en Guayaquil.

Aunque en las entrevistas y ruedas de prensa previas a la gran final (que la prensa, siempre tan imaginativa, bautizó como "la batalla de David y Goliat") nuestros jugadores se mostraban cautelosos y preferían no hablar de festejos ni vueltas olímpicas, nosotros estábamos confiados. Después de todo, llevábamos nueve partidos sin perder y en toda la liguilla sólo nos habían hecho cuatro goles, o sea, menos de medio gol por partido. Como no podía ser de otra manera, organizamos una caravana de treinta buses para ir a alentar al Rumiñahui en el partido más importante de su historia. El tour, subsidiado en parte por la dirigencia, tenía un costo de 20 dólares por persona e incluía: pasaje de ida y vuelta a Guayaquil (saliendo el sábado a las 10:00 pm y regresando el domingo a las 19:00 pm, luego del partido y la vuelta olímpica), entrada a la general visitante y dos comidas consistentes en sánduche de atún y vaso de cola o jugo. Los más pudientes irían en autos particulares o, directamente, en el mismo avión que el equipo. Para la ocasión mandamos a confeccionar una bandera de 6x10 metros, la más grande que habíamos tenido, con el emotivo lema "Gracias por esta navidad" y juntamos ocho costales de papel picado; además, llevaríamos cuarenta banderas pequeñas, veinte bengalas y nuestro eterno y remendado bombo, que golpeábamos, por turnos, con una botella de agua a medio llenar.

Hasta ahora recuerdo los días previos al partido: por las noches la ansiedad no me dejaba dormir y durante la jornada laboral (no tan cargada de trabajo, por ser diciembre) pasaba metido en el foro del equipo o en las páginas de los distintos periódicos, para ver si había ninguna novedad en nuestro plantel o en el rival (lesionados, suspendidos, detenidos por manejar borrachos); estaba tan nervioso que perdí el apetito y no fueron pocas las veces que me tuve que pellizcar la piel para convencerme de que no se trataba de un sueño. Es que llegar a ver al Rumiñahui campeón era algo que ni el más optimista de nosotros hubiera podido imaginar.

El ansiado día por fin llegó. Salvo una llanta reventada en uno de los buses de la caravana, el viaje a Guayaquil no tuvo inconvenientes, incluso se me hizo mucho más corto que otras veces (seguramente, a causa de la borrachera). Tampoco durante el temido arribo al estadio, donde esperábamos ser recibidos con un diluvio de insultos y pedradas, enfrentamos problemas. De hecho, lo que más nos ardió fue la poca importancia que la hinchada rival dio a nuestra llegada. Era como si, por ser tan pocos, no fuéramos dignos ni de sus puteadas. Ya adentro del estadio, tuvimos que esperar más de tres horas hasta el inicio del partido; bajo un sol despiadado, rogábamos por un poco de agua para pasar el chuchaqui y nos recriminábamos mutuamente por haber gastado el poco dinero que teníamos en una caja de botellas de anisado. Pero cuando la hora cero llegó, todos dejamos atrás nuestro malestar y nos unimos en un solo canto. Hasta ahora, cuando veo en YouTube los videos de esa tarde, se me pone la piel de gallina.

Desde el pitazo inicial, el partido fue lo que esperábamos: el Guayaquil atacando con todo, encerrándonos en nuestra propia cancha, y nuestros muchachos defendiendo con más garra que orden. Aun así, llegamos a generar un par de contragolpes que, lamentablemente, no supimos concretar. Al finalizar el primer tiempo, seguíamos cero a cero, lo que nos alcanzaba de sobra para coronarnos campeones. En el arranque del segundo tiempo los jugadores del Guayaquil mantuvieron su estrategia, pero después de los primeros quince minutos, todos cayeron en la desesperación y empezaron a apelar a pelotazos que nuestra defensa despejaba con solvencia. Sólo entonces, desde las suites y los palcos nos empezaron a caer algunos "proyectiles" (sánduches a medio comer, botellas vacías o llenas de algo que preferíamos no averiguar qué era y hasta un zapato en buen estado), lo que nos infundió aún más ánimo para seguir cantando. Fue increíble: nosotros, que apenas éramos más de mil, teníamos en silencio a más de ochenta mil personas. Pero a los treinta y dos minutos, cuando la situación parecía estar controlada, "*una desinteligencia en la última línea de los aurinegros*" (así decía el reportaje de la edición del día siguiente de *El Metropolitano*) "*permitió a Crespo quedar mano a mano frente al portero Guerra y definir con sutileza al palo izquierdo, despertando la esperanza de los hasta entonces adormecidos seguidores del cuadro costeño. Cinco minutos después, Jiménez ensayó un remate desde fuera del área que parecía no traer complicaciones, sin embargo, Guerra no lo pudo contener y el rebote fue bien aprovechado por Antonini, para delirio de la fanaticada local*".

Aunque en ese momento nuestra obligación como hinchas era seguir alentando a nuestro equipo, los nervios no nos permitían hacerlo: un gol más nos dejaba sin campeonato. Comiéndonos las uñas, mirando cada dos segundos nuestros relojes, rezábamos para que el partido terminara y, sobre todo, para que Guerra no cometiera otra "arnulfada", esos groseros errores que, gracias a su buena campaña, habíamos llegado a olvidar.

Y no la cometió. Porque lo que hizo no puede ser calificado de "arnulfada", fue algo mucho peor.

Jugando ya los minutos de adición (copio la versión de *El Metropolitano*, porque no me considero capaz de narrar lo ocurrido sin dejarme llevar por las emociones y proferir insultos que podrían herir alguna susceptibilidad), *un desesperado Antonini ensayó un disparo al arco, pero, en su afán por entrarle de lleno al balón, pateó también al gramado, sufriendo un esguince de tobillo, según declaraciones posteriores del médico del club. La pelota continuó su rumbo lentamente hacia el arco de Guerra, que parecía tener controlada la situación. Sin embargo, para sorpresa de propios y extraños, el guardameta aurinegro dio un paso al costado, permitiendo que el esférico traspasara la línea de gol.*

Lo que el diario no cuenta, tal vez por no haber encontrado una manera elegante de hacerlo, es que luego del gol y del casi inmediato pitazo final, Guerra se volvió hacia nosotros y, con la sonrisa pintada en la cara, se agarró los huevos, con ambas manos, como para no dejar dudas sobre lo que nos quería decir. La única reacción que encontramos fue empezarlo a maldecir, a jurar venganza, a insultar con una rabia tal que a momentos se transformaba en nausea. Alguno trató de saltar a la cancha para redimir, aunque fuera a patadas, el honor de nuestro equipo, pero la policía lo detuvo y lo llevó detenido (junto con decenas de hinchas del Guayaquil, que también habían invadido la cancha, pero ellos para abrazar a sus jugadores o tratar de arrebatarles alguna prenda del uniforme). Cuando Guerra había desaparecido de nuestra vista, volví la mirada hacia las gradas y la escena que encontré era, simplemente, desgarradora: niños, jóvenes y adultos lloraban sin consuelo, mientras sostenían la cabeza entre las manos; otros continuaban insultando, no sé a quién, con un odio que les deformaba la cara; y unos pocos se enfrentaban a golpes con la policía o con algunos hinchas del Guayaquil, buscando desquitarse con alguien por la mayor frustración que habíamos vivido en nuestra ya frustrada vida de hinchas del Rumiñahui. Yo, que había vuelto a pellizcarme la piel, pero esta vez para constatar que no se trataba de una pesadilla, supe que esa era la última vez que asistía al estadio, porque la pena que ese rato sentía (y cuyos rezagos duran hasta hoy) superaba, por mucho, lo que una persona está dispuesta a sufrir a causa de un equipo de fútbol. Al siguiente año, leyendo los suplementos deportivos, me di cuenta de que yo no había sido el único que tomó esa decisión y que el Rumiñahui, con su camiseta sin auspicios y su hinchada ahora más reducida y despreciada, no tardaría en desaparecer. No me equivoqué: ese campeonato bajó a primera B y el siguiente, a segunda categoría. Hace poco alguien me dijo que en la liga barrial de Sangolquí hay un equipo llamado Rumiñahui, que viste camiseta a rayas amarillas y negras.

De Guerra no volvimos a saber nada. Varios periódicos, canales de televisión y emisoras de radio lo buscaron asiduamente para hacerle una entrevista, pero ninguno lo pudo encontrar. Lo que todos presumen es que, luego del partido, salió del estadio como si fuera un aficionado cualquiera, agarró un taxi y se fue a esconder en la casa de algún conocido. En todo caso, no pasó por el camerino del equipo, donde De Santis y sus compañeros lo estaban esperando para masacrarlo. Algunos dicen que se fue a vivir a España y que allí se puso un local de comida ecuatoriana que le da para llevar una vida cómoda. Otros dicen que con la plata que supuestamente le pagó la dirigencia del Guayaquil para que se dejara hacer los tres goles le alcanza para poder pasar el resto de su vida rascándose las pelotas. Yo no creo que le hayan pagado. Para mí está claro que todo lo que hizo fue para vengarse de nosotros, por todos los años que lo puteamos. Y para eso no bastaba con tapar mal en cualquier partidito sin importancia; había que hacernos ilusionar, subirnos a una nube para que nuestra caída doliera más, aunque eso le exigiera vestir durante un año una camiseta por la que debió haber sentido un odio similar al que nosotros hasta ahora sentimos por él. Viéndolo así, no es tan descabellado pensar en él como un ejemplo de tenacidad o superación. Sí, el hijo de puta se superó y, sobre todo, *nos* superó. Por goleada.

ENTREVISTA CON JOSÉ HIDALGO PALLARES

1. ¿Qué papel tuvo el fútbol en tu juventud?
Siempre me gustó mucho jugar fútbol, ir al estadio y ver partidos por televisión. Como muchos ecuatorianos, cuando era niño soñaba con ser futbolista, lamentablemente mis aptitudes no me lo permitieron. En todo caso, el fútbol fue importante como diversión, como vínculo con mis amigos y con mi hermano y, no pocas veces, como motivo de sufrimiento por los malos resultados de mi equipo.

2. ¿Le vas a algún equipo?
Sí, soy fanático del Deportivo Quito desde los seis años, pero recién a los 28 lo vi salir campeón. En todos esos años habíamos estado a punto de lograrlo varias veces, pero al final siempre pasaba algo. En 2008, cuando finalmente —después de 40 años sin títulos— el Quito volvió a salir campeón, fue como un sueño. Mi esposa se molesta cuando digo que ése fue el día más feliz de mi vida.
Cuando estoy en Quito, trato de ir todos los fines de semana al estadio y si estoy afuera veo los partidos por Internet.

3. ¿Es preferible para ti como hincha un buen resultado o un buen partido?
Como hincha, prefiero que mi equipo gane 1 a 0 en un partido aburrido a que pierda 4 a 3 en un partidazo. Si estoy viendo jugar a dos equipos que no son el Deportivo Quito, entonces sí espero que sea un partido emocionante y, aún mejor, bien jugado.

4. ¿Qué te motiva a escribir ficción que tiene lugar dentro de un contexto ecuatoriano?
Tal vez por falta de recursos, me siento más cómodo escribiendo sobre lo que conozco. Y no me refiero sólo al lugar físico en el que se desarrolla una novela o un cuento, sino también a la idiosincrasia y el lenguaje que los personajes deben tener para ser verosímiles. Eso sí, pretendo que los temas que trato en mis ficciones no se limiten a la realidad ecuatoriana sino que sean universales.

5. ¿Cuáles son las intersecciones entre la política y el fútbol en Ecuador?
Actualmente en Ecuador, como también ocurre en otros países latinoamericanos como Argentina o Venezuela, la política levanta muchas pasiones. Se está a favor o en contra del Gobierno casi con el mismo fervor con que se es hincha de uno u otro equipo. Más allá de eso, en Ecuador los gobiernos suelen aprovechar los buenos resultados de la Selección para tratar de promocionarse.

6. ¿Ves alguna conexión entre el proceso de creación y la manera en que uno juega o la manera de ser hincha?
Creo que uno encara un nuevo texto con el mismo optimismo (o la misma fe) con que va al estadio a ver jugar a su equipo. Pero, como también ocurre en el fútbol, el resultado final de ese cuento o novela muchas veces está lejos de ser el que esperábamos.

7. ¿Hay algún autor de ficción de fútbol que ha influenciado este cuento?
No sé si Roberto Fontanarrosa llegó a influenciar en el estilo de este cuento, porque no está entre mis autores favoritos, pero sí me gustaría que un hincha de fútbol sienta con mi texto lo mismo que yo sentí al leer "19 de diciembre de 1971", de Fontanarrosa, que es el mejor cuento de fútbol que he leído.

8. ¿Qué papel ocupa la ficción futbolera dentro de la literatura de tu país?
Como en toda América Latina, en Ecuador hay cuentos y novelas que tienen al fútbol como tema principal, pero esos textos no ocupan un lugar central en la literatura ecuatoriana. Los grandes referentes siguen siendo autores como Pablo Palacio o José de la Cuadra.

9. ¿Hay una identidad o un estilo que se asocia con el fútbol ecuatoriano?
No, Ecuador no tiene su equivalente al "jogo bonito" de Brasil o al "catenaccio" italiano. Por lo pronto, la Selección está tratando de mostrar un juego rápido en Quito y ordenado cuando los partidos son el exterior, pero nuestra principal debilidad sigue siendo la falta de gol.

10. ¿Qué significa para la región tener otro Mundial en el continente en 2014?
Para quienes amamos el fútbol es *la* oportunidad de asistir al evento con el que todo hincha sueña y para los equipos de la región puede ser un factor positivo jugar tan cerca de casa. Pero más allá de que el mundial del 2014 sea en Sudamérica, lo bueno es que sea en un país con tradición futbolera, como Brasil. En ese sentido, espero que en los estadios haya cánticos y bombos, pero no más vuvuzelas.

11. ¿Crees que la selección ecuatoriana tiene esperanzas?
La última vez que Ecuador jugó un mundial fue en 2006 y llegamos hasta octavos de final (perdimos 1 a 0 con Inglaterra). Todos soñamos con que nuestro país llegue a ser campeón del mundo, pero siendo realistas, creo que si esta vez alcanzamos los cuartos de final podemos darnos por satisfechos.

MÉXICO
JUAN VILLORO

JUAN VILLORO nació el 24 de septiembre de 1956 en México, D.F. Se tituló en sociología en la Universidad Autónoma Metropolitana, Unidad Iztapalapa. Es autor de las colecciones de cuentos *La noche navegable* (Joaquín Mortiz, 1980), *Albercas* (Joaquín Mortiz, 1985), *La casa pierde* (Alfaguara, 1999) y *Los culpables* (Almadía, 2007); y de las novelas *El disparo de Argón* (Alfaguara, 1991), *Materia dispuesta* (Alfaguara, 1997), *El testigo* (Anagrama, 2004, Premio Herralde), *Llamadas de Ámsterdam* (Interzona, 2007) y *Arrecife* (Anagrama, 2012); Ha escrito también obras de teatro, ensayos, literatura juvenil y crónicas, entre los cuales se incluye la colección de crónicas *Los once de la tribu* (Aguilar, 1995) y el ensayo futbolístico *Dios es redondo* (Planeta, 2006). Ha sido profesor de literatura en la Universidad Nacional Autónoma de México y profesor invitado en las universidades de Yale, Princeton y Boston. Es apasionado del fútbol e hincha del Barça. "El extremo fantasma" apareció en *La casa pierde* (Alfaguara, 1999).

EL EXTREMO FANTASMA

—Aquí sólo el calor es real —Uribe empujó el sobre en el escritorio—: imaginaste demasiado, tuviste un sueño de mierda —la voz asmática se sumó a las cosas que impulsaban a salir del cuarto: el salitre en la pared, la camisa turbia del patrón, el puro apagado, la ceniza que empezaba a oler de otro modo en ese patio con un absurdo escudo de los *Rayados*.

Horas después Irigoyen caminaba rumbo al embarcadero. La maleta le pesaba como si llevara un cuerpo para tirarlo al mar. Por alguna razón, la idea de un hombre tasajeado (los ochenta kilos de un defensa o los ciento veinte de Uribe) lo entretuvo hasta alcanzar la orilla. El río inmóvil, de un color terroso aun a la luz de la luna, se mezclaba con un mar sin olas. Al fondo se veían los mecheros de las plataformas petroleras y los focos rojos de un tanquero. Irigoyen se volvió a la derecha: fue como beber el trago que ya sólo sirve para destruir los anteriores, para desviarlos hacia una tragedia elegida. Vio la sombra escalonada del estadio, el poderoso delirio del vasco Uribe.

La luna se ocultó un instante y borró el camino que descendía entre hierbajos y la basura del domingo. Irigoyen se sentó en la maleta. Respiró la noche, un olor hondo, a gasolinas lejanas y plantas que se pudrían junto al mar.

Llevaba la carga del lado derecho y el tobillo empezaba a molestarle. Hubiera querido acabar con ese cosquilleo, borrarlo como borró su infancia con la mujer que se abrió para él a cambio de unos pesos. Siempre era así con las lesiones; volvían cuando les daba la gana. Se vio a los catorce años, la nariz rota por el codazo de un lateral derecho, en la cama de esa mujer que olía a plantas mojadas; se vio llorando al poco rato, en la banca de un parque, como un cobarde que sin embargo se atrevía a llorar con la nariz rota. Mientras bajaba por el camino recuperó lesiones menores, la uña desprendida por el pisotón de un uruguayo de nombre olvidado, la camilla que lo sacó del estadio de Torreón entre una lluvia de vasos de cerveza y de orines, los dos dientes que dejó en el campo de Tegucigalpa; no podía quejarse gran cosa, simples trámites de oficina, pero la herida en el tobillo significaba algo distinto. Salió del quirófano para oír al médico de voz cantada: "Soria iba al balón". Atrozmente seguía en Guadalajara, con un clavo en el tobillo, encajado por un fanático de las *Chivas*, capaz de justificar a Soria, el más competente triturador de la primera división. "Igualito que a Onofre", agregó el doctor.

Cuando abandonaba su infancia y tenía la nariz rota, Irigoyen supo de aquellos huesos raros: Alberto Onofre se fracturó la tibia y el peroné a unas semanas del Mundial del 70. Nunca volvió a ser el mismo y pasó a la leyenda como una amarga hipótesis, por las diagonales suaves y calibradas que no pudo repartir en el Mundial.

—Al menos tú ya tienes la edad de los entrenadores –le dijo el *Zorri* Mendieta mientras le firmaba el yeso con la pésima caligrafía de un portero al que le han pateado las manos demasiadas veces.

Fue ante los dedos de Mendieta que decidió su retiro. Treinta y seis años y ninguna opción de juego hasta la siguiente temporada. Podía imaginar las finezas con que los locutores hablarían de su regreso: "¡Matusalén vuelve a las canchas!" El *Sordo* Fernández, su entrenador, le habló con una voz curtida en los cinco países que habían acabado por echarlo:

—Aprende a recuperar balones.

No soportó la idea de convertirse en un estorbo útil en la congestionada media cancha, de correr en contra de su historia en la punta izquierda. Desde que aprendió a jugar con el viejo Scopelli, no podía moverse de otro modo: el extremo fantasma que dormita a lo largo del partido y de golpe aparece en un rincón vacío.

Escogió un adiós sin fanfarrias, de acuerdo con sus records discretos: dos campeonatos nacionales, 32 veces con la selección, un buen jugador mediano, sin apodo mágico ni jugadas de gloria, pero que estuvo allí, en la densidad necesaria para que un exagerado anotara de chilena.

Le llegó una brisa olorosa a brea y a cuerdas, como si estuviese ante un agua transitada. La panga apenas hacía dos recorridos; el olor a muelle debía venir del tanquero y las plataformas a las que habían vuelto los maquinistas, enardecidos después del juego. Pensó en Olivia, en su sonrisa equívoca, que parecía significar dos cosas a la vez: "si ganas, nos vemos en la Panga". Olivia entraba en la vida de los otros como si lo hiciera por una ventana. Tal vez él resistió el asombro de tenerla cerca porque ahí el calor amortiguaba las sorpresas.

El *Zorri* Mendieta fue el primero en hablarle de Punta Fermín; un enclave petrolero que sólo aparecía en los mapas recientes. Un empresario había comprado la franquicia de un equipo de tercera división; ahora los *Rayados* estaban en segunda y necesitaban un entrenador joven.

—Tu nombre le gustó —dijo el *Zorri*, como si él hubiese alineado con Lángara, los hermanos Regueiro, Cilauren, Zubieta, los vascos de mitología que se quedaron en México y aún llenaban las bocas de los conocedores.

Después de un curso rutinario (las descripciones vagas de cualquier enseñanza nocturna), Irigoyen sacó un diploma de entrenador. Pero fue en el Brindisi, un restorán de pastas cercano al estadio del Atlante, donde empezó su verdadero segundo tiempo. Comía con el *Zorri* y el *Sordo* Fernández cuando vio a una figura escapada de algún periódico. El hombre se sentó a la mesa y él tuvo una impresión curiosa: el rostro enjuto, la famosa nariz, la melena ceniza, parecían acentuados en forma propositiva; el cuarto comensal se asemejaba *en exceso* a César Luis Menotti, había algo irreal en la repentina proximidad de ese entrenador de fábula. De un modo o de otro, eso lo decían todos, a Menotti siempre le iba mal. Su gloria de campeón del mundo pasaba por el lento crepúsculo de los equipos que juegan de maravilla y no ganan un carajo. En aquella mesa, agobiado por la presentación del *Sordo* ("un nuevo colega"), Irigoyen escuchó al entrenador argentino. Se había hecho cargo de la selección y pensaba jugar al fuera de lugar en un país donde el Cruz Azul le sacó el campeonato al Atlético Español con tres goles en fuera de lugar, defendería el achique en canchas donde la táctica consistía en dejar crecer el pasto e inundarlo media hora antes del juego. Supo que Menotti estaba en México para joderse; también supo que ese fervor era transmisible.

Le sorprendió que todo cupiera tan fácilmente en su maleta. Había juntado pocas cosas y por alguna razón esto le pareció el sello de los divorciados sin hijos. Imaginó Punta Fermín como un territorio tan baldío como su vida reciente. Aquel nombre sin apellido declaraba su falta de historia. Nada había alcanzado a durar ahí. El equipo, el estadio, la ciudad misma eran más jóvenes que él.

El vasco Uribe le mandó un chofer al aeropuerto de Cancún y durante tres horas Irigoyen vio una meseta plana, de árboles bajos, que no se parecía a nada, o en todo caso se parecía a alguna película de África.

—Le doy una vueltita— el chofer aminoró la velocidad al entrar al pueblo. El calor se hizo más intenso.

Recorrieron una calle larga, llena de ofertas de contrabando. Una tienda mostraba un lagarto vivo, en una jaula de palos. Un poco más adelante, un cerdo estuvo a punto de meterse bajo la camioneta. Pasaron junto a unas muchachas que comían hielo azul.

—¿Qué tal las chamacas? —preguntó el chofer. Irigoyen vio las piernas escuálidas, los pies en sandalias de plástico transparente—.

Esperan a los petroleros de las plataformas. Ellos vienen a Punta cada quince días. Dicen que estar cerca del petróleo lo pone a uno muy caliente. ¿Será?

Irigoyen preguntó por el hielo azul.

—Le ponen un jarabe que viene de Panamá. Aquí todo es importado. Hasta nosotros somos de importación. ¿Quién va a nacer aquí?

No había iglesia, ni plaza con kiosco, ni cancha de basquetbol. La presidencia municipal era un rectángulo que apenas se distinguía de las tiendas de aparatos de contrabando.

Atravesaron un fraccionamiento que parecía recién construido y recién abandonado. Luego tomaron una carretera que recorría la meseta de piedra. A la derecha, el mar quieto contribuía al calor.

Irigoyen vio una bandada de loros; la cauda verde los acompañó un rato y descendió hacia un punto en el que debía haber árboles. Al poco rato avistaron las primeras frondas.

—Aquí hay plantas por el cenote —explicó el chofer.

Dos ríos subterráneos afloraban en una boca de agua. El vasco Uribe había comprado todos los terrenos húmedos en torno al cenote para construir el estadio, la casa-club y una mansión que dominaba el Caribe.

Pasaron bajo una arcada con letras verdes y blancas: *Rayados Football Club*. El equipo se llamaba así por una tribu que habitó en la zona, nómadas que se rayaban el cuerpo con cal y desaparecieron sin dejar pirámides ni ofrendas. Lo único que recordaba su borroso paso por la península era la camiseta del equipo.

—Un equipo de Monterrey se llama igual —dijo Irigoyen.

—No importa —dijo el chofer—. Ellos están muy lejos. ¡Mire nomás qué chulada!

Habían entrado a las propiedades de Uribe. El chofer señaló algo que podía ser la boca de agua rodeada de piedras, el césped impecable, la casa con balcones.

Irigoyen bajó de la camioneta. Lo aguardaba un hombre inmenso. El puro, de un grosor lujoso, lucía esbelto en sus dedos.

Apretó la mano de Uribe, una mano áspera, que parecía salida de la meseta de piedra.

—Vas a estar feliz —el vasco lo tuteó, con el aire de ganadero de tantos directivos, sin esperar reciprocidad.

Fueron a la casa. Atravesaron una sala amplia, con suelo de mármol. Una profusión de alfombras árabes agobiaba el ambiente. Por suerte no se detuvieron ahí; llegaron hasta una terraza al otro extremo. Irigoyen supo que la construcción se justificaba por ese punto de vista: desde los sillones de mimbre se dominaba el estadio y la cancha misma (las gradas recorrían el campo en herradura, dejando libre la cabecera que daba a la mansión de propietario). Irigoyen distinguió las redes suaves de la portería sur.

—¿Un coctelito? —a Uribe le costaba trabajo respirar y su lengua hacía un ruido rasposo; parecía urgente que tomara algo.

Irigoyen se volvió. Una muchacha había llegado sin hacer ruido. Estaba descalza; tenía los ojos achinados y el pelo lacio de las muchachas a las que había visto lamer hielo azul.

—Olivia —respiró el vasco.

Por primera vez Irigoyen vio la sonrisa ambigua, como si ella estuviera ante algo repugnante que sin embargo le gustaba.

Tomaron un licor verde, fresco y denso. La travesía, el calor y la bebida situaron a Irigoyen en un plano de irrealidad. Con el crepúsculo, el césped cobró un resplandor extraño, como si absorbiera las últimas reservas de luz.

—Estoy muerto —dijo Irigoyen.

—Acompáñalo, mi'ja —Uribe se dirigía a la muchacha con un afecto impositivo, como si su autoridad no derivara de un salario.

El búngalo destinado al entrenador resultó agradable. Televisión, con canales de Miami, ventilador en el techo, regadera para dar masajes de agua. Encontró un plantel con cinco veteranos de la primera división, una docena de novatos y Marcelo Casanueva, el préstamo del Cruz Azul que exigió en su contratación. En los vestidores imperaba el olor a lodo, sudores y cuerpos gastados de todas las canchas, el recordatorio de que el futbol surge siempre de la misma pobreza. Tal vez porque llevaban algún tiempo sin ver a nadie los jugadores lo escucharon con sobrada atención, como si hablara de cosas al otro lado del mar.

Después de la visión semidesierta que recogió en Punta Fermín, le sorprendió que el estadio se llenara cada dos domingos. A pesar de los infernales traslados en autobús para sus juegos de visitantes, el equipo corría con eficacia y Marcelo Casanueva encabezó pronto la tabla de goleo. En la temporada anterior, Marcelo había debutado en el Cruz Azul, pero denunció a su entrenador por obtener primas en los traspasos y fue enviado a calentar la banca. Tenía tantos deseos de jugar que aceptó la invitación al fin del mundo. Era el tipo de jugador que Irigoyen admiraba y detestaba: un santurrón de pelo engominado, lleno de supersticiones, que se quedaba a practicar tiros libres después del entrenamiento, sin que nadie se lo pidiera. Aunque sus goles eran un evidente triunfo de la voluntad, no podía responderle a un periodista sin mencionar a Dios. En su mirada y en su estilo de juego, de una puritana eficacia, había una incapacidad de disfrute que ponía en evidencia los placeres buscados por los otros. Aun al comer parecía regirse por una disciplina superior; masticaba hasta el hastío, jamás buscaba la salsa o la sal. Después de diez partidos resultó obvio que la segunda división le quedaba chica; sin embargo, no quiso recibir a los *scouts* del Atlas que fueron a verlo. Irigoyen agradeció su lealtad y Marcelo miró desagradablemente al cielo, como si fuera entrenado por Dios.

Entre semana, las plantas y el mar aislaban a Irigoyen y sus jugadores. Un equipo de futbol está hecho de infinitas horas perdidas en las que se juega a la baraja o en las que hay que trotar sin rumbo. En ocasiones, superar el tedio de las concentraciones y los entrenamientos es más arduo que superar la presión de los domingos. Los integrantes de los *Rayados* habían dejado a sus familias en ciudades donde había escuelas y donde las habitaciones no se compartían con un compañero. El único con derecho a llevar a su mujer y sus hijos era el entrenador. Aquel búngalo le sobraba un poco a Irigoyen; empezó a desperdigar ropa y toallas para que luciera habitado. No quiso pensar en lo que ese permanente encierro significaría para él y para su gente al cabo de un año. En futbol el futuro era el próximo domingo.

El camión de los *Rayados* viajaba a Cancún los lunes de descanso. Sus jugadores iban en busca de gringas más o menos imaginarias, salas de videojuegos, un cibercafé en el que escribían cartas sin ortografía, una feria de la que regresaban con absurdos tucanes de peluche. Él prefería quedarse en las instalaciones desiertas del equipo. Mataba las horas con revistas atrasadas, tirando guijarros al cenote, recorriendo los prados de un verdor que enfatizaba la impresión de estar en un oasis asediado por un entorno seco, desvelándose con las películas de la madrugada, que siempre eran las mejores.

Un lunes en que su equipo se encontraba lejos, caminó por una zona de palmas bajas. Llegó a un claro. Y de pronto sintió algo extraño, como cuando corría en la punta izquierda y una sombra salida de cualquier parte le borraba el balón. Se volvió a la derecha y encontró a Olivia, recargada contra una palma. Un perro le lamía los pies.

—Le fascina. Es por la sal del sudor. Los perros necesitan sal —dijo la muchacha.

Irigoyen vio la lengua que mojaba los dedos. Olivia cerró los ojos, para concentrarse en la caricia húmeda o para que él pudiera observarla sin prisa. Luego alzó las manos y abrazó el tronco que le servía de respaldo. Irigoyen se alejó de ahí.

¿Qué hacía Olivia en Punta Fermín? El chofer le había contado que venía de Veracruz, donde el patrón tenía cafetales y una cadena de hoteles. Irigoyen recordó la mirada brillante de aquel hombre obsesionado por la relación entre el petróleo y el fragor sexual. Lo vio juntar los índices de ambas manos para explicar la relación de Uribe con Olivia. Resultaba difícil creerle a ese conductor que llevaba demasiado tiempo perdido en la costa. Eran otras las piezas con las que él intuía la figura aún difusa de Olivia; la había visto descender de los coches largos que usaban los líderes del sindicato petrolero; la había visto entrar al palco del vasco, vestida con las telas floreadas y brillosas que ahí eran elegantes; la había visto atravesar los prados de noche, sin rumbo descifrable.

Desde el primer partido, Irigoyen entendió la función secreta del estadio; en las gradas, los hombres del petróleo encontraban a las mujeres que llegaban en canoas y balsas de los caseríos cercanos y no pagaban entrada para los partidos. A las cinco de la tarde, los gritos inconexos, el entusiasmo que no dependía de los lances en la cancha, revelaban que el público se entregaba a sus propios ritos en las tribunas. La cancha de los *Rayados* era la plaza que faltaba en el pueblo. En ocasiones había golpizas y algún acuchillado, riñas del todo ajenas al partido. A las siete de la noche, servía de poco apagar los reflectores; en las gradas aparecían fogatas, radios con música de guitarras y acordeones. "Cuando se construían las plataformas, hubo que traer mujeres de Chetumal; los hombres enloquecían con estos calores", le comentó Uribe ante un vaso de licor verde. Desde su terraza, los fuegos en las tribunas del estadio sugerían un festejo bárbaro.

El lunes en la mañana la panga se llenaba de mujeres solas. Olivia era distinta; había venido de más lejos, y se quedaba en tierra.

En el claro de palmas bajas Irigoyen sintió por primera vez que ella lo miraba de un modo inequívoco.

Regresó al búngalo; se metió en la regadera y la tortura del agua helada lo alejó de los ojos brillantes, las piernas tostadas, los pies lamidos golosamente. Se secó con rabia.

Al retirar la toalla, encontró a Olivia:

—Quería verte.

A partir de ese momento Punta Fermín fue el talle estrecho de Olivia entre sus manos, los pezones oscuros, el olor vegetal que exhalaba su garganta, los pies manchados por la hierba, los ocasionales vahídos del perro que la esperaba afuera del búngalo.

Olivia hablaba poco; en cambio, su sonrisa decía demasiado, como si contradijera sus motivos. A Irigoyen le divertía pensar en ese gesto a la manera de un pénalty: la finta hacia un lado, el tiro al otro.

Al despedirse de él, decía: "El señor me espera", en el tono que Marcelo Casanueva usaba para sus citas con Dios en el área chica.

Era difícil guardar secretos en el encierro de los *Rayados*. El vasco debía conocer, y de un modo complejo aceptar, su trato con Olivia. A Irigoyen le sobraba tiempo para pensar junto a las piedras pulidas del cenote, viendo los giros de las golondrinas, y llegó a una hipótesis que lo hubiera inquietado en otro sitio pero que en ese ambiente suspendido adquiría una suave normalidad: Uribe lo contrató porque era un solitario y podía ser vigilado por Olivia, una razón tan caprichosa a fin de cuentas como la que le dio el *Zorri* Mendieta: "Tu nombre le gustó". Irigoyen acabó por acostumbrarse a esa ironía: él, que despreciaba el marcaje personal, era custodiado hasta la intimidad.

Quizá el sol calcinante y la lejanía de las ciudades tuvieron que ver con su tranquila aceptación de esa vida llena de pausas, horarios extremos (insomnios bajo las tormentas tropicales, un sueño de piedra en las interminables carreteras), domingos de estrépito, lunes desiertos, Olivia repartida entre el búngalo, la casa de Uribe, el local del sindicato, los bailes de los que algunas veces le hablaba y que, según sus ánimos, él vislumbraba como fiestas pueblerinas en las que se rifaba alguna iguana o como orgías con un decorado irreal: palmeras en macetas de oro, camastros inmensos de dictador centroamericano.

El entorno lo asimilaba paulatinamente a otra lógica. Además, Irigoyen tardaba en preocuparse de lo que ocurría en proximidad, lo sabía demasiado bien y volvía a recordarlo cada vez que encontraba un pasador de su ex mujer en el último pliegue de una maleta. Imaginaba las cosas de acuerdo a la posición que ocupó en la cancha; lo suyo fue correr junto a la línea de cal, llenar un hueco repentino en el extremo izquierdo, anticipar los viajes del balón, nunca ser el que está sino el que va a estar, mantenerse un poco al margen, como si ya supiera desde entonces que su destino continuaría fuera del campo, en la banca de entrenador, en esa costa del Caribe donde el país extrañamente seguía existiendo.

A fines de mayo el cielo reventó en aguaceros y un vapor caluroso se apoderó de las noches. El pelo de Olivia se volvió más rizado en ese clima; se veía siempre húmedo, como una señal de lo que pasaba afuera. Un día en que llovió temprano y ella no pudo visitarlo, la televisión trajo noticias de Menotti. Su equipo había jugado como nunca pero hubo cambios en la Federación y el entrenador renunció entre una ola de calumnias. Irigoyen recordó la voz del *Sordo* cargada de fracasos: "en este negocio el que piensa pierde; cuídate, ése es el peligro de los porteros y de los que juegan en punta; les sobra tiempo para tener ideas". El portero solía ser el excéntrico del grupo; sus talismanes al pie del poste, sus vistosas sudaderas, sus rezos de rodillas en el área chica, lo apartaban del resto. Con el extremo izquierdo pasaba algo parecido; allí se acababa el equipo, todo se volvía zurdo y adquiría una urgencia final. Hasta él desconfiaba de esa zona y entraba a la cancha con el pie derecho que nunca le sirvió gran cosa para patear balones. "Lo más grave es pensar fuera del estadio; los directivos nunca perdonan que tu vida siga en otra parte; en alguna ocasión me creí un individuo y me jodí", el *Sordo* Fernández se demoraba en las lacras del futbol, como si los horrores se mitigaran al detallarlos; hablaba como si el número 11 no representara un puesto en la cancha sino una conducta.

Irigoyen subió el volumen del televisor:

—Vino de lejos, se aprovechó de nosotros —declaró un locutor a sueldo de los nuevos funcionarios de la Federación.

Se refería a Menotti. ¿También lo echarían a él de Punta Fermín? El mundo se había vuelto un sitio impaciente donde un entrenador debía hacer las maletas al perder tres juegos seguidos. Los *Rayados* jugaban bien, pero el sinsentido que le traía a la televisión lo obligó a recordar que el vasco se ufanaba de sus arrebatos ("mandé hacer siete veces esa pared"), alardes con los que refrendaba su autoridad. Un domingo llenaba la tribuna de tamboras y quince días después prohibía la entrada de músicos. Podía despedir a Irigoyen por cualquier cosa, y aunque no lo hiciera, ¿cuánto tiempo podía aguantar él en esa orilla donde el agua de beber llegaba en barcos y donde nadie tenía un motivo preciso para apoyar al equipo?

El patrón Uribe atendía negocios en Veracruz y la capital, y solía apartarse semanas largas de su mansión. Al regresar, se quejaba de las plantas que invadían las habitaciones y regañaba con desplante teatral a los jardineros mayas que apenas lo entendían.

En uno de esos regresos fue al búngalo de Irigoyen y encaró al entrenador como si fuera responsable de las enredaderas que ganaban terreno durante su ausencia:

—¿Cómo ves al equipo? —el tono de voz denotaba que él lo veía muy mal.

Iban en cuarto lugar, ¿qué más podía esperarse de un equipo primerizo?

—Los punteros no siempre llegan a la final, hay mucho desgaste en la cima, mucha presión. Como van las cosas, podemos pasar a la liguilla y ahí dar la sorpresa.

El vasco lo estudió durante unos segundos. Luego dijo:

—Me gustó esa pendejada que dijiste: "hay mucho desgaste en la cima"... Cuida a los muchachos. Cuídate. Tienes un equipo a toda madre —le dio una palmada en el hombro y volvió sobre sus pasos.

Irigoyen no entendió la escena, ni trató de hacerlo; desde sus tiempos de jugador había renunciado a buscar argumentos en los directivos. Sólo tenían razón cuando pagaban.

Las razones de Uribe se agotaron un viernes de quincena: los jugadores no recibieron sueldo. El vasco le echó la culpa a la caída del precio del petróleo. El sindicato tenía que ajustar gastos. Pasaron semanas de enredo en las que se habló del Golfo Pérsico, de barriles que nadie había visto y sin embargo los afectaban. Cuando los salarios se normalizaron, nadie tuvo ánimos de protestar por la mala noticia con la que el patrón encendió su puro: se suspenderían las primas por pasar a la liguilla.

—No hay dinero. El petróleo está cabrón.

Nadie tuvo ánimos de contradecirlo.

Irigoyen se empezó a hartar de esa lejanía en la que todo acababa sucediendo de otro modo. Las flamas que punteaban el horizonte se convirtieron para él en un límite irracional y definido. Aunque subiera el precio del petróleo, se iría pronto.

Una noche, mientras Olivia dibujaba con el dedo en su espalda sudada, Irigoyen le pidió que se fueran al terminar el campeonato. Ella replegó las piernas, se abrazó las rodillas:

—Sólo si ganas —dijo, como si eso fuera imposible.

La prensa deportiva los consagraba como la revelación de la segunda, pero Olivia atendía a otras claves. Se apartó el pelo con un soplido; los ojos le brillaron de un modo inconfundible cuando dijo:

—Te conviene irte antes. Yo paso mucho tiempo con el señor.

Irigoyen tardó en entender la relación entre ambas frases.

—¿Qué te dijo?

—Los equipos de primera viajan en avión.

Irigoyen recordó el cielo limpio que lo había cubierto durante meses. Había que viajar hasta Cancún para ver la cauda de un jet. Estaban demasiado lejos; los grandes equipos no aceptarían un viaje tan costoso y extenuante.

—Además, al sindicato le sale más barato un equipo de segunda —Olivia cerró la pinza: no lo dejarían ganar—. Vete antes.

Irigoyen insistió en que partieran juntos. Ella repitió, con la sonrisa que significaba cualquier cosa, que para eso debía ganar. Había un énfasis deprimente en su mención de la victoria. Quizá porque eso significaba su despido. En sus labios, el título era una desgracia que implicaba partir con ella, atarse a su mala suerte.

El futuro fue el domingo hasta llegar a la liguilla de ascenso. Ganaron sus trabas ante equipos que confiaban en las marcas persecutorias y no anhelaban otra cosa que un gol fortuito, de preferencia a balón parado. Marcelo Casanueva jugó como si ya estuviera en su siguiente equipo. A Irigoyen le repugnaba verlo salir del campo como si ignorara sus proezas, pero sabía que ésa era su ventaja: el ariete frío, inconmovible.

La televisión cobró un afecto voraz por los *Rayados*; el equipo sorprendía, no tanto por sus partidos como por el atrevimiento de ganar en esa lejanía donde nadie esperaba que ocurriera algo.

El candidato lógico para ganar la liguilla de ascenso era el Tecnológico Hidalgo. Irigoyen tenía una memoria escurridiza para los infinitos vaivenes de los equipos y los jugadores del futbol mexicano. Era incapaz de recordar en cuántos clubes militó el *Zorri* Mendieta. ¿El Atlético Hidalgo había estado dos o tres veces en primera división? En todo caso se trataba de un equipo malo con tradición, un poco el basurero y otro poco el parvulario que los equipos grandes necesitan para sus vejestorios o sus novatos.

En los primeros partidos de la liguilla Irigoyen habló ante un sinfín de periodistas sudorosos. Todos soltaron la palabra "sorpresa" en la primera pregunta. El futbol sólo existe si pasa por televisión y él se resignó a la cansada monotonía con que los locutores describían los asombros de Punta Fermín. Durante años había detestado a los locutores que "entienden" el partido después de cada gol (si el balón va a las redes, el cretino de turno comenta que el equipo está bien entrenado). Pero con el tiempo, y quizá con la distancia de Punta Fermín, se acostumbró a disfrutar de los elogios sin imaginación de los comentaristas televisivos. El largo campeonato había servido para eso, para que los imbéciles se jodieran apreciando a los *Rayados*. Ante las azoradas cámaras de televisión, el equipo hizo de lo insólito una rutina y llegó a la final contra el previsible Tecnológico Hidalgo.

Hubo una semana de descanso y un lunes la casa-club se llenó de reporteros llegados en helicópteros y *jeeps* de alquiler. Irigoyen esperaba –aunque eso lo entendió después, cuando ya era humillante– felicitaciones idiotas sobre la "magia" de sus *Rayados*. Pero desde la primera pregunta supo que el clima había cambiado en las nubladas mentes de los comentaristas. ¿Qué se sentía enfrentar a un equipo imbatible? ¿Acaso creía en milagros? ¿A qué virgen se encomendaba?

El vasco Uribe presidía la mesa, tras una nube de tabaco, y permitió un aluvión de intervenciones en las que la inesperada presencia de los *Rayados* en la final parecía, más que un mérito, un desafío petulante o una ingenua desmesura. De golpe, el Tecnológico, con su estadio en Pachuca, a una hora de la capital, representaba un centro simbólico y poderoso, inconquistable desde las orillas.

Irigoyen odió la conferencia, no tanto porque esa gente hablara del Tecnológico como si ya hubiera ganado la final, sino por haberse entusiasmado con sus comentarios anteriores.

El martes, el *Esto* anunció que el Tec recibiría refuerzos del América, el Atlante y el Guadalajara. La señal era inequívoca: tres franquicias poderosas sacrificaban a sus reservas en favor de un equipo del centro. Irigoyen pensó en los aviones imposibles mencionados por Olivia.

Uribe había ido a la capital para discutir las condiciones de la final en la Federación. Después de conocer los préstamos de última hora que recibiría el Tecnológico, Irigoyen quiso hablar con él. Pasó de un teléfono celular a otro sin oír la asmática voz del patrón.

En vísperas del partido de ida, se agravó el desastre. El autobús de siempre, pintado con palmeras de delirio, fue sustituido por un ejemplar de asientos metálicos. Los *Rayados* llegaron a Pachuca dos horas antes del juego, como espectros de sí mismos.

El árbitro se encargó de devolverlos a la realidad: se tragó el silbato cuando quiso, marcó un pénalty rigorista y sólo recordó que llevaba una tarjeta amarilla en el bolsillo cuando fracturaron al lateral derecho de los *Rayados*. El 0 - 2 les salió barato. El vasco fue a saludarlos a los vestidores. Después de tanto tiempo sin verlo, a Irigoyen le pareció curiosamente rejuvenecido:

—Ni modo, muchachos, se hizo lo que se pudo— aunque buscaba un tono resignado, lucía nervioso. Irigoyen entendió sus temores: aún los creía capaces de una voltereta en Punta Fermín.

Pasó las 26 horas del camino de regreso convenciéndose de que nada le convenía tanto a Uribe como perder en la final. Apenas le sorprendió que el patrón lo llamara a su oficina un día antes del partido de vuelta. Reconoció el aire de aquel sitio al que casi nunca entraba; el puro llevaba horas apagado pero el vasco aún lo tenía en los labios, incapaz de pensar en otra cosa que no fueran las ideas rotas que le iba a comunicar:

—Aquí sólo el calor es real —empujó el sobre; Irigoyen distinguió el filo verde de los dólares–. A ver si despiertas: tuviste un sueño de mierda. El *Zorri* me habló de ti y te aposté como esos imbéciles que arriesgan su dinero según los nombres de los caballos. Eras primerizo y tenías los delirios de grandeza que siempre hunden a los equipos. Pensé que con algo de suerte harías una temporada decente, pero nada más. Te debí mandar a la chingada en la primera vuelta. A veces uno se pasa de generoso. Montaste un equipo excesivo, ¿no se te ocurrió que no se puede jugar así en los pantanos? ¡Relevos por los extremos en este muladar! ¿Sabes cómo conseguí mi franquicia? Gente de arriba, con las que no has soñado, necesitaba que los petroleros tuvieran otra diversión que las putitas locales. ¿Crees que nos dejarían llegar a primera? ¿Has visto un avión en este puto cielo? ¿Sabes lo que cuesta transmitir por televisión desde aquí? Nunca va a haber equipos en las fronteras Aquí no se acaba la cancha, aquí se acaba el país.

Irigoyen tomó el sobre con el dinero y observó a Uribe, como si quisiera perfeccionar su desprecio. Sintió un dolor en el esternón, una profunda náusea ante ese plato con ceniza fría. Pensó en ganar. De un modo absurdo, eso también significaba llegar a Olivia.

La cabeza le dolía con fuerza cuando entró al vestidor antes del partido. Supuso que también sus jugadores habían recibido dinero para perder. Algunos, los veteranos a punto de despedirse, no tenían grandes motivos para rechazar un pago fuerte. Otros (por primera vez vio a Marcelo como a un aliado) simplemente no podían aceptarlo; tarde o temprano la noticia del soborno llegaría a algún periodista; no costaba trabajo imaginar una reprimenda ejemplar y exagerada, la suspensión de por vida para varios jugadores y una multa gorda pero a fin de cuentas llevadera para los directivos.

Su arenga duró mucho. Al terminar, todos lo miraron con un respeto que se debía más que nada a que alguien hilara tantas palabras con tan poco aire. Salieron de los vestidores como de una cripta al interior de una pirámide. Nunca la cancha de Punta Fermín le pareció tan fresca. "No jueguen para el vasco, no vean al palco de honor..." ¿Qué más había dicho? De nuevo respiró los olores primarios del futbol; habló del dinero sin gloria, los ídolos de la infancia, las cuentas que tendrían que rendir, todo muy confuso, muy apasionado, poco convincente.

Irigoyen fue el primero en traicionar sus palabras; en el aire que había vuelto a ser ardiente, buscó la piel tostada, el mechón oscuro de Olivia en el palco de Uribe y los líderes sindicales.

Si ganaban se acabaría el equipo; era fácil adivinar el fin de la historia: el vasco estaría obligado a negociar con la Federación y rematar su franquicia a directivos con un equipo en el centro del país. El destino de los *Rayados* estaba sellado; en cambio, la tarde tendría misteriosas consecuencias para Irigoyen. Se dejó llevar por una idea turbia, insistente: que la decisión de Olivia dependiera del marcador, era un motivo para perder. "Yo también me la estoy jugando", le había dicho mientras él le miraba la marca que tenía en el muslo. Durante meses había besado esa piel lastimada con fervor, como si buscara entrar en contacto con una clave adicional de Olivia. "Me cayó ácido", decía ella para explicar su cicatriz. Resultaba difícil creerle; aquella cicatriz hacía pensar en los hombres del petróleo, en los castigos que ella recibiría si trataba de desobedecerlos. Sí, Olivia correría otros riesgos. Las noches pagadas por Uribe habían desembocado en una apuesta. Irigoyen supo, mejor que nunca, que estaba fuera de la cancha.

El partido fue un teatro de errores: los veteranos que llegaban tarde a las jugadas apenas se distinguían de los ansiosos que se barrían demasiado pronto. Por primera vez, Marcelo jugaba del lado de las emociones; erraba pases sencillos y disparaba con un ímpetu que terminaba en el graderío. Lentamente, mientras la ropa se le empapaba de sudor en el banquillo, Irigoyen comprendió su desatino. Su discurso le había sentado mal a todo mundo; era un agravio para los sobornados y un motivo de tensión para los otros.

En el descanso, con el marcador 0 - 1 y el global 0 - 3, buscó apaciguar los nervios: jugaban contra sí mismos, no contra el Tecnológico y sus refuerzos, tenían que tocar más la bola, mostrar gusto por el juego, a fin de cuentas en futbol el que no se divierte no gana. Leyó la desilusión en las miradas; sus jugadores no le creyeron, o en todo caso creyeron que Uribe lo había visitado en el banquillo con un cheque para modificar sus opiniones. Los jóvenes lo miraron como si la calma fuera un soborno y los veteranos con molesta simpatía. Añadió algún consejo para abrir la cancha y marcar al esquivo número 9. Nadie lo oyó.

Faltaban veinte minutos para el final cuando Marcelo fue sembrado en el área. Aun ese árbitro que tomaba la violencia como un requisito deportivo tuvo que marcar el penal. El tirador designado era el propio Marcelo. Irigoyen sabía de sobra lo que la adrenalina produce en un cuerpo recién fauleado; sin embargo, el sustituto podía fallar adrede. Dejó que él cobrara. Desde que lo vio correr, con un vuelo desmesurado, supo que la pelota iría muy lejos de la portería. Marcelo tenía tantos motivos para anotar que ninguno acabaría en la red.

Había amanecido. El tanquero se recortaba contra un cielo amarillo. Irigoyen vio el óxido que cubría los costados de la proa. El sobre le abultaba la camisa; aún tenía una oportunidad de grandeza: destruir los billetes. Sin embargo, desde que empacó sus cosas supo que no lo haría; poco a poco aceptaba la idea de una liquidación, exagerada, si se quiere, pero todo había sido un poco confuso en esos calores; elegía un drama menor, una derrota pactada.

En el embarcadero, volvió a sentir el tirón de su vieja fractura en el tobillo. Aguardó hasta que oyó risas lejanas. Al cabo de unos segundos vio los rostros cansados de las muchachas que regresaban de su noche en Punta Fermín. La presencia del entrenador las hizo guardar silencio. Una de ellas le ofreció un cono con hielo azul. Por primera vez probó ese jarabe fragante, a pétalos desconocidos. Casi todas las muchachas estaban descalzas. Las vio bostezar, protegiéndose del sol con los antebrazos. Ninguna parecía mayor de veinte años. Al poco rato se encendió el motor de la panga. Irigoyen subió a la madera podrida, con el pie derecho, y sintió el empellón que lo alejaba de la costa.

Buscó el estadio detrás de unos manglares. Sólo entonces supo que aún pensaba que Olivia podía acompañarlo. Irigoyen había perdido la apuesta; el equipo seguiría ahí y ella no tenía urgencia de salir, pero tal vez se trataba de otra finta, con ella nunca se sabía. Minutos después, le pareció que alguien lo llamaba. Se equivocó; el viento traía ruidos rotos de cualquier parte.

Navegó río abajo, rodeado de mujeres con sueño, y obtuvo una vista insólita del estadio. Un enclave de felicidad, plantas, prados perfectos. Entonces distinguió una silueta junto al agua. El perro le lamía los pies. Olivia no agitó la mano en señal de despedida; vio la balsa en el río caliente, como si él hubiera llegado para irse, para desprenderse hacia un lugar sin nadie, la punta que significaba el fin del juego.

ENTREVISTA CON JUAN VILLORO

1. ¿Qué papel tuvo el fútbol en tu juventud?
Mis padres se divorciaron y mi papá me llevaba a los estadios, porque le costaba trabajo encontrar actividades para hacer conmigo y porque era aficionado. Así se forjó mi pasión por el juego, que hasta la fecha asocio con la cercanía de mi padre.

2. ¿Le vas a algún equipo?
En México al Necaxa y en España al Barcelona, ciudad donde nació mi padre.

3. ¿Es preferible para ti como hincha un buen resultado o un buen partido?
Todo depende. Si juegan mis equipos, nada se compara con que ganen. En otros casos puedo ser objetivo y esperar un buen estilo de juego.

4. ¿Qué te motiva a escribir ficción que tiene lugar en un contexto mexicano?
Una de las cosas más interesantes del futbol es la afición que suscita en la gente. No soy un experto ni un historiador del deporte. Jugué en los Pumas hasta Juvenil AA, la categoría inmediatamente anterior al primer equipo, tengo muchos amigos que han jugado a nivel profesional, pero no me veo como alguien que pertenece al entorno. Prefiero ser un testigo, cuyo interés principal es la locura y las formas de comportamiento que despierta el futbol. En esencia, soy un aficionado a la afición.

5. ¿Cuáles son las intersecciones entre la política y el fútbol en México?
El futbol es el entretenimiento mejor organizado en el planeta y el que más dinero produce. No es extraño que los políticos hayan querido aprovecharse de él. En México, cada 12 años el Mundial coincide con las elecciones y los resultados de nuestra selección, si son positivos, suelen favorecer un poco al partido gobernante. Los políticos visitan a la selección y tratan de identificarse con ella. Pero esto tiene límites. Nuestro futbol es tan corrupto que los políticos lo apoyan a cierta distancia. Hay gobernadores, como los de Chiapas y Aguascalientes, que prometieron en sus campañas llevar futbol de primera división a sus entidades, pero luego se alejaron del tema, porque eso puede ensuciarlos demasiado.

6. ¿Ves alguna conexión entre el proceso de creación y la manera en que uno juega o la manera de ser hincha?
La escritura es un juego que requiere de disciplina, al igual que el futbol. Más allá de este paralelismo fundamental, hay muchas diferencias. La principal es que en la literatura todo depende de la imaginación que se ejerce en soledad, mientras que el futbol es un fenómeno de masas.

7. ¿Hay algún autor de ficción de fútbol que ha influenciado este cuento?
Me gustaría pensar que está cerca de las atmósferas de mi admirado Onetti, que vendió entradas en el Estadio Centenario, de Montevideo, pero que no escribió cuentos de futbol.

8. ¿Qué papel ocupa la ficción futbolística dentro de la literatura de tu país?
Hay buenos escritores que se han ocupado del tema, y mucha gente se interesa en leer y discutir cosas de futbol, pero no es una tendencia dominante. Digamos que se perdió el prejuicio de

escribir de algo que se consideraba "populachero", pero tampoco hay una fiebre de escritura futbolística.

9. ¿Hay una identidad o un estilo que se asocia con el fútbol mexicano?
La lentitud, los pases laterales, la tentación de defender después de anotar un gol, la idea de que es mejor darle la pelota a otro que resolver por cuenta propia y la incapacidad de anotar penaltis.

10. ¿Qué significa para la región tener otro Mundial en el continente en 2014?
Lo decisivo es que es en Brasil, gran protagonista del futbol. Hasta hace unos meses, todo parecía indicar que las cosas ocurrirían como en 1950, cuando Brasil no pudo salir campeón en su propia casa. Pero la Copa Confederaciones mostró a un Brasil distinto, que sin duda aspira a ganar el título.

11. ¿Crees que la selección mexicana tiene esperanzas?
El gran mérito sería clasificar. Escribo estas líneas en un momento en que México está casi eliminado. No podemos aspirar a otra cosa que a participar en la fiesta.

PARAGUAY
JAVIER VIVEROS

JAVIER VIVEROS nació en Asunción, Paraguay, en 1977. Es Ingeniero en informática y candidato a Magister en Lengua y Literatura por la Universidad Nacional de Asunción. Ha publicado los libros de cuento *La luz marchita* (Jakembo, 2005), *Ingenierías del insomnio* (Jakembo, 2008, coautor con Diana Viveros), *Urbano, demasiado urbano* (Arandurã, 2009), *Manual de esgrima para elefantes* (Arandurã, 2013) y *Una cama para Mimi* (Alfaguara, 2013), así como también los poemarios *Dulce y doliente ayer* (Jakembo, 2007), *En una baldosa* (Jakembo, 2008), *Mensajéamena* (Arandurã, 2009) y *Panambi Ku'i* (Tercermundo, 2009). Escribió también los guiones de *Pólvora y polvo* (historieta), *El supremo manuscrito* (largometraje) y *Epopeya* (historieta). Algunos de sus textos fueron incluidos en antologías internacionales de narrativa contemporánea como *Neues Vom Fluss* (Alemania), *Los chongos de Roa Bastos* (Argentina) y *Cuentos del Paraguay* (Cuba). Hincha del Club Sportivo Luqueño, Viveros reside actualmente en Asunción. "Fútbol S.A." apareció en *Futbol S.A.* (Yiyi Jambo, 2007).

FÚTBOL S.A.

Para BUBA (Q.E.P.D.) y para mi hermano Milci.

I

Entre semana, el preparador físico nos hacía trotar desde las siete de la mañana, les ordenaba que trotaran unas veinte vueltas en torno a la cancha de Luqueño, nos movíamos como autómatas, se desplazaban lentos y contagiados de sueño, bostezábamos algunos y ese bostezo se multiplicaba en casi todo el plantel de jugadores, también nos hacía bostezar a algunos miembros del cuerpo técnico.

Vamos que sólo faltan catorce vueltas, nos gritaba el preparador físico. Dale, que en diez vueltas más estarán respirando y distendiendo los músculos, les decía para darles ánimo. Mientras trotaba en la última fila, yo miraba a los compañeros que tenía adelante, los veía más bien de perfil, y podía notar en todas o en casi todas las caras que dos o tres horas más de sueño hubieran sido un santo remedio.

Al cerrar el círculo gritábamos la cifra, el número de vueltas que iban completando; "nueve", exclamamos sin muchas ganas y para darles aliento también yo me puse a correr, se puso a trotar con ellos las pocas vueltas que nos restaban para que alcanzaran la cifra programada, para que completáramos la rutina. Pero como máximo completaba tres vueltas. Yo trotaba con ellos y se movía rápido, encabezando la fila, ejemplar el hombre, me ponía en la punta pero a medida que se iba cansando perdía posiciones y suelo terminar casi siempre último, lo hacía nada más para demostrar espíritu de cuerpo, como en la milicia, no es algo imprescindible pero yo lo hago, los jugadores veíamos con buenos ojos esa actitud de nuestro preparador físico, pero el volante de creación (Acosta) "me importa un carajo que trote con nosotros" y Acevedo (puntero derecho) "a mí realmente me molesta que nos acompañe".

Desde la distancia, el ojo atento del entrenador nos miraba dar vueltas en torno a la cancha, solía observarlos con atención para ir armando mentalmente el equipo, el domingo pasado sentí una molestia en el muslo derecho y estoy consciente de que el entrenador mira cómo me desplazo, quizá Aguilera no podrá salir de titular el domingo, ¿usted qué opina, doctor?, recién estamos en martes, entrenador, hay que dejar correr los días. Estoy seguro de que podré recuperarme, de que es tan sólo una molestia. Veo que trata de moverse, trato de desplazarme con normalidad como si no le doliera nada, quiero jugar siempre, creo que se repondrá, entrenador, sí, también lo creo, el tiempo es la panacea universal.

Los lunes teníamos libre, era el día del jugador, hay gente que dice que habría que eliminar ese día porque en él se emborrachan y dicen que echamos a perder toda una semana de entrenamiento, la mayoría reposa nada más, otros íbamos a los prostíbulos o salen de parranda y dicen que me bebo hasta el agua de colonia de su hermana. Los martes los iniciábamos con el trote, les doy ejercicios livianos para empezar a entrar en calor, para que nuestros músculos comiencen a prepararse para lo más duro, que sus músculos dejen el relajamiento y se pongan a punto. Después ya entrábamos con los ejercicios calisténicos, en grupos de tres, hacían saltos de costado, nos hacía saltar cinco veces cada lado, el que está en el medio trabajará, luego cambiábamos de posición, equilibrio, hacían el salto mortal, "¡salto de pescado!" nos ordenaba, chocábamos nuestros pechos y luego les pedía enrollamiento progresivo, metían lagartijas, muévanse muchachos, trabajamos nuestras piernas, sudaban con los abdominales, "¡el avionazo!" nos gritaba. Luego, acabada la batalla, hacíamos estiramientos y respiraban profundamente.

Los martes y miércoles trabajamos con el preparador físico. Los jueves y viernes tenían siempre el trote, nos daban ejercicios más livianos, les hacemos trabajar menos tiempo con las gimnasias, hacemos fútbol y nos suelen hacer practicar con algunos artilugios, esquivaban obstáculos a la carrera, vamos driblando unos conos que más parecen unas balizas, patearé tiros libres contra una barrera de madera, solíamos adiestrarlos para sacar provecho de una pelota parada, cabeceamos los tiros de esquina lanzados por Acosta, "ese maldito es el dueño de las pelotas quietas", tiene un buen pie derecho por eso lo dejo patear siempre, le doy bien con la cara interna del botín y también con el empeine.

El entrenador nos hace practicar movimientos tácticos, yo solía reunirlos ante mi pizarra de hierro y va moviendo unos imanes coloreados tratando de explicarles su idea para encarar al equipo rival del domingo, jugadas que reproduciríamos sobre el césped cuando enfrenten al rival, vos vas a asfixiarlo al lateral derecho porque por allí tienen su salida, sí señor, como usted diga (Arévalos habla), Abente, quiero que vos siempre te anticipes a éste (y el imán se despegaba de la pizarra y volvía a pegársele), recuperes la pelota (como si fuera tan sencillo), toques en corto y te desmarques para pasar al ataque, y Abente "como usted mande, entrenador". Yo codiciaba la cinta de capitán pero me guardé de decirlo, juega muy bien pero no tiene dotes de líder por eso no le otorgo la capitanía.

A veces íbamos al gimnasio del club, yo hacía mi rutina de abdominales, levantaban pesas, necesitamos muchas más pesas, usted es el presidente del club, debería poder hacer algo, veremos, no se apresure, veremos entrenador, déjelo a mi cargo. Los sábados nos concentrábamos en las instalaciones del club, el Sportivo Luqueño tiene la infraestructura para albergar cómodamente (ni tanto) a más de un plantel de jugadores (mentira), era la víspera del partido y solía ser un día muy aburrido (cierto), se les notaba el tedio por todos los costados, Aranda leía unas revistas, creo que eran *Vanitas*, leeré mis *Caretas Magazine*, otros jugadores veían la tele (*Cinecanal*), extrañábamos el alcohol, oír una música (cumbia villera) que venía de las afueras del estadio les daba cierta envidia de libertad, pero el tiempo pasaba, lento como en los minutos faltantes para sumar una victoria, pero pasaba.

Los domingos tocaba jugar. Como todo en la vida a veces ganábamos y a veces pierden. Las ocasiones en que perdíamos el público me silbaba, en la hinchada entonamos cánticos contra ese pecho frío, en la prensa lo hostigábamos por mi poca pericia para manejar el equipo, por su planificación deficiente, por nuestro juego desordenado y deslucido. En algunas temporadas cosechábamos más victorias que derrotas y terminábamos entre los cinco primeros y eran los héroes, nunca ganaban el campeonato, estos jugadores son unos peseteros, hacemos lo que podemos, necesito un volante de creación con llegada. En otras temporadas el número de derrotas era superior al de victorias y rubricábamos numerosos empates y entonces terminaban entre los últimos puestos y pierdo mi cargo de entrenador, se va, me voy; señores: les presento a su nuevo entrenador. Recibían un premio en metálico (mosca) por cada partido ganado, nos pagaban la mitad por cada empate e ingerían polietileno en las derrotas. Pero a pesar de la irregularidad de nuestras campañas no descendíamos, Arturo, al parecer los luqueños mantendrán una vez más la categoría, a veces terminan en mitad de tabla y a veces cerca de la cola, pero seguimos vivos en la primera división. Así transcurría la vida del plantel, ésta era su rutina cíclica, hasta que de golpe todo cambió.

II

Palabra clave: gerenciamiento. Se había puesto de moda el tema en el continente. El Racing Club de Avellaneda fue gerenciado y ganó el campeonato argentino. Gestionar al equipo de fútbol como una empresa comercial. En Paraguay, el Club Libertad fue gerenciado y ganó al hilo dos campeonatos locales e incluso disputó inclusive las semifinales de la Copa Libertadores, perdiendo con el que sería a la postre el campeón.

"*O Rei*" Sports, la empresa de Pelé estaba gerenciando varios clubes de Sudamérica y al Sportivo Luqueño le tocó en suerte ser uno de ellos. Los del plantel quedamos un tanto desconfiados en un principio, estábamos con la incertidumbre, queríamos ver lo que pasaría. Pero contra los pronósticos más optimistas la cosa fue muy bien, al menos al principio. Cobrábamos siempre a fin de mes, recibíamos los premios y las primas con una puntualidad que desconocíamos.

De Pelé muchos dicen que fue el mejor jugador del mundo. Mi viejo era uno de los que lo afirmaban. Yo, para contrariarle, adhería a la corriente que otorga a Maradona ese título.

–Pelé jugó cuando los defensores no tenían idea de nada. Cuando jugaba Maradona los zagueros ya estaban más despiertos, había evolucionado el fútbol, se había profesionalizado. Además, Maradona jugó en Italia, donde a uno lo descomponen a patadas.

Eso solía decirle y el viejo me recordaba –invariablemente– cosas acerca de más de mil goles, y tres campeonatos mundiales ganados. También me hablaba de una jugada magistral hilada contra el arquero uruguayo Ladislao Mazurkiewicz y un gran gol –previo sombrerito al defensor sueco– en alguna lejana final de campeonato mundial. Yo le escuchaba, tranquilo. Y después arremetía con furia hablándole de la mojada de oreja que significó aquel gol con la mano que Diego hizo a los ingleses en México 86 y luego aquella verdadera joya que fue su segundo gol en ese mismo partido, donde barrió él solito desde el círculo central a la mitad del equipo de la reina.

Nunca llegábamos a un acuerdo al respecto. Lo único concreto era que la empresa de Pelé estaba gerenciando al club cuyos colores nos tocaba defender a mis compañeros y a mí. Él era nuestro jefe. Nos habíamos convertido en empleados de una empresa, éramos casi oficinistas (marcábamos entrada y salida pero no debíamos llevar corbata). Era raro aquello de ser empleado del que muchos consideran el mejor jugador que dio el fútbol.

Pelé jamás apareció por Luque. Comandaba la empresa un hombre designado por él, un brasileño llamado Lucio Viega. Era a la vez el presidente de la empresa y el director técnico del club. Era un individuo entrado en carnes y en años, pero que manejaba un despampanante Porsche. Debe ser el único Porsche que llegó a transitar por los baches y sintió el roce de las legendarias e incisivas lomadas luqueñas. Lucio Viega hablaba un portugués levemente infectado de español.

Poco a poco empezaron a cambiar las cosas en la empresa (en el club). El primer cambio tenía que ver con la imagen, unas mujeres contratadas para cada partido nos maquillaban antes de salir al campo de juego. "La estética ante todo", parecía ser la consigna. Nada de camisetas sobre el short, ni medias desajustadas. Todo tenía que estar en orden, debíamos mostrar una homogeneidad sin mácula.

Luego vino lo de las coreografías ensayadas. El primero al que adoctrinaron fue el centro-delantero titular. Cada vez que marcaba un gol iba a lanzarse cerca del letrero de uno de los auspiciantes. Tenía que ir —apenas logrado el tanto— a abrazarse al cartel, pero sin cubrir sus letras, de modo que la cámara pudiera tomarlo en su totalidad. Ese gol recorrería luego los noticiarios deportivos del continente y la publicidad del *sponsor* sería vista entonces a nivel continental y si el gol era realmente bonito seguramente lo mostrarían los noticiarios deportivos de todo el planeta.

Fue nada más el principio. Luego cada uno fue recibiendo su rutina. Yo jugaba de segundo marcador central y casi no marcaba goles. Pero en caso de que pudiera carroñear alguna pelota que lloviera de un mal despeje o que tuviera la chance de conectar el balón de un tiro de esquina mi misión era la de ir ante la cámara, unir los dedos pulgar e índice y cruzarlos ante mi boca, así como lo hacía el protagonista de la publicidad de uno de nuestros auspiciantes, una pasta dental. Entre las celebraciones que teníamos destinadas había de todo. Y la mayoría de ellas apuntaban al campo publicitario. Ningún parecido con los festejos de antes. Nada de inhalar la línea del área grande a la manera de Fowler. Ni de dar un salto atlético y levantar el puño o el hamacar al bebé de Bebeto. Lo de treparse a la alambrada para festejar con la hinchada o ponerse una máscara eran parte de la historia.

Todo, absolutamente todo estaba pensado. La idea era hacer un espectáculo del equipo. Todo estaba guionado por ellos. Teníamos coreografías grupales. En una (si el gol era el empate de dos a dos de visitantes) teníamos que ponernos en fila india y arrojarnos al unísono sobre el círculo central. Algunos de los festejos eran francamente delirantes. Si alguien metía un gol de apertura del marcador en calidad de visitante teníamos que acudir rápidamente a la banca, ponernos unas capas y representar una escena donde el que metió el gol se viste de príncipe y conversa con dos de los que construyeron la jugada, disfrazados éstos de enterradores con todo y palas. Si alguien marcaba un gol que era su *hat-trick*, su tripleta, teníamos que ir los once a juntarnos con los del banco y aplaudir a la hinchada. Si uno de los muchachos marcaba un gol olímpico debíamos organizar en el área rival una pequeña vuelta olímpica.

De locales teníamos que ir a hacer coreografías individuales o grupales frente al cartel del *sponsor*. De visitantes, como no era seguro que hubiera carteles de nuestros auspiciantes, la onda era ir frente a la cámara y hacer algún gesto que recordara a algún comercial de nuestros patrocinadores.

Hasta la hinchada había entrado en el juego. La empresa había organizado una reunión con los jefes de la barra brava. Y llegaron a un acuerdo (bondades de las entradas gratis y la provisión de bomba y alcohol a cacharratas). Entonces, cada domingo, se tenían cantos personalizados para dar aliento a cada jugador. Era lo máximo escuchar a la mitad del estadio corear tu nombre, hablar de tu mágica derecha o de la entrega de gladiador o que pidieran para vos la selección nacional. Y nos provocaba un sentimiento extraño saber que los que ahora cantaban para apoyarnos eran los que en varias ocasiones nos habían insultado por los malos resultados, los mismos que alguna vez visitaron el vestuario con fines poco amistosos, los que rompían los parabrisas y sacaban el aire de las cubiertas de nuestros autos. Pero era así, a todo uno se acostumbra.

Todos, de repente, empezamos a tener motes o marcantes. Yo era "El escudo". A otro compañero le decían "El elefante blanco", él siempre imaginó que ello se debía a que era un baluarte defensivo, un muro frente al arquero. Los animales abundaban. El dueño de la punta derecha era "Anguila Acevedo". Al volante de creación, Acosta, le decían "El dragón de Laurelty". "Felino Aranda" era otro.

Los periodistas habían sido comprados para la labor de propagación. Mi viejo me grababa siempre los partidos y al verlos yo podía comprobar que los relatores repetían religiosamente nuestros motes. Además empezaban los comentaristas a ver en nosotros cualidades que no sabíamos que teníamos. De ser bastante malo en el juego aéreo, mi compañero de zaga empezó a ser a ojos de los periodistas un bastión inexpugnable, una batería antiaérea que ya hubiera querido tener Sadam en lugar de sus misiles tierra-aire SAM.

Aranda, que era zurdo y tenía la pierna derecha sólo por una cuestión de simetría, pasó a ser para la prensa deportiva paraguaya el ambidextro por antonomasia, "un jugador con amplio desarrollo de los dos hemisferios cerebrales que marca la diferencia con ambas piernas, un exquisito del control de balón". El público presta demasiado crédito a las palabras que salen de un altavoz o que están salpicadas de tinta.

III

—Buenas tardes señoras y señores, amable audiencia seguidora de Radio "Catorce de Marzo". Nos encontramos en el Mbusu *Stadium* prestos para iniciar la transmisión del partido entre el Sportivo Luqueño y el Deportivo Mbusu en esta penúltima fecha del Campeonato Clausura. El ambiente es de pura fiesta, Beatricio.

—Muy buenas tardes, Arturo y por tu intermedio a la ínclita audiencia que nos acompaña siempre a través de las ondas hertzianas que atraviesan el éter. Sí, un ambiente de júbilo. Intuyo que este será un partidazo por la ubicación de ambos equipos en la tabla de posiciones. Imagino que los jugadores del Deportivo Mbusu saldrán como *pitbulls* rabiosos a hacer frente al adversario de la vecina ciudad de Luque.

—Todo está preparado para vivir un encuentro emocionante. El árbitro ya realiza el sorteo. Lo gana el capitán del equipo local, que escoge el arco donde se encuentra su arquero. Esto va a dar inicio, señores.

(…)

—Los jugadores del Deportivo Mbusu están en plan ofensivo. Leite golpea la pelota y su pase se cuela como una cuchillada en las espaldas de la línea defensiva luqueña, entra Caldera para rematar, un zaguero lo traba de atrás y esto es penal, Beatricio, penal para el Deportivo.

—Así es, Arturo. Se durmió por un segundo la esforzada defensa luqueña, salió el pase con precisión de cirujano, se inmiscuyó el jugador en el área, lo rozaron y en una de fregar cayó Caldera.

—Leite se dispone a rematar. El árbitro amonesta verbalmente a unos jugadores luqueños que estaban intentando perpetrar la invasión de área. Suena el silbato y… ataja el arquero. Leite se acomoda las medias y pisa el pasto del punto penal, Beatricio.

—Ha perdonado, Leite ha desperdiciado una ocasión inmejorable. Si bien fue un remate deficiente del jugador del

Deportivo, también hay que darle mérito al arquero, que intuyó la dirección del balón y se arrojó para embolsarla sin complicaciones. Este arquero que desde hace un buen tiempo viene demostrando su alto nivel y la utilización de la Navaja de Occam y cuando digo Occam no me refiero al alemán O. Kahn, al arquero Oliver Kahn sino a la navaja del fraile franciscano Guillermo de Occam, la que permite cortar siempre las cosas y escoger la solución más sencilla, tomar la salida más fácil sin multiplicar las entidades ni los problemas. Eso es lo que ha hecho aquí el magnífico golero auriazul.

(...)

—Vamos pisando los quince minutos de esta primera etapa con el marcador en blanco, Acosta, "El dragón de Laurelty" se mueve sobre la zona medular, es la manija, el verdadero motor del equipo luqueño, acelera, pone caja quinta, se muestra Núñez para marcarlo, Acosta aplica el freno, se hace un autopase y el jugador rival lo golpea abajo y luego le tira el camión encima. Falta para Luqueño, Beatricio.

—Sabemos que "El dragón de Laurelty" es un futbolista que se come la cancha, un todoterreno con una entrega de soldado espartano, también sabemos que es un jugador de una hermenéutica precisa, que marca el ritmo y cuya acertada lectura del juego es uno de los puntos altos de este equipo. Y aquí el jugador del Deportivo tuvo que recurrir a una entrada fortísima, una violenta acción que amerita no una tarjeta amarilla sino una anaranjada.

—Se prepara para cobrar la falta el jugador luqueño, el portador de la camiseta número diez. Pelota al área, la peina Andrade, la recibe "La Cobra" Alvarenga en soledad y saca un remate débil directamente a las manos del arquero. Un regalito, Beatricio.

—Estupenda la jugada luqueña, la peinada atrás como lo establece el manual, pero "La Cobra" Alvarenga no picó, el jugador de Luque saca un remate tibio, ni platónico ni aristotélico, muy malo lo suyo, ni cóncavo ni convexo, ni centro ni remate al arco, se la regaló al cancerbero. Un arquero muy atento que la atrapó con seguridad, sin permitir segundas pelotas, sin manotearla al córner, la atenazó hasta que el esférico no fue más que un ligero ronroneo entre sus guantes, Arturo.

(...)

—Acosta se puso el equipo al hombro, de tres dedos mete un cambio de frente elevado, la mata con el pecho su compañero Arévalos que es habilidoso y puede pegarle con las dos piernas, se hamaca en la zona de los dieciséis cincuenta, amaga un pase, le quiebra la cintura a su marcador y remata con la pierna cambiada, la coloca como con la mano a un costado del arquero. ¡Goooooool! ¡Gooooooooool! Luque. Luque. Luque. Gooooool de Sportivo Luqueño.

—Un espléndido gol de los luqueños, que la armaron muy bien, primero con "El dragón de Laurelty" y su guante blanco que coloca la pelota en la medallita que porta su compañero Arévalos, y éste que frota la lámpara, se arma una bonita jugada y saca un remate lento como Balzac pero que traspone la línea de sentencia y se convierte en el gol que rompe la paridad a favor del equipo de la ciudad de Luque.

—¿Pero qué es esto, Beatricio? ¿Qué es esa ropa de palacio que usan para celebrar? Están representando una escena teatral. ¿Y eso que lleva Arévalos en la mano? Parece un cráneo de los que tienen los estudiantes de Medicina. Es la belleza y la locura del fútbol. ¡Deportivo Mbusu 0, Sportivo Luqueño 1!

(...)

—Vamos por la mitad del primer tiempo, los jugadores locales se mueven, tocan y avanzan hacia el arco contrario, Núñez contempla el horizonte ofensivo, lanza un pase en medio de un bosque de piernas, la pelota es controlada por Noguera, hace la pared con un compañero, gira, caño, ¡qué jugada!, peligro de gol... pelota afuera. Beatricio.

—Estuvo muy cerca del empate el Deportivo Mbusu. Noguera entró al área chica, recibió la pared de su compañero, le hizo el túnel al marcador central y ante el arquero giró en una baldosa, quebrando así el muro defensivo pero define con la del pirata, con la pata de palo y su remate se pierde a un costado del poste derecho. Una verdadera lástima que esta jugada de veinticuatro quilates no haya terminado en gol. Una jugada de otro partido.

(...)

—Se produce un cambio en el Deportivo Mbusu. Se retira Leite en medio de una silbatina generalizada y toma su lugar Otazú, joven jugador de la cantera. ¿Qué le puede dar al equipo esta variante, Beatricio?

—Ésa es todavía una incógnita casi algebraica. Es la segunda vez que ingresa Otazú al campo de juego en un partido de la división de honor, porque el cotejo pasado, el empate de visitante, fue el de su debut. Allí pudimos ver que tiene condiciones, es un jugador joven pero de una gran técnica y temible especialmente en el mano a mano donde exhibe unas gambetas endiabladas capaces de enloquecer a cualquier defensa. El público silba a Leite por su trabajo insuficiente, éste se dirige directo a las duchas, no sabemos si molesto por el cambio, por el resultado del encuentro, por la reacción del público o por todo eso junto.

(...)

—El partido parece haber caído en un pozo. Los delanteros están absorbidos por la marca. Avanza el Deportivo Mbusu, Otazú la lleva, dribla, la tiene atada, engancha, parece llevarla cosida al botín izquierdo. Llega a la cabecera del área, dispara, la pelota impacta en un zaguero luqueño, el rebote lo toma un jugador del Deportivo, remata de nuevo, el arquero despeja al medio, Otazú toma el rebote y le entra con furia. ¡Gooooool! ¿Qué digo gol? Gooo-laaaa-zo de media distancia. Otazú empareja el encuentro. Deportivo 1, Luqueño 1.

—Notable la reacción del Deportivo, rompieron de repente la modorra del *statu quo*, al ritmo de Otazú, el recién ingresado, el chiquilín, el cara sucia a quien no le pesó la camiseta, sí señores, fue desparramando rivales en el césped y a su ritmo se deshicieron de

la legaña tediosa que los envolvía, buscaron la portería y tras una serie de rebotes Otazú tomó la pelota y definió con clase, como los dioses, con un inapelable zapatazo desde fuera del área.
(...)
—Es el minuto final, para mantener el resultado los luqueños montan una jaula de pájaro en el mediocampo, la meten en el refrigerador. Y el árbitro marca el final del primer tiempo del cotejo. Los jugadores se dirigen a los vestuarios para oír la charla técnica. Durante la mayor parte del partido, el cuadro luqueño ha dominado las acciones, jugando como si estuviera en su estadio, en el Feliciano Cáceres.

—Efectivamente, lo veo muy mal al Deportivo Mbusu. Rifan la pelota, están allí colgados del travesaño, se mueven con parsimonia, pasan el balón con displicencia, llevan las luces apagadas. Se los ve cansados a los jugadores, parecen tener un solo pulmón como Mostaza Merlo. Aparte del gol de la paridad no han dado absolutamente nada. El equipo no es tal, es más bien una sombra, para graficar el concepto diría que se muestra como un montón de voluntades inconexas. A este ritmo y con este empate transitorio, Arturo, los luqueños seguirán formando parte de la máxima categoría del fútbol paraguayo.

IV

Futbolísticamente no nos iba demasiado bien. Pero los resultados parecían no importar, al menos de las paredes del club para adentro. Nosotros cobrábamos siempre a fin de mes y la empresa facturaba muchísimo en publicidad.

Yo había podido comprarme una Nissan Terrano y empecé a salir con una de las modelos que hacía más ruido. Muchos de los otros componentes del plantel también empezaron a salir con modelos. Los que eran casados no salían con ellas, simplemente las alquilaban por una noche.

Varios jugadores se vieron obligados a firmar su renuncia, recibieron su liquidación correspondiente, "por no estar en la línea estética de lo que pretende la empresa". Empezaron a traer algunos jugadores extranjeros. La mayoría de ellos eran futbolistas que habían brillado en otra época, pero ahora estaban ya viejos. Se convirtió nuestro club en un verdadero cementerio de elefantes, donde venían los grandes a enterrar sus carreras deportivas. Que trajeran jugadores buenos era algo nuevo para nosotros, lo usual era que vendieran al primero que levantara la cabeza medio milímetro por encima de los demás, que lo vendieran rápidamente, al mejor postor. Eso era lo normal, porque el mismo presidente del club era dueño de la ficha de muchos jugadores y había empresarios-buitres observando cada entrenamiento.

Los recién llegados eran jugadores viejos pero de gran técnica y experiencia. Uno de los que trajeron fue un número diez zurdo, Reconto, un jugador uruguayo que en otra época fue uno de los mejores del planeta. Tenía un control de balón verdaderamente envidiable. Y un cabezazo impiadosamente certero. Con el ejército de extranjeros capitaneados por Reconto, más la legión de jugadores locales, nuestro equipo empezó a ganar los partidos.

Habíamos vuelto a enamorar a la afición deportiva luqueña. El *merchandising* era abrumador. Se vendían lapiceras auriazules, tazas, brújulas, camisetas, mochilas, llaveros con fotos de los jugadores, termómetros. Inclusive se comercializaban bonsái tatuados con el escudo de la institución. Pero duró poco tiempo el romance, en dos meses el aluvión de extranjeros se marchó tan rápidamente como llegó, habían sido contratados por sesenta días nada más. Sólo quedaron unos pocos jugadores brasileños en el plantel.

Al parecer la FIFA había visto el video de varias de nuestras celebraciones de gol y por ello sacó su Circular Nº 579 donde ordenaba a los árbitros impedir los festejos grupales ensayados. "No están permitidas las celebraciones coreografiadas que ocasionen una pérdida de tiempo excesiva", decía el documento publicado.

Por ello tuvimos que aprendernos nuevos festejos individuales para reemplazar a los colectivos.

Entre semana solíamos ver por la oficina de nuestro DT/Presidente Lucas a directivos de los otros clubes de la primera división. A veces inclusive con el maletín en la mano. Se estaban una hora encerrados conversando (negociando) y luego salían, y me era imposible evitar mirar esa sonrisa desdeñosa que lanzaba el directivo visitante cuando veía nuestro entrenamiento, una sonrisa de burla como diciendo "vamos, troten, troten muchachos, sigan entrenando, todo es en vano porque ya el resultado del partido acabamos de fijarlo".

Eso me enervaba y me ponía a correr como loco, despertando en algunos de mis compañeros cierto fervor de batalla. Otros, en cambio, levantaban el dedo índice y lo hacían orbitar en torno a la oreja derecha, para sugerir mi escasa salud mental.

V

Transmisión en vivo en la página web del Deportivo Mbusu:
http://www.deportivombusu.com.py/online.php

Está por iniciar el segundo tiempo. Este empate en uno no nos favorece en lo absoluto. Tenemos fe en que se podrán marcar más goles, hay equipo y tiempo de sobra para ello. La hinchada no para de alentar.

45': Empieza la segunda mitad.

46': En una jugada desafortunada, al sacar los luqueños, Acosta marca el gol que los pone arriba en el marcador. Para celebrar su tanto Acosta hace ante la cámara el conocido 'saludo-pulgar' de la compañía celular "Hablana". Luqueño nos gana por 2 a 1. Pero queda todavía mucha tela por cortar, esto recién inicia.

48': Ocasión desaprovechada por Otazú tras una gran jugada individual, asistido por Núñez.

50': Los nuestros presionan en todos los sectores del campo. Los luqueños están arrinconados y la arrojan a cualquier parte. La pelota les quema los botines.

51': Falta sobre Acosta por empujón de Otazú. Tiro libre para la visita.

52': *Folha seca* de Acosta que lame el travesaño.

55': Saca el arquero y en tres toques llegamos al área rival. Remata Mendoza por línea de fondo.

57': Mendoza está enchufado. Baila solito a toda la defensa y termina rematando por encima del larguero. Se salva Luqueño.

59': Arranca Otazú en velocidad por el andarivel derecho, se mete al área, lo barre un defensa y el juez nada cobra. Otazú se queda en el piso reclamando penal. El árbitro nos está perjudicando.

62': Infantil error de Núñez en el mediocampo y se viene Luqueño en contragolpe con Acosta que la lleva por el medio, remata desde unos veintitantos metros y nos salvamos: el balón pasa cerquita del poste derecho.

65': Cambio en Luqueño.
Entra: Jorge Aranda.
Sale: Reinaldo Arévalos.

66': Arévalos sale diciéndole algunas cosas a su entrenador y le arroja la camiseta.

67': Metimos dos centros al área pero el arquero del equipo visitante estuvo acertadísimo en sus rechazos.

68': Nuestro D. T. cambia.
Entra: Antonio Rodríguez.
Sale: Roberto Núñez.

69': Tarjeta amarilla para Acosta, por falta sobre Rodríguez.

71': Aranda se metió una galopada al área pero nuestra zaga estuvo muy coordinada para aplicar la trampa del *off-side*.

73': Empieza a hacerse notar el nerviosismo en ambos conjuntos. Pero más en los luqueños que reparten patadas y codazos a granel. ¿El árbitro? Con lentes de sol.

75': Error en la zaga visitante y la pelota es recuperada por Fante, se mete al área, va a patear y oportunamente aparece Aguilera para barrer y enviarla fuera del campo de juego.

76': Cambio en Luqueño.
Entra: Joao Acevedo.
Sale: Tadrio Aguilera.

77': Finta Fante y marca un precioso gol de cucharita pero recibió el balón en posición prohibida, a medio cuerpo nada más del último hombre de la zaga luqueña. Habrá que ver la repetición, porque evidentemente aquí estamos jugando contra más de once hombres.

78': Tarjeta amarilla para Acevedo, por reclamar una falta inexistente.

80': Se viene el equipo visitante de contragolpe, tres contra tres, la pelota la lleva Acosta, engancha hacia adentro, quiere habilitar a Aranda y afortunadamente equivoca el pase.

81': El central luqueño se despachó con una entrada realmente sucia sobre Fante. Acosta lanza la pelota afuera para que lo atiendan. El juez del encuentro no amonesta ni siquiera verbalmente al infractor. Es una vergüenza la actuación del conjunto arbitral.

82': Fante está siendo atendido fuera del campo.

84': Se reincorpora Fante. Otazú devuelve la gentileza a los luqueños. El estadio aplaude el *fair play* de nuestro equipo.

86': Tarjeta amarilla para Aranda por ir con excesiva brutalidad a una pelota dividida.

87': Entró el delantero auriazul a nuestra área, lo marcó Rodríguez y el luqueño se arrojó a la pileta. El juez debería mostrarle la amarilla por simular.

89': El árbitro indica dos minutos de adición, iremos hasta los 92. Otazú mete el amague y recibe una tremenda plancha del jugador luqueño que termina viendo la tarjeta roja, ahora somos once contra diez en el terreno. Aunque quizá sea ya muy tarde para reaccionar, no hay tiempo para más.

90': Aun así, nuestros muchachos lo intentan vía el movedizo Otazú que encara, aguanta la marca, hace el giro y la toca para Fante que le pega y la pelota es contenida en dos tiempos por el guardameta auriazul.

92': Todo ha terminado. Encajamos una derrota más de locales. Nuestros hombres lo dejaron todo sobre el campo de juego pero no pudo ser, no se puede contra el árbitro. Se despiden los jugadores en el centro del campo y también nosotros nos vamos. Cerramos la transmisión, no sin antes agradecer su compañía. Buenas noches y hasta la próxima.

VI

Radio "Catorce de Marzo". Entrevista con Bernardo Acosta, el *crack* de la casaca número diez del Sportivo Luqueño, "el jugador del partido".

Me hallo porque me eligieron la figura. Sí, fue un partido muy difícil. Pero gracias a Dios y La Virgen pudimos encontrar la victoria con un gol de vestuario. Apenas tocamos la pelota en el segundo tiempo y con toda la confianza que El Profe depositó en mí pude ñapytirle un derechazo, rematé fuerte y tomé de sorpresa a la defensa del Deportivo. Sabíamos que iba a ser un partido complicado porque ellos tienen buenos jugadores y son siempre muy fuertes jugando en su casa, pero nosotros también teníamos lo nuestro y por suerte para nosotros ellos no pudieron empatar después de mi gol y nos vamos muy contentos llevando los tres puntos de visitantes.

VII

Me parecía poder entender el funcionamiento de la mente de nuestro DT, Lucio Viega. Él era nada más que un empleado de una empresa poderosa, tenía su maestría en administración de empresas y había hecho el curso de entrenador, y la unión de esos dos títulos lo convirtió automáticamente en un candidato potable para trabajar en *"O Rei"* Sports. Era un individuo solitario, que actuaba y se movía como si estuviera en campo enemigo, parecía desconfiar de todo y de todos. Cuando daba las órdenes había un dejo de inseguridad en su voz. Yo había trazado ya su perfil psicológico. Era un individuo aclimatado a las derrotas, acostumbrado a los naufragios, alguien que apostaba siempre por los caballos perdedores y para él era algo raro su presente de éxito laboral y económico. Le parecía un truco del destino, un engaño, un castillo de arena que el viento o algún gracioso derribaría de repente de un puntapié.

Una vez lo encontré en un karaoke. Estaba bebiendo y probablemente ebrio, al menos eso podía pensarse al observar la cantidad de botellas en su solitaria mesa. Lo vi primero desde la distancia, sin que él se percatara de mi presencia. Pidió el micrófono y cantó *Um dia de domingo* con la voz más triste y el portugués más cercano al francés que escuché en mi vida. Cuando terminó fui a saludarlo:

—¿Qué tal, entrenador?

Me estrechó la mano y conversamos un rato. Siempre me gustó la Psicología, durante mi casi concluido bachillerato fue la materia que llegó a desagradarme menos. Luego de la conversación que mantuve con el entrenador pude darme cuenta de que conspiraba contra sí mismo, de manera inconsciente se saboteaba y por eso los repetidos fracasos. Y también pude concluir que esta era una tregua nada más, las multiplicadas derrotas le daban un respiro, o él mismo se estaba dando un respiro ahora. Pero eso pronto iba a cambiar, así lo pude intuir esa noche.

Por mi parte, yo me estaba cansando de ser un producto y perder con tanta asiduidad. Acumulábamos siete derrotas, dos victorias y cinco empates. A ese ritmo terminaríamos últimos en la tabla. Los partidos estaban casi siempre arreglados, porque la estrategia que nos daba el entrenador era a veces francamente perdedora. En ocasiones, casualmente contra algunos equipos más chicos, la táctica era como para salir a aplastarlos. Era evidente que se vendían nuestros partidos y los equipos grandes podían comprarlos, no así los clubes más pequeños. Un día decidí azuzar a mis compañeros, nos reunimos y les comenté mis ideas. El equipo que enfrentaríamos era un equipo que en el torneo interno arrasaba, tenía ganados numerosos campeonatos locales. Rugía como el motor de un Fórmula Uno en el certamen casero pero en el ámbito internacional se convertía en una miga de pan. El equipo se llamaba "Real Ambere" y padecía una suerte de pánico escénico o tal vez una forma malentendida de patriotismo (jugaba bien solamente en Paraguay) o por otro lado quizá fuera malinchismo, mirando de rodillas a los equipos extranjeros y viéndolos como si fueran gigantes.

La estrategia que nos trazó el director técnico consistía en tener seis defensores y cuatro medios. Era francamente defensiva y jugar a perder. Hablé con los muchachos la noche de la concentración antes del partido. Me sentí poseído por otra lengua. Les hablé de gloria deportiva, de triunfo, de esfuerzo, de las esperanzas de una ciudad que se depositaban en nosotros como una olla al final del arco iris.

Llegó el sábado, jugamos el partido contra los amberetistas. Les llenamos la canasta. Joao convirtió un bonito gol. La pelota curvó dos veces su dirección como si tuviera vida propia y fue a estrellarse no en el ángulo, hay que decir la verdad, se clavó más o menos a la altura de la cintura del golero y hasta por el golpe y la fuerza que llevaba echó al suelo la toalla que estaba colgada de la red. Fue el gol que abrió el marcador. No hicimos caso del planteamiento táctico y fuimos para el frente. De un tiro de esquina nuestro defensor central aprovechó y remató a placer. Y el último tanto fue de tiro penal. El ejecutor estuvo a punto de correr hacia la cámara para festejar su gol con la coreografía aprendida pero dos jugadores lo agarramos de la camiseta y fuimos caminando con él hasta el mediocampo. El entrenador estaba furioso, nos insultaba en un portugués cerradísimo, gesticulaba como un epiléptico, hizo los tres cambios, pero aun así seguimos dominando el partido y nos alzamos con la victoria.

Todo el plantel recibió una sanción. Económica, por supuesto. Por haber sido el cabecilla de la rebelión yo fui separado del club, me mostraron el memorando que venía de Río de Janeiro con firma y sello real. No me pagaron nada por mi salida pero ahora soy dueño de mi pase. Si bien es cierto que estoy ya algo viejo, aún puedo fichar por otro equipo. Quizá todavía incluso llegue a marcar un gol. Si se me llega a dar el gol me abrazaré con el compañero más cercano luego de gritarlo con toda mi alma y dedicárselo a la hinchada.

ENTREVISTA CON JAVIER VIVEROS

1. ¿Qué papel tuvo el fútbol en tu juventud?
Su papel ha sido siempre recreativo. Lo he practicado con los amigos y he ido a los estadios. Hasta ahora suelo jugarlo con los compañeros de trabajo. Como futbolista he sido siempre de cuarto de tabla para abajo. Me desempeñé principalmente en pistas cortas de 5 contra 5; jugaba de defensor carnicero en las épocas de juventud –cuando todavía podía correr como Eolo– y en los últimos años lo hago como un delantero "pesca olla": estoy en permanente diálogo con el portero rival, a la espera de que me llegue una pelota con la que intentaré encrespar la red.

2. ¿Le vas a algún equipo?
Por supuesto. Al Sportivo Luqueño de Paraguay, que es el club de la ciudad de Luque, donde viví mis primeras dos décadas. Nunca hemos ganado un torneo internacional –y sumamos apenas tres torneos locales– pero, afortunadamente, la pasión no es algo que se mida por la cantidad de fragmentos de bronce escudados tras una vitrina polvorienta.
Simpatizo también con el Barcelona de España. Y me parece válido aclarar que lo hago desde antes de la llamada "Era Guardiola"; soy un seguidor desde que el timón estaba en manos de Charly Rexach.

3. ¿Es preferible para ti como hincha un buen resultado o un buen partido?
Me decanto por un buen partido, porque para mí el fútbol es lo estético. Prefiero un partido lleno de lujos aunque termine en una goleada en contra. Es la filosofía del tenista Fabrice Santoro, pero aplicada al fútbol. El francés era un jugador talentosísimo, repleto de magia y golpes sutiles que hacían delirar al público y,

sin embargo, tiene el récord de ser el jugador con mayor cantidad de partidos perdidos en el circuito profesional.

4. ¿Qué te motiva a escribir ficción que tiene lugar dentro de un contexto paraguayo?
La famosa frase de Tolstoi: "pinta tu aldea y pintarás el mundo entero". Para que lo narrado sea verosímil sin demasiado esfuerzo, es recomendable tomar hechos de la realidad más cercana a uno. Por supuesto, esto no significa que no se pueda contar algo ajeno al país propio. De hecho, tengo publicado un libro llamado *Manual de esgrima para elefantes*, está integrado por cuentos localizados en África. Pero me tocó vivir tres años en ese continente, por lo que estuve también muy cerca de los temas que allí trato.

5. ¿Cuáles son las intersecciones entre la política y el fútbol en Paraguay?
Bien, en este país la política siempre quiso estar del lado del fútbol, porque es una manera de ganarse la simpatía de la masa. Al dictador Stroessner sus aduladores le otorgaron el título de "Primer deportista del país" y se sabía de su fanatismo por el Club Libertad. Paradójico, ¿no?
Casualmente, Horacio Cartes fue presidente del Club Libertad. Puso la plata y el club ganó varios torneos locales y hasta llegó lejos en la Libertadores. Con ello afianzó su imagen de ganador y actualmente es el presidente del país… Es la vigencia del *panem et circenses* latino.

6. ¿Ves alguna conexión entre el proceso de creación y la manera en que uno juega o la manera de ser hincha?
Al menos en mi caso, no la hay. Cuando escribo soy apolíneo, puro raciocinio, tengo que tener el texto perfectamente resuelto en la cabeza antes de pasar a darle forma en la computadora. Y cuando juego al fútbol o soy hincha estoy más movido por

lo dionisiaco, contagiado de fervor guerrero, arrastrado por una pasión que "no conoce límites ni orillas".

7. ¿Hay algún autor de ficción de fútbol que ha influenciado este cuento?
Sí. De ficción y de fútbol. El caleidoscopio de voces de la primera parte del cuento es herencia directa de *Los cachorros* de Varguitas. Y en la estructura hay influencia de *Los detectives salvajes*, de Bolaño, quien en su libro *Putas asesinas* nos regaló un magistral texto de tema futbolístico. No es gratuita la dedicatoria de mi cuento a Buba (Q.E.P.D.).

8. ¿Qué papel ocupa la ficción futbolera dentro de la literatura de tu país?
Hasta donde sé, ninguno. Aparte del cuento *El crack*, de Augusto Roa Bastos, no tengo noticias de otra pieza en el género. Para el libro *Punta Karaja*, que edité con el cerrista Juan Heilborn, tuvimos que pedir a algunos autores que conocíamos que escribieran cuentos de fútbol; la obra terminó agrupando 11 cuentos de 11 autores distintos y la distribuimos por la red en formato PDF.

9. ¿Hay una identidad o un estilo que se asocia con el fútbol paraguayo?
Sí. Nuestro fútbol está caracterizado por la garra, la entrega y la granítica defensa. Es una onda Uruguay pero con menos patadas (y con dos títulos mundiales menos).

10. ¿Qué significa para la región tener otro Mundial en el continente en 2014?
Es, por supuesto, un hecho de una grandísima relevancia y todos deberíamos colaborar para que el éxito sea completo. Que un país sudamericano vuelva a ser sede, 36 años después de Argentina 78, brinda a mucha gente de nuestro continente la oportunidad de asistir a la mayor fiesta del fútbol a nivel de selecciones.

11. ¿Qué le hace falta a la selección paraguaya para que tenga esperanzas mundialistas en el futuro?
Tan solo dirigentes equilibrados que entreguen el timón de la selección a profesionales verdaderamente calificados. Buenos jugadores los hemos tenido siempre y los hay cada vez en mayor número. Es pena que una dirigencia capaz no sea directamente proporcional. Con la pésima campaña de Paraguay en las Eliminatorias se corta una racha de cuatro participaciones mundialistas consecutivas. Pero volveremos. Y espero que sea para gritar goles albirrojos en la patria del amado Dostoievski.

PERÚ
SERGIO GALARZA PUENTE

SERGIO GALARZA PUENTE nació en Lima el 3 de agosto de 1976. Es autor de los libros de cuentos *Matacabros* (Asma, 1996), *El infierno es un buen lugar* (Asma, 1997), *Todas las mujeres son galgos* (Lecturamoral, 1999), *La soledad de los aviones* (Estruendomudo, 2005) y *Algunas formas de decir adiós* (Algaida, 2014), con el que ganó el XI Premio Iberoamericano de Relatos Cortes de Cádiz; de la crónica *Los Rolling Stones en Perú* (Periférica, 2007); y de las novelas *Paseador de perros* (Candaya, 2009), que le valió ser reconocido como Nuevo Talento Fnac y *JFK* (Candaya, 2012). Estudió Derecho pero nunca ejerció la profesión. Trabajó en una universidad, fue redactor de noticias para un canal de televisión y editor de cultura para una revista. Hincha del Atlético Madrid, vive en el barrio de Legazpi, de espíritu rojiblanco y juega al fútbol varias veces por semana. Una versión anterior de "Donde anidan las arañas" apareció en *Selección peruana, 1990-2005* (Estruendomudo, 2005).

DONDE ANIDAN LAS ARAÑAS

Mi padre nunca me enseñó a jugar al fútbol. Era un hombre atlético, de buena planta, como se dice, de color prieto, que practicaba frontón y cogía la bicicleta para ir a comprar cigarros. En los paseos de fin de semana al club de su empresa en Chosica sí que compartimos varios partidos. A él le gustaba ponerse en la portería, pero cada vez que trato de evocar algún recuerdo en el cual la pelota ruede de sus pies a los míos en otro lugar, en el parque del barrio o frente a nuestra casa, no lo consigo. Solo aparece mi imagen, sentado a la salida del colegio después del entrenamiento diario, esperando que alguien se acuerde de recogerme, mientras oscurece y todos los chicos del equipo ya se han ido a sus casas.

Antes de entrar al equipo del colegio yo salía de clases a las tres de la tarde, pero con todas las distracciones que aparecían en el camino hacia la parada del autobús, como bajarle la llanta a las movilidades, tirar piedras a los carros desde el puente de la Vía Expresa y a los travestis que esperaban a su clientela en el cruce de Paseo de la República con Javier Prado, y chequear las revistas porno (sobre todo Macho, una española que traía unos cuentos de erección garantizada), llegaba a casa como a las cuatro y media. Entonces comía solo, porque la abuela almorzaba con puntualidad al mediodía, mamá lo hacía a la hora que el trabajo se lo permitía, y mi padre tragaba en su oficina. Comía rápido y sin cambiarme ni hacerle caso al televisor, agarraba la pelota y jugaba en el patio interior ensayando autopases contra la pared, quiebres a rivales imaginarios que se caían hacia atrás y salvaba goles en la misma línea del arco. Mi posición siempre ha sido la de volante medio. Cuando escuchaba a alguno de mis padres abrir la verja de la entrada dejaba la pelota escondida detrás de unas plantas y subía las escaleras quitándome el uniforme.

Ya en mi habitación recogía cualquier cuaderno olvidado en el suelo y estampaba la mirada en alguna de las tantas batallas perdidas por nuestro ejército, en los extraños jeroglíficos matemáticos que jamás llegué a descifrar por mi cuenta o en las sentencias de San Agustín, siempre con el mismo resultado al cabo de unos minutos: el índice derecho dentro de la nariz y luego el moco en la lengua.

Mis padres sabían que mi actitud era pura finta, más no decían nada porque mis notas en el colegio no eran todavía tan malas como lo serían más adelante. Aprobaba los exámenes gracias a mi habilidad para escapar de ese tercer ojo vigilante que los profesores se ufanan de tener. Ellos temían que me sumara a "los vagos del barrio", frase que mis padres utilizaban para referirse a los chicos y no tan chicos que vivían de esquina en esquina, de bodega en bodega, mal vestidos, con el polo al hombro o colgando del bolsillo trasero de sus pantalones rotos, escupiendo a cada rato como si buscaran expurgar sus males y penas, fastidiando a los vecinos tocando el timbre por gusto y peloteando en el parque, hasta que llegaba la noche y el hambre los devolvía a sus casas. Para mí no eran unos vagos. Eran libres. Y yo quería ser así.

Durante la cena les rogaba a mis padres para que me dejaran salir a la calle después del colegio. Nada. Su respuesta se mantenía firme y negativa todas las noches. Podía darme una escapada, pero era un riesgo dejar sola a la abuela. Varias veces, estando nosotros en casa, la abuela había olvidado cerrar la llave del gas o había dejado la puerta de la casa abierta. Esa vieja era un peligro y ya me tenía jodida la paciencia. En venganza la interrumpía en su cuarto mientras se extraviaba en los laberintos pasionales de las telenovelas. Le bajaba el volumen al televisor aduciendo que estaba muy alto y no me dejaba estudiar. Llevaba al perro a su cama, cosa que ella odiaba. Tocaba el timbre de la casa obligándola a levantarse para ver quién era. Era cruel, hasta que la abuela rodó por las escaleras por bajar a abrirle al fantasma inventado por su nieto. La abuela quedó tirada al pie de la puerta como un montón de huesos apiñados. Me llevé un susto que me provocó vómitos, pesadillas y un cargo de consciencia que me tuvo agónico en cama un par de días.

En una de las pesadillas recurrentes en mi agonía una pelota de huesos con la cara de la abuela rodaba las escaleras y cuando yo abría la puerta ambos estallábamos en un grito mudo que me despertaba sudando frío.

Lo bueno: a causa del accidente se contrató a una enfermera para que cuidara a la abuela. Era tiempo de vagar un poco.

Otoño. Últimos días. El sol se hunde más temprano. A las cinco de la tarde las calles del barrio se impregnan de un olor especial, a pan caliente con gaseosa. El viento sopla y los niños corren riendo nerviosos ante el ladrido de unos perros. Parado en una esquina, ahí estoy yo. Unas chibolas con el pelo mojado pasan por mi costado, hago como si fueran invisibles cuando me miran. Solo me interesa vagar. ¿Dónde estarán esos huevones?, me pregunto. La concha de su madre. Si mi padre me escuchara hablar así ya me habría roto la boca. Que me la rompa pues, yo le saco la mierda. Me río solo y camino hacia el parque. El olor de la calle me envuelve, siento como si acabara de tomar una ducha, estoy con ganas de pegar patadas. Los encuentro en pleno partido, enfrascados en el ardor de cada jugada, insultándose. Pienso que si mi padre los viera ya les habría empujado los dientes hacia adentro. Esta vez no me da risa y me retiro.

Pasa una semana, al cabo de la cual me encuentro de vuelta peloteando en el patio de mi casa. No es lo mismo. El patio huele a baúl de ropa. Salgo a la calle y busco en las esquinas. ¡Al parque!, antes de que sea tarde. El cielo se ha cubierto con cáscaras de naranja. Llego a tiempo. Veo que les falta un jugador a los vagos para empezar su partido. Me hago el desentendido hasta que me pasan la voz. Pero yo no sé tapar, les digo. Entonces a la defensa. ¿A cuántos goles? Hasta que oscurezca.

Acaba otoño. Invierno es una pelotera increíble, ya imagino cómo será de movido el verano en el barrio. Los silbidos comienzan apenas llego del colegio. Es nuestra llamada de la selva. Somos los muchachos grises que adornan las esquinas del barrio, los guerreros del parque, los vagos que muerden pan y toman gaseosa gratis en la tienda del Cuervo, un viejo que siempre le toca la mano a las chicas cuando les da el cambio. El invierno es cruel, peor que esos árbitros que no dan ni un minuto de descuento. Llovizna y a nadie le gusta jugar en cancha mojada. La calle huele como el patio de mi casa. Por eso, cuando se termina el invierno, la vida vuelve al parque. Las esquinas son las islas de cemento de los muchachos grises. Y el olor a vagancia se apodera del barrio.

A fin de año hay una selección en el colegio para formar la nueva categoría del colegio. Al principio somos cincuenta y tantos chicos soñando con vestir la camiseta amarilla del colegio. Pasadas dos semanas de entrenamiento llega la primera purga. No más sueños de gloria para los purgados, solo un llanto profundo y callado los acompaña esa noche. A los once años la mayor decepción que un hombre puede experimentar es quedar fuera del equipo de su colegio, no me caben dudas, no he vuelto a sentir una angustia similar, ese vacío en el estómago que doblega incluso al más duro, el sufrimiento anticipado del fracaso que deja el alma magullada como después de una goleada.

Ser apartado de un equipo de fútbol es la única pena posible para un niño hasta que empiezan las fiestas y las chicas hacen anticuchos con nuestros corazones.

Cada pelota que cae a mis pies es como una bendición y levanto la mirada buscando al entrenador. Siempre lo veo conversando con algún padre de familia. No importa, avanzo hacia el arco contrario, meto pases y hago fuerzas para que mi equipo de turno gane. La semana siguiente hay una nueva purga. Quedamos menos de treinta y el equipo necesita dieciocho jugadores en vez de veintidós. Según el entrenador el colegio no tiene plata para más uniformes. Entreno duro. Los exámenes finales se aproximan y la última purga también. Mi padre nunca va a presenciar los entrenamientos y siempre llega tarde a recogerme, porque si se escapa más temprano del trabajo lo despiden, eso dice mamá. La abuela está harta de la enfermera que no la deja sola ni un segundo como si le hubieran encargado un marcaje cuerpo a cuerpo. A los vagos del parque ya no los veo. Y cuando el entrenador se decide por los dieciocho afortunados, el sudor se ha convertido en mi segunda piel y sueño fútbol, fútbol y solo fútbol. ¡Cómo olvidar aquel momento al escuchar mi nombre! Estoy en el equipo y mi padre puede demorarse todo el tiempo que quiera en recogerme esa tarde. Los exámenes finales ya no importan. ¿Alguna vez importaron de verdad? Acabo de tocar el cielo y si los ángeles necesitan alas para llegar al cielo, a mí me basta con la camiseta número dieciséis para alcanzarlo.

Al mes de haberse formado el equipo el entrenador nos comunicó que en un par de semanas sería nuestro primer campeonato. Algunos puestos, imposible negarlo, gozaban de dueño mucho antes de empezar los noventa minutos. El talento de ciertos compañeros se podía apreciar desde cómo se amarraban los chimpunes hasta la forma de secarse el sudor. Otros puestos, entre ellos el de volante de contención, o medio, como quieran llamarlo, posición gravitante en el equipo y en mi vida, sí admitía cuestionamientos a su dueño, cuyo talento se reducía a la marca de sus chimpunes y la habilidad de sus padres para palmotearle hombro y llenar de besos al entrenador cuando finalizaba cada entrenamiento. Esta clase de preferencias ganadas a pulso por los padres se hicieron notorias durante los amistosos que el equipo jugó preparándose para el campeonato. ¡Y vaya preparación que tuvimos! Hubiera preferido un millón de veces patear la pelota contra la pared del patio de mi casa antes que vestir aquella camiseta y tener que quedarme callado sin sudarla. La rabia a secas es una de las peores sensaciones que experimenté en mi época futbolera. Si por lo menos hubiera podido lamerme el sudor de la derrota cayendo por mi cara.

El resto de futuros suplentes, niños de once años como yo, de una ingenuidad tamaño extra *large*, no parecían compartir mis preocupaciones y continuaban entrenando duro. Yo también lo hacía. Quiero decir, entrenaba tan o más duro que cualquiera, no por ingenuo, sino guiado por ese deseo y fe ciega que tengo en meter goles de último minuto. Varias veces acabé tirado a un lado de la cancha, exhausto, sintiendo cómo me hundía en el césped e imaginando al padre director del colegio rezar por mi despedida de este mundo mientras me quita y se pone la número diez.

Llegado el momento de la verdad mi padre me llevó a mi primer partido oficial. Nos tocó jugar de locales en la cancha del colegio, lo que influyó en el resto de padres de familia para prestarnos y prestarse al ridículo. La ceremonia de inauguración había sido el día anterior, pero ellos prepararon una inauguración particular que demoró el inicio del partido una media hora. Hubo una presentación de cada uno de los jugadores del equipo, coronada por una coreografía realizada por las mamás, una especia de ronda infantil alrededor del equipo. Aquí un aclare de vital importancia: mi mamá se quedó en casa aquella mañana de domingo. De haber participado no duden que yo habría colgado los chimpunes en el acto. Verla tirar papel picado no hubiera sido ofensivo hacia mi dignidad de hijo, tampoco escucharla entonar los cánticos de aliento, pero la coreografía resultó tan patética como un ídolo deportivo a puertas de la jubilación arrastrando las piernas en la cancha, un espectáculo lamentable que se grabó en mi archivo de recuerdos ingratos por la impotencia que se acumula en el banco de suplentes cuando uno ve a su equipo falto de garra.

El marcador del partido también lo llevo grabado: un cuatro a cero que hizo llorar a medio equipo porque en el minuto final perdimos un penal. Si lo hubiéramos metido el marcador habría sido cuatro a uno. ¡Cuál era la diferencia para que el encargado de patear se echara a llorar arrodillado en el suelo después de fallar! Luego el resto de jugadores se contagiaron del llanto y corrieron hacia sus padres al escuchar el pitazo final. Sin un esquema de juego y con un espíritu endeble, un equipo guiado por un entrenador que solo sabía gritar "¡vamos, muchachos!", ni la más grande de las fuerzas divinas hubiera podido ayudarnos. He de remarcar que en ningún momento me sentí parte de aquel grupo de perdedores. Qué diferencia con los vagos de mi barrio, guerreros de calles mal asfaltadas a quienes decidí volver a frecuentar, olvidándome de las derrotas apabullantes que nos eliminaron del campeonato.

Mi padre me dijo que yo no peleaba lo suficiente para ganarme un puesto en el equipo. Sus palabras fueron como esas piedras diminutas que se meten dentro de los chimpunes, uno piensa que puede soportarlas y seguir corriendo por la cancha, pero joden tanto que la única solución es parar a quitarse los chimpunes. Fueron su crítica a mi comunicado de alejarme del equipo, desilusionado del fútbol oficial. No comprendía ni comprenderé por qué los vagos del barrio se jugaban la vida cada tarde, qué los impulsaba a vivir con las rodillas y los codos rasguñados, cómo una tarde de partido, intrascendente como un minuto de silencio por la muerte de un utilero, podía desatar una pasión semejante traducida en golpes, escupitajos y mentadas de madre. Mientras, mis compañeros de equipo vivían preocupados por el último modelo de chimpunes, imponiendo su elegancia en cada jugada malograda, en cada caída, en cada reclamo y maldición por gol encajado.

Empecé a faltar a los entrenamientos. Era verano y la pereza mañanera me envolvía en sus sábanas. El calor adormecía mi cuerpo hasta la hora del almuerzo y la digestión volvía a adormecerme hasta que una metralleta de silbidos invadía el barrio. Partidos inolvidables los de aquel verano en parques y calles, pasando la pelota por encima de los carros que interrumpían el partido, usando hasta los árboles para armar paredes y generar autopases. Inolvidable también la noche que reflexioné sobre si valía la pena guardar la camiseta número dieciséis. Nadie en casa sabía de mis inasistencias a los entrenamientos, les había dicho que no me recogieran y que no dijeran nada, yo me encargaría de hacerle saber al entrenador mi decisión de no seguir jugando, de allí que mi padre se sorprendiera un día, cuando aprovechó su hora de almuerzo en el trabajo para ir a verme entrenar.

    A la hora de la cena me preguntó qué tal me iba en el equipo, si veía alguna posibilidad de jugar pronto, o si había terminado por rendirme. El tono de sus palabras finales, la mirada desviada de mamá, la atmósfera de excesiva amabilidad flotando sobre nuestros platos cuando me negué a comer las vainitas, me envolvieron hasta que logré despejar el humo que ocultaba a la orquesta en la tribuna. Los adultos y sus canciones para hacer confesar a los niños comenzaban a desafinar. Me levanté de la mesa sin dar las gracias. No me dijeron nada. La abuela y sus telenovelas ocupaban el televisor. Busqué refugio en mi colección verde de aventuras. Todos esos libros hablaban de reinos, piratas, animales heroicos. Aquellos autores jamás habían sido inflados de alegría por una pelota, a ellos jamás se les había partido el alma de angustia al ver su arco a punto de ser vencido, solo sabían de amores imposibles, de luchas contra la naturaleza y tonterías por el estilo que de nada me servían en ese momento. Dormí mal un par de noches. Había subestimado a mis padres, tengo que reconocer su sutileza para actuar. Sus frases de apoyo rematadas por la sentencia del fracaso, como un "ojalá te dieran una oportunidad para demostrar que tú también sabes jugar y mejor que esos engreídos, lástima que vayas a renunciar", lograron su objetivo.

    Mi regreso al equipo fue tomado con indiferencia, como si nunca hubiera estado en la cancha o en el banco de suplentes. La reacción me fue favorable en parte. A mi alrededor existían ya suficientes presiones. Las atenciones sonrientes y mudas de mamá, acompañadas de las indirectas de mi padre sobre los entrenamientos a la hora de cenar, empujaban cada noche un par de buenos carajos hasta la punta de mi lengua. Imagino el desastre que hubiera desatado de soltar esos carajos en la mesa. La mano de papá dolía, aunque no tanto como la de mamá. De solo recordar el hervor en mis mejillas provocado por aquellas manos en contadas y merecidas ocasiones, me mordía los labios y aguantaba callado. Aprendí a conocerme y supe que la rabia me fortalecía. Empecé a convertirme en una bilis, de mi casa para afuera, por supuesto.

Llegó un nuevo campeonato. Para qué contar el primer partido y la alineación. Vamos al grano. Sin saber cómo, llegamos al último partido de nuestro grupo con posibilidades de clasificar a la siguiente fase. El entrenador se pasea por el camerín mordiéndose los labios y frotándose la cabeza. Sobre él pesa una responsabilidad demasiado grande para sus aspiraciones. Es un virus que se manifiesta en los rostros congelados y piernas temblorosas de sus engreídos. Los eternos suplentes aún no hemos sido contagiados por el virus, la oportunidad para serlo es lejana. Eso pensamos, tenemos la seguridad de ser inmunes. Podríamos apostar a nuestras mamás y las perderíamos. El entrenador acaba de entregarme mi carné. Anda calienta con el grupo, me dice. Hay tres jugadores indispuestos, vomitando en las duchas, y uno de ellos ocupa la volante de contención. Me cuesta amarrarme los chimpunes, es la falta de práctica. Hora de saltar a la cancha. Mi padre está en la tribuna. Ha cogido la costumbre de acompañarme a cada partido. La primera jugada me agarra frío, sin tiempo para reaccionar. Y como un envío celestial la pelota me llega de rebote. Armo un contragolpe feroz desperdiciado por los delanteros. El partido es de un ritmo agotador. Ningún contrario ha vuelto a burlar mi marca desde esa primera jugada. Llegamos al último minuto del primer tiempo. Nuevo envío celestial. Busco a quién pasarla. Asúmelo, me digo, el virus te va a alcanzar si no lo haces. Enfilo hacia el arco descontando rivales por velocidad y disparo. Gol. Mi padre está en la tribuna. El sudor es un néctar de dioses para mí.

Hasta aquí la verdad. O la mentira, como quieran entenderlo. ¿Qué pasó después? Perdimos. El entrenador felicitó al equipo en el descanso y dijo que había que asegurar el resultado. Entraron los tres jugadores que habían estado indispuestos en el camerín. No pedí explicaciones por mi cambio. ¿Cuánto perdimos? No quiero recordarlo. Mi padre me llevó a casa antes que el partido terminara. Durante el almuerzo no se cansó de contar cómo había sido mi gol.

A la semana renuncié al equipo de forma definitiva. Después jugué en otros equipos y a los quince años mis padres me jubilaron de los campeonatos oficiales por culpa de mis notas pésimas en el colegio. Ahora tengo más de veinte y juego los domingos, de vez en cuando, si la resaca me perdona y hay gente suficiente para un seis contra seis. Juego entre desconocidos. En la cancha del parque ya no. Los vagos continúan ahí, como espectadores de las nuevas generaciones del barrio. Sus reflejos adormecidos por la yerba no despertarán un día de estos. Cada vez que los veo retrocedo en el tiempo, mi padre se demora en recogerme del entrenamiento, una responsabilidad demasiado grande para sus aspiraciones sigue pesando sobre el entrenador, mi padre en la tribuna, y las cosas del fútbol.

ENTREVISTA CON SERGIO GALARZA PUENTE

1. ¿Qué papel tuvo el fútbol en tu juventud?
Juego al fútbol desde pequeño, para mí es algo que siempre ha estado allí, tan propio como mi piel. Creo que mi personalidad, la construcción de mi persona, puede verse en mis etapas como futbolista. Cuando era adolescente formaba parte del equipo de mi colegio y aunque era suplente solía jugar siempre en el segundo tiempo, pero no tenía la disciplina suficiente para aspirar a la titularidad. Valga decir que éramos un equipo muy flojo, osea que si me hubiera esforzado más lo hubiera conseguido. Al salir del colegio dejé de jugar unos años, pero lo retomé uniéndome a un equipo de exalumnos y es recién allí cuando empiezo a jugar de verdad. Esto coincide con mis inicios como escritor, me convertí en un mediocentro que se encargaba de recuperar balones y poner la pierna fuerte, antes era un jugador débil en todo sentido. Mis primeros libros son historias rabiosas de adolescentes, con esa misma pierna fuerte. Y a partir de los veintinueve, cuando me mudo a Madrid, creo que empiezo a jugar mejor, con mayor criterio al momento de repartir pases. Creo que mi escritura ha madurado de la misma manera. Me exijo más que antes buscando la palabra justa, pero manteniendo esa intensidad que quiero transmitir

2. ¿Le vas a algún equipo?
En Perú empecé siendo hincha del San Agustín, equipo que dependía de mi colegio y que llegó a ser campeón nacional en su primer año en primera división. Luego me pasé al Alianza Lima el año 1987 cuando ocurrió la tragedia del Fokker en la que murió todo el equipo. Uno siente cuando un equipo lo necesita, y eso me pasó con el Alianza. Soporté burlas casi veinte años hasta que salimos campeones. Sigo siendo aliancista pero ya no

vivo pendiente del fútbol peruano, es lento, malo y su estructura está viciada desde abajo. Me da pena que no clasifiquemos a los mundiales y que muchos jugadores buenos que juegan en el extranjero pierdan las ganas de luchar por la selección y prefieran ser convocados para hacer de la suyas, algo que no les permiten en sus clubes.

En España soy del Atleti, vivo cerca del estadio, voy cuando puedo y quiero dar la vuelta algún día vestido de blanquirrojo. Mis razones para ser hincha del Atleti las cuento en mi primera novela, uso al protagonista para hablar de esta pasión que no para nunca.

3. ¿Es preferible para ti como hincha un buen resultado o un buen partido?
A uno le gusta ganar, y hace unos años hubiera firmado todos los puntos posibles sin importarme a qué jugara mi equipo, pero hoy no soporto los partidos malos, me revienta cuando veo a uno de esos jugadores multimillonarios fallar un pase, un gol, cuando controlan mal el balón en esos campos que son alfombras increíbles.

4. ¿Qué te motiva a escribir ficción que tiene lugar en un contexto peruano?
Mis últimos libros suceden en España, pero he vuelto a escribir cuentos basados en mi experiencia escolar y adolescente en Lima. Son historias que a mí me parecían muy normales porque las vivía a diario, pero me empecé a dar cuenta de que ese universo de violencia en el que crecí merece la pena ser contado, no es lo común que un religioso dé dinero a los alumnos que suben a su habitación, o pegarle a un compañero hasta que el chico decide no ir más al colegio, y que tus amigos de juventud se autodestruyan es doloroso cuando echas un vistazo atrás y ves que no hiciste nada por impedirlo.

5. ¿Cuáles son las intersecciones entre la política y el fútbol en Perú?
La informalidad impera en ambos campos. No hay un plan a largo plazo, ese es el gran problema del Perú, seguimos viviendo a corto plazo, lo que significa una gran falta de solidaridad. Y mientras que en el fútbol seguimos creyendo en las estrellas que nos llevarán al mundial, en la política se mantiene la figura del caudillo, hay que fijarse más en el equipo. Lo que no veo es un manejo político del fútbol. Los políticos han tratado de subirse al tren de las pocas victorias importantes que hemos conseguido, pero la gente los ha rechazado, no son bienvenidos, increíble, es un espacio que parece fácil de conquistar para ser manipulado, pero no recuerdo a alguien que lo haya conseguido, salvo algún alcalde que luego cayó en desgracia.

6. ¿Ves alguna conexión entre el proceso de creación y la manera en que uno juega o la manera de ser hincha?
Para mí hay una gran conexión. Lo he explicado antes. A medida que me he tranquilizado como jugador, dosificando más mi físico porque ya no tengo veinte años para correr toda la cancha, mi proceso de creación ha pasado a parecer más el día anterior al partido, una concentración. Con veinte años mi anhelo era rematar una historia sin importar a veces el camino a recorrer, no valoraba la palabra como lo hago hoy, era capaz de sacrificar una frase, dejarla tal y como me había salido porque funcionaba en vez de pensar en el tono, el ritmo, la sonoridad, la sensación que podía provocar en el lector una prosa con baches. Como hincha en esa época quería ganar a toda costa. Hoy sigo anhelando campeonatos, pero ya no a cualquier precio.

7. ¿Hay algún autor de ficción de fútbol que ha influenciado este cuento?
No, pero sí hay un cuento que leía mucho en esa época: "Hombre de punta" de Jorge Asís, de quien me sigue gustando ese libro

al que pertenece dicho cuento, *La lección del maestro*. Creo que es un gran cuento, no he vuelto a leer algo así, ni siquiera *Alta fidelidad* de Nick Hornby, una novela que ya he regalado varias veces, logró emocionarme de esa manera. Me debo a mí mismo un libro de fútbol.

8. ¿Qué papel ocupa la ficción futbolera dentro de la literatura de tu país?
No ocupa un gran espacio a primera vista, pero son varios los escritores, entre ellos los más representativos como Vargas Llosa, Bryce Echenique y Ribeyro, que han dedicado textos memorables. Jorge Eslava, amigo, escritor y portero de los espectaculares, se encargó de la antología Bien Jugado que reúne varios de estos textos. Además en Perú son varios los escritores que juegan al fútbol, narradores y poetas, hasta se organizan torneos entre editoriales, eso es algo que extraño en España, aquí los escritores son más de salón.

9. ¿Hay una identidad o un estilo que se asocia con el fútbol peruano?
Cuando yo era pequeño escuchaba que se admiraba nuestro juego bonito, que después de Brasil teníamos el mejor toque del continente, pero eso era una leyenda similar a la que decía que el himno nacional del Perú fue elegido segundo después de La Marsellesa en no recuerdo qué concurso. Dudo que tengamos un estilo, somos flojos para la marca y me parece que Perú baja los brazos muy pronto cuando juega de visita. Hasta ahora no entiendo la diferencia de ser local o visitante. Si un jugador tiene la cabeza bien amoblada jugar de visita se convierte en una anécdota.

10. ¿Qué significa para la región tener otro Mundial en el continente en 2014?
Me imagino que en términos económicos debe ser provechoso para el país organizador, o mejor dicho, para las empresas que se encargan de la organización. No le presto mayor atención a estas cosas. Cada día me interesan menos los mundiales y las olimpiadas casi nunca las he seguido. Prefiero jugar con mi equipo.

11. ¿Qué crees que le falta a la selección peruana para que tenga esperanzas mundialistas en el futuro?
Profesionalismo.

URUGUAY
CARLOS ABIN

CARLOS ABIN nació en La Paz, Uruguay, el 28 de febrero de 1947. Es abogado y escribano e integró el Grupo Asesor del General Liber Seregni a partir de 1985. Es autor de dos colecciones de cuentos, *Colgado del travesaño* (Alfaguara, 2006) y *L'ultimo rigore* (Sentieri Meridiani, 2012) y de la novela *El olor de santidad* (Banda Oriental, 2012, Premio Onetti). También es autor del libro de no-ficción, *El Alca: Un camino hacia la anexión: propuesta de alternativas para América Latina* (Plataforma Interamericana de Derechos Humanos, Democracia y Desarrollo, 2003). Fue embajador de Uruguay en Italia entre 2005 y 2008. Como periodista ha colaborado en el Semanario *Brecha*, en la *Revista del Sur* y en publicaciones extranjeras. Es hincha de Peñarol. Una versión anterior de "El último penal" apareció en *Colgado del travesaño* (2006).

EL ÚLTIMO PENAL

Sentados en torno a una de las tres mesas de cármica de "El pajarito" –almacén y bar– dos hombres ya maduros se hacían compañía en silencio. Perdidos en sus pensamientos parecían ajenos al movimiento del comercio, cada uno sumergido en las profundidades del vaso que tenía delante. De vez en cuando uno de ellos, calvo, la barba canosa algo descuidada, hacía algún breve comentario al que el otro, muy delgado, con grandes ojos de niño, respondía con un imperceptible asentimiento. Luego se quedaba callado, aguardando que su compañero continuara con la idea. El de la barba tenía la iniciativa, sin duda. Su amigo simplemente esperaba. Los vasos estaban intactos. El flaco tenía servida una caña, en la que dejaba caer su mirada si el intervalo entre los comentarios del otro se prolongaba demasiado. Cualquiera diría que un mundo entero transcurría entre las paredes de aquel vaso, donde el hielo se derretía inútilmente. El de la barba había pedido un whisky, pero tampoco lo bebía. Tomaba el vaso desde arriba, con cuatro dedos, lo giraba una media vuelta y volvía a dejarlo sobre la mesa. Los aros de humedad dibujaban una complicada figura sobre la cármica. Se miraron. El flaco esperó un momento y sonrió con timidez, el de la barba se inclinó hacia delante, extendió su brazo derecho y le dio una palmada afectuosa a la altura del hombro, mientras balanceaba la cabeza en un gesto que parecía decir "no lo puedo creer". Después sacó una caja de Nevada del bolsillo superior de su camisa y, sin invitar al flaco, encendió un cigarrillo. Dejó el encendedor barato sobre la mesa e hizo un ademán brusco, como para despejar el humo. El encendedor cayó al suelo y Manuel, que pasaba con la bolsa de los mandados, se agachó, lo recogió y lo dejó sobre la mesa, al lado del vaso de whisky. El de la barba lo miró un momento, sorprendido, y luego le sonrió con simpatía: "Gracias, botija".

En la puerta del boliche, aguantando el marco, el profesor Villaseca contemplaba la escena. Se hizo a un lado para dejar salir a Manuel y, al paso le dijo "¿Sabés quién es ése del encendedor?" "Si", respondió el muchacho, "Es el doctor amigo del Mochila. Hoy es viernes y se van a pasar allí toda la mañana, esperando que se les derrita el hielo".

Villaseca dirigió una rápida mirada a la mesa, comprobó que todo seguía igual, volvió a mirar a Manuel y preguntó "Pero, ¿conocés la historia de esos dos tipos?"

"Tiene ganas de conversar", pensó Manuel. Villaseca era buena gente, pero no podía con la condición: era profesor, tenía que preguntar. En el almacén, fuera de las paredes del salón de clase, Manuel se sentía más seguro: "He escuchado algunas cosas. Creo que jugaban al fútbol juntos o algo así. Oí que el doctor, cuando joven, era un fenómeno. Mi padre es el que sabe bien los cuentos".

Villaseca negó con la cabeza: "Tu padre todavía no había llegado a este pueblo en ese entonces. Yo jugué con ellos, te lo puedo contar todo". Y, ablandando la expresión de su rostro añadió: "Yo soy profesor gracias al abuelo del abogado".

Manuel dejó la bolsa en el suelo. Nunca se le había ocurrido que alguna vez, en algún tiempo remoto, Villaseca no hubiera sido profesor. Menos aún que hubiera jugado al fútbol. Empezó a considerarlo de otra manera, sus ojos trasuntaban un brillo de curiosidad, suficiente para que el profesor volviera a la carga. Era claro, andaba con ganas de conversar, y ahora lo había agarrado a él.

"Esta historia empieza hace más de cuarenta años. El abuelo del abogado se hizo una casa en la rambla nueva, frente al Socavón, ¿sabés dónde es? El abogado se llama Lalo, tendría unos diez años entonces. Se venía todo el verano con el viejo y le ayudaba. Tenían un albañil, don Pietro, un tano bajito y medio torcido que era una fiera. El viejo y el Lalo trabajaban con él. Entre los tres hicieron la casa. A veces venía por unos días el Juan González, pero después que juntaba unos pesos desaparecía hasta que el hambre lo obligaba a regresar. Cuando el Juan volvía, se paraba enfrente, cruzando la rambla. No se animaba a entrar. Golpeaba las manos y se quedaba esperando. Nada, sólo el ruido de la obra. Volvía a golpear y de nuevo, nada. A la tercera o cuarta vez, se oía la voz del abuelo: 'Don Juan González de las costas del Pando, si viene a trabajar, pase; si no, váyase a la mierda'. El primer verano fue así, de diciembre a marzo se pasaron trabajando. Mi viejo venía para hacer alguna changa, ayudar en alguna cosa, era bastante bueno con las maderas y metía mano en los andamios, después en las puertas y en las ventanas. El tano, que era el colmo de la honradez, contaba los clavos que le daba y contaba los que mi padre después le devolvía. Yo, sentado en una pila de bloques, dejaba correr el día, acompañando. De tanto en tanto el tano me pasaba una mano durísima por la cabeza y me decía en su media lengua: '*Guarda al Lalo, botica, guarda come lavora*'".

"El Lalo arrimaba ladrillos, llevaba baldes de mezcla, empujaba las bolsas de *cemento Portland* porque no tenía fuerzas para levantarlas. Paleaba arena. Siempre serio, sin quejarse. A veces se veía que estaba muerto de cansado, pero no decía nada. Pendiente del abuelo, se entendían sin hablar. De repente el viejo lo llamaba y le decía: 'Vaya a darse un baño a la playa. No se meta hondo. Cuando sienta los latazos, vuelva para comer'. Si mi padre me dejaba, yo bajaba con él. Al rato sentíamos al viejo dándole a un balde de obra con la cuchara: era la señal, los churrascos estaban prontos y teníamos que volver".

Villaseca se sacó los lentes y empezó a limpiarlos mecánicamente con la corbata azul, la única que se le conocía. Se los calzó con cuidado, verificando que el mundo a su alrededor seguía siendo el mismo, se apretó la punta de la nariz entre el pulgar y el índice mientras achicaba los ojos para concentrarse mejor en los recuerdos, arrimó una silla, se sentó con cierta ceremonia y anunció: "Ahora viene lo del fútbol".

"Enfrente a la casa había un baldío grande, entre la rambla y la playa. Ese verano se juntaron varios chiquilines de los chalets vecinos y armaron un cuadrito. Estaban los Pérez Brito, que eran tres, y con sus primos hacían seis o siete, estaba el gordo Luis Alberto que vivía en la Prefectura, atrás de la cancha; su padre era el Prefecto. Y había otros dos o tres más en la vuelta. Fundaron un cuadro, y le pusieron 'La Victoria'. Seguramente vos nunca oíste hablar de 'la degollada', el nombre del cuadro venía de ahí. Donde termina la rambla vieja, un poco antes del comienzo de la escalera, al lado de la casa de los Pérez Brito, había una estatua, una reproducción de la Victoria de Samotracia, una mujer alada y sin cabeza, que la gente del balneario llamaba familiarmente 'la degollada'. Estuvo años ahí, hasta que un día desapareció en la tormenta, se la llevó el mar —o el viento, como creen algunos—, para algo tenía aquellas grandes alas blancas de yeso. Los marineros de la Prefectura, que como buenos milicos hacían sebo la mayor parte del tiempo, cortaron unos varejones de eucalipto y les hicieron los arcos. Marcaron el medio de la cancha —a ojo nomás— y las líneas de fondo. Por los costados no era necesario: de un lado, la cancha terminaba donde terminaba el pasto, o sea en la rambla; por el otro, estaba el Socavón, un barranco lleno de maleza, colas de zorro, tacuaras y acacias negras. Allá en el fondo manaba un hilo de aguas sospechosas que se abría paso hasta el mar. Los botijas estuvieron peloteando un par de días para probar la cancha, los marineros se entreveraban y les daban indicaciones. El Lalo se paraba en el porche de la casa y los miraba. Como no lo invitaban a jugar se quedaba ahí, siempre callado. Y así continuó la cosa por un tiempo. Ya había empezado febrero, y un buen día 'La victoria' consiguió un rival. La noticia se desparramó enseguida: el domingo a las cuatro de la tarde se iba a jugar el primer partido, contra un cuadrito del Sarandí, el costado más modesto del balneario. El Prefecto se apersonó en la cancha, anduvo recorriéndola y dio algunas indicaciones. Los marineros cortaron el pasto y afirmaron los arcos. Un tío de los

Pérez Brito compró unas camisetas azules en la mercería y durante todo el sábado los botijas practicaron con el equipo ya puesto. El Lalo seguía mirando desde su casa. A veces agarraba un libro –el abuelo siempre le compraba libros, aquellos de tapas amarillas de la colección 'Robin Hood'. Se sentaba en una reposera de lona y leía, mientras los otros le daban al balón. De tanto en tanto levantaba la vista y observaba el juego. Yo, que era bastante más chico y estaba en la vuelta porque mi viejo era el jardinero de todos esos chalets, lo saludaba con la mano y él me hacía un gesto de reconocimiento. Nunca hizo nada para acercarse. Nos miraba unos momentos y volvía a su libro".

"El domingo, un rato antes del partido, la gente –los padres de los jugadores y los vecinos– empezaron a arrimarse. Mi viejo se puso a conversar con el abuelo del Lalo. Sacaron unas sillas y se instalaron en el jardín; era el mejor lugar, la primera fila de la platea, justo enfrente de la cancha. Después llegaron los rivales, no tenían camiseta como los nuestros, pero impresionaban bastante por su tamaño. El capitán, el 'Susurro' tenía una voz curiosamente gruesa y sonora. Entró a la cancha y sin mayores ceremonias mandó al golero a ubicarse en el arco que daba contra el fondo de la Prefectura. Eran once, y los de 'La Victoria' sólo diez. Cuando llegó el Prefecto, el abuelo del Lalo lo convidó a sentarse en su jardín; llamó a Maneiro –uno de los marineros más viejos–, le entregó un silbato y le dijo: 'vos sos el juez'. Maneiro, vestido de blanco como todos los marineros, se fue al medio de la cancha y pegó un pitazo. Los equipos se ordenaron en el terreno, a los gritos del 'Susurro' los del Sarandí, y siguiendo las indicaciones de Juan Francisco, el mayor de los Pérez Brito, los nuestros. Ahí fue cuando el Prefecto saltó: 'A este cuadro le falta un jugador' y llamó a Juan Francisco. 'No tenemos más jugadores señor, no pudimos conseguir más'. El Prefecto miró a su alrededor, como buscando algún candidato, y vio al Lalo sentado, con cara de estar en otra cosa. '¿No querés entrar, Lalo?', le preguntó. '¿te animás? Nos falta uno'. El Lalo dijo que sí, se paró y salió caminando para la cancha. Alguien le alcanzó una camiseta, se la puso –le quedaba grande– metió buena parte de ella dentro del pantalón y buscó dónde ubicarse. Juan Francisco lo atajó: 'ponete de *half* izquierdo" –era una posición de poco compromiso, uno de los puestos clavados para los que no sabían jugar. El Lalo se acomodó en la cancha, y Maneiro dio orden de mover".

"El partido era bastante parejo. Los del Sarandí eran corpulentos pero los nuestros eran más hábiles. La pelota iba y venía y, salvo un tiro de distancia de Juan Francisco, que pasó zumbando un poste, nada inquietaba a los goleros. Creo que todos estaban un poco nerviosos. El Lalo no tocaba una. No lo conocían, nadie se la pasaba y, encima, el juego parecía volcarse para el otro costado de la cancha. Hasta que llegó el momento. Vino un rebote a los pies del puntero derecho del Sarandí, y el gurí agachó la cabeza y arrancó pegado a la raya, a toda velocidad. Parecía que iba a pasarle por arriba al Lalo, pero éste le enganchó el balón con limpieza y se lo quedó mientras el otro seguía de largo en su carrera. '¡Pasala loco! ¡Aquí, aquí!' Tres o cuatro de los nuestros le gritaban al Lalo, apurados antes que le quitaran la pelota. El Lalo miró la cancha, y ahí mismo yo me di cuenta que sabía jugar más que todos los otros juntos. Arrancó hacia el arco, eludió a uno, a otro, se paró –le seguían gritando todos, '¡Pasala, pasala!' pero él, como si no los oyera, enfiló al arco, esquivó a dos o tres más y se metió con pelota y todo. Golazo. Era el primer gol de 'La Victoria', y todo el mundo se había quedado pasmado. El Lalo no lo festejó, regresó a su puesto cuando ya el Sarandí movía desde el centro del campo. Ganamos doce a cero, el Lalo hizo nueve goles y lo nombraron presidente del club. Las primas –todos ellos tenían muchísimos primos y primas– habían comprado un cuaderno y escribieron los nombres de todos los jugadores. Primero de todos, el Lalo. Al costado de su nombre decía 'Presidente, 9 goles'. Juan Francisco, con sus temibles disparos había convertido dos, y el otro le tocó a Matías, el menor de los Pérez

Brito. El Lalo se mandó una apilada tremenda, eludió casi a todo el cuadro contrario. Corría con la pelota atada al pie, la cabeza siempre levantada, con un control total de la situación. Le salían uno tras otro los rivales y él cada vez inventaba una moña nueva, un giro, una pisada, una gambeta inverosímil y se les iba. Sabía esquivar las patadas. Ya nadie se la pedía, lo dejaban hacer. Pero Matías, que no tendría más de siete u ocho años, corría al lado de él, acompañándolo. Después de eludir al arquero, el Lalo lo vio venir y se la tocó cortita: 'hacelo vos, Mati' le gritó y el chiquito la punteó con el alma. Desde ese día Matías pasó a ser un incondicional del Lalo".

Villaseca suspiró profundamente, como si estuviera un poco atorado por los recuerdos. Armó otro tabaco, lo encendió, pegó una larga pitada. Manuel se había sentado en la vereda, sobre un tocón de mezcla, resto de la base de algún cartel anunciador, y lo miraba arrobado. En la mesa, los dos hombres ahora conversaban con cierta animación. El barbado se llevó el vaso a los labios, humedeciéndolos apenas, el flaco hacía unos ademanes contenidos, entusiasmado por la conversación. Se notaba que concedía a su compañero una respetuosa precedencia, pero de cualquier modo, un aura de sólida camaradería envolvía a los dos amigos.

"Miralos, Manuel", apuntó Villaseca al tiempo que los señalaba sin soltar el cigarro. "Todavía falta lo mejor".

"Yo acompañaba a mi viejo y le ayudaba con los jardines. Iba a todos los partidos, pero casi nunca jugaba. Cuando faltaba alguno, era siempre el Lalo –que ya tenía bastante autoridad dentro de la cancha– quien me llamaba: 'vení Peludo, que faltan jugadores; andá arriba vos que sos rápido'. El abuelo conversaba con mi viejo, había leído mucho, sabía de plantas y del tiempo. Hacía muchas preguntas y mi padre, con la gorra en la mano, contestaba parsimoniosamente. Una mañana, mientras estaban hablando, papá tomaba agua fresca –el viejo aparecía de pronto con una botella y dos vasos– me di cuenta que hablaban de mí. Yo volvía con la lona enrollada bajo el brazo –había ido a tirar las hojas muertas y el pasto al Socavón– y vi que callaban y se quedaban mirándome. '¿Y cómo anda en la escuela el ayudante de jardinero?' preguntó el viejo. 'Muy bien, muy bien' contestó mi padre. 'No falta nunca, es aplicado y hace siempre los deberes. Pasa de año sin problemas'. 'Este muchacho tiene que estudiar. Todos tendrían que estudiar' afirmó el abuelo y se rascó la mejilla con el índice –señal de que estaba pensando algo, según me había enseñado el Lalo. '¿Y a usted qué le gustaría estudiar cuando termine el liceo? Hay que ir pensando desde ya, para elegir bien' me dijo clavando sus ojos en los míos. 'Yo quiero ser profesor de historia' respondí, sin bajar la vista. Todavía no sé bien de dónde salió esa respuesta que definió para siempre mi destino. '¡Muy buena idea!' –se entusiasmó el viejo. 'Veo que es un muchacho que piensa y sabe lo que quiere. ¡Muy buena idea!' Y en esa mañana todavía fresca de verano, yo, con una lona mugrienta abajo del brazo, un sombrero de rafia bastante deteriorado, mis pantalones verdes de trabajo y las zapatillas agujereadas, de espaldas a la cancha, respiré hondo y asumí ante mi padre y aquel señor imponente el compromiso definitivo de ser profesor de Historia. Ya ves, pibe, cómo es la vida".

"Los partidos siguieron, una o dos veces a la semana. El cuadrito era fantástico, nunca lo vi perder ni empatar. Ganaba en su cancha, ganaba de visitante –a veces con dificultades. El Lalo era decisivo. Era muy difícil sacarle la pelota, casi siempre marcaba al menos un gol. Era guapo. Le pegaban mucho –sobre todo en las canchas ajenas, lejos de la protección de los marineros– pero el aguantaba y no se quejaba. Nunca lo vi gritar ni revolcarse. Nunca se enojó por una patada. Se levantaba y seguía, a veces renqueando un rato. Empezaron a marcarlo de a dos y de a tres, y entonces comenzó a aparecer otro jugador, más de equipo, y más veloz. La moña es linda, pero frena el juego. El Lalo era bastante rápido corriendo, pero increíble en velocidad mental. Calculaba la jugada antes de recibir la pelota y la pasaba de un toque. A veces, antes de sacar el pase, ya te gritaba: 'Peludo, de prima para el Cuchi'. Y vos sabías que no había forma de equivocarse, te obligaba a mirar al compañero que te había indicado y te había dicho 'de prima', o sea, 'apenas la recibas, pásasela a fulano'. No fallaba, si el pase te salía bien era medio gol".

"Los del Sarandí habían hecho su propia cancha, para poder jugar de locatarios y con la ilusión de que así nos iban a ganar. Nunca pudieron ni empatarnos. Íbamos allá con cierto temor. Había algunos padres que ya no podían soportar las continuas humillaciones de sus hijos y hacían fuerza para que ganaran a toda costa. Por supuesto, el blanco principal de su odio era el Lalo, 'el flaquito hijo de puta ese que siempre nos caga' como le oí decir al escribano Bossi, el más calentón de los padres agraviados. Pasaron así varios veranos. La Victoria se transformó en la obsesión del Sarandí. A alguien se le ocurrió desafiarnos a jugar en la playa. 'En la arena es otra cosa, les pasamos por arriba'. Aceptamos el desafío y fijamos día y hora. Era enero y hacía un calor terrible. Cuando llegamos al sitio convenido, ellos ya estaban ahí y habían marcado los arcos. Eligieron cancha, a nosotros nos tocaba mover. Cuando paramos los equipos vimos que el escribano Bossi, y el padre de Raúl Sosa —al que apodábamos 'Dick Tracy' porque tenía la nariz quebrada como el personaje de la historieta— estaban en la cancha. ¡Habían puesto a dos hombres en el cuadro! Juan Francisco y Luis Alberto empezaron a protestar, pero no hubo caso. '¿Tienen miedo?' se burlaba Bossi, que siempre fue muy baboso. No podíamos achicarnos, así que decidimos jugar igual. En el momento en que vamos a mover, Bossi señala al Lalo y le grita a todo el cuadro: 'Este guacho hoy no nos hace ni un gol, ¿estamos?' y lo cruzó con una mirada asesina. El Lalo no se inmutó. Yo moví y se la toqué a él. Y entonces hizo algo que nunca antes había visto y no volví a ver jamás. Enganchó el balón y enfiló derecho, vertical hacia el arco contrario. Bossi salió a matarlo y quedó enterrado en la arena, ni lo tocó. Lalo siguió avanzando eludiendo rivales como si fueran macacos de madera. Lo esperaba 'Dick Tracy', que medía como dos metros y además era bastante gordo. Bossi gritaba '¡Matalo, Rubén, matalo! El Lalo se fue derechito contra esa pared y chocaron. No me explico cómo lo hizo, pero el grandote quedó tirado en la arena, y no pudo levantarse más. Muchos años después leí que el judo era un arte marcial cuyo secreto consistía en usar el peso del rival en contra suya. Algo de eso, instintivamente, hizo el Lalo. Chocó con un tipo que pesaba tres veces más que él y le llevaba treinta centímetros de estatura, y el otro quedó muerto en el piso. Siguió como una flecha hacia el arco contrario y marcó el primer gol: ningún rival había tocado todavía la pelota, y ya estábamos uno a cero. Bossi se quedó ronco de tanto putear, tenía el rostro morado y respiraba agitadamente, creímos que le iba a dar un ataque. El Lalo salió de la cancha y se fue al mar. Se zambulló, estuvo nadando un rato y se desentendió del partido. Pero el Sarandí estaba destrozado. Aquel gol increíble los desarmó, no daban pie en bola. Además Bossi empezó a cansarse, a 'Dick Tracy' se lo llevaron bastante maltrecho, y al rato les hicimos otro gol, un cabezazo de Luis Alberto en un corner. Después de un largo baño de mar, Lalo volvió a la cancha. Estaba como aburrido, no hizo ninguna moña más. Cuando agarraba la pelota metía pases y se quedaba parado, mirando. Ese fue mi día de gloria, hice dos goles y me gané un lugar en el cuadro. El Lalo –que sabía que yo era una liebre– me tiró dos pelotas muy largas y me dejó dos veces solo frente al golero. Por suerte no fallé".

Villaseca volvió a repasar los cristales de los lentes con la corbata, la mirada miope perdida en lontananza. Manuel estaba impresionado, nunca lo hubiera imaginado "picando al vacío" como dicen los relatores de fútbol, rápido como un gamo, para recibir un pase exacto y definir "mano a mano" con el arquero.

"La fama del cuadrito se fue corriendo por la costa. Su invicto de varios años comenzó a transformarse en una leyenda del balneario y del pueblo, y fueron apareciendo nuevos desafíos: dos partidos –ida y vuelta– contra unos muchachos de San Luis, el seleccionado de un colegio salesiano de Pando, algún otro club de balneario. Ganamos todos los partidos y la leyenda creció. El Lalo había madurado en su juego, ya no se la comía tanto, eran raros aquellos goles imposibles en que se eludía a medio equipo rival. Pero seguía siendo incontrolable. Había desarrollado una visión del juego sorprendente. Jugaba, pero también pensaba. Detectaba las debilidades de los contrarios e inventaba las formas de explotarlas. El mejor equipo que enfrentamos fue el de los salesianos de Pando. En el partido de ida, en la cancha de ellos, terminamos el primer tiempo perdiendo dos a cero. ¡Era un desastre!, nunca nos había sucedido. El cuadrito estaba muy bien armado, venían jugando juntos desde mucho tiempo atrás y, además, era un seleccionado. Cuando iba a empezar el segundo tiempo el Lalo dijo, 'yo voy al medio', lo que parecía un disparate. Necesitábamos hacer tres goles para ganar —nadie pensaba siquiera en la posibilidad de un empate— y justo entonces al goleador se le ocurría bajar a jugar al mediocampo. Mati se lo hizo ver, pero el Lalo le replicó: 'Vamos perdiendo porque ellos tienen la pelota. Tenemos que agarrarla nosotros y aguantarla. No hay que perder pases ni hacer moñas, ellos corren mucho y marcan muy bien. Son buenos, son los mejores contra los que hemos jugado'. Y tenía razón. Desde el medio de la cancha agarró la manija del partido, recuperamos el balón, lo aguantamos todo lo posible, marcamos mejor. El Lalo metía pases de miedo, les desarmamos la defensa. Al rato estábamos dos a dos, y ellos muy nerviosos. El partido se hizo muy trabado hasta el final, pero nosotros no aceptábamos empatar. Faltando muy poquito hubo un tiro libre sesgado. El Lalo lo pidió para él y mandó todo el cuadro arriba. Ellos hicieron una barrera perfecta y el Lalo falló, el tiro dio en el horizontal y el balón rebotó hacia el medio. Entonces el gordo, Luis Alberto —eterno back determinado por su físico— vislumbró el gol de su vida. La pelota se elevó y él, que estaba apenas entrando al área, arrancó como un caballo y aprovechando su altura metió un frentazo imparable. Tres a dos. Habíamos ganado nuestro partido más difícil, y el gordo tenía una heroica para contarles a sus nietos. Cada tanto me lo encuentro en el supermercado y de lejos lo saludo y me pego dos palmaditas en la frente. Él sonríe ancho y feliz, todavía sigue disfrutando aquel gol, el más importante de toda la historia de La Victoria".

"Y ahora viene el asunto del Mochila. Vivía con su madre, en la Estación y ya de gurí changaba en el balneario durante la temporada. Eran muy pobres. La vieja hacía limpiezas, el padre había desaparecido años atrás y ellos se revolvían como podían. Le gustaba el fútbol y era un buen back, a pesar de su físico menudo. Tenía fuerza, decisión y velocidad. No le hacía asco a las patadas y, además, saltaba muchísimo. Jugaba en la cuarta del Estación Flores, un club de gente del pueblo y las chacras vecinas, la mayoría de ellos tan pobres como él. El fútbol era la vida de los domingos de otoño e invierno, en verano quien más quien menos se conseguía algún rebusque en el balneario. Dependían de los ricos que venían a veranear para juntar unos pesos que ayudaran a pasar los inviernos, siempre durísimos para toda esa gente. Yo mismo soy uno de ellos".

"El Mochila había visto muchos partidos de La Victoria, donde yo era apenas un colado. Me saludaba levantando las cejas, como si apenas me reconociera, y se quedaba lejos con aire de 'esto me interesa muy poco'. Creo que su deseo íntimo era vernos perder. Muchas veces, cuando nos poníamos dos o tres goles arriba, se borraba en silencio, no quería ver ganar a los niños ricos que tenían camisetas siempre recién lavadas, pelota nueva y en buenas condiciones, cancha cuidada y padres que los alentaban o festejaban sus hazañas. Las barreras sociales eran tan fuertes, que a nadie se le había ocurrido nunca que pudieran enfrentarse el cuadrito de los pibes veraneantes y el de los pobres de la Estación. Lo cierto es que tenían temporadas distintas. La Victoria sólo existía en el verano, justo el período de la zafra para los jugadores del Estación. No sé de dónde partió el desafío, pero en la última semana de febrero del 61, quedó pactado el partido. Uno solo, no había tiempo para la revancha. Se acordó jugar en nuestra cancha y el rival –por razones de edad y tamaño– era la cuarta del Estación, el equipo del Mochila. Eran en general algo mayores que nosotros, pero nos teníamos fe. El cuadro de ellos estaba bastante trabajado –jugaban desde marzo a noviembre en los campeonatos regionales– y siempre conseguía figuración. Nosotros estábamos mejor entrenados, habíamos jugado ocho o nueve encuentros en la temporada, éste sería el último del verano".

Villaseca volvió a limpiar inútilmente sus lentes con la corbata, se los calzó y detuvo su mirada en la mesa tres, buscando seguramente afinar el recuerdo con la contemplación de los dos protagonistas de aquella jornada. Ajenos al escrutinio, los dos hombres habían regresado a su silencio compartido, concentrados en el contenido intacto de los vasos de alcohol que tenían ante sí.

"No le voy a poner suspenso al cuento, botija. Ganamos cuatro a cero, los cuatro goles los hizo el Lalo, todos de penal. Mirá como son las cosas. El partido empezó a las seis de la tarde, y había mucha más gente que de costumbre. Para empezar, estaban todos los marineros –muchos de ellos vivían en la Estación o tenían parientes allí–, la botijada del pueblo que seguía al Estación durante los campeonatos, algunos familiares y por supuesto todos los padres, hermanos e infinitos primos de los nuestros. Era un espectáculo curioso: los marineros –de blanco– atrás del arco que daba al fondo de la Prefectura, la hinchada de La Victoria amontonada en el jardín de la casa del abuelo del Lalo, la mayoría de pie pues no alcanzaban las sillas, reposeras y hasta algún banquito manoteado de los chalets vecinos. Y detrás del otro arco, toda la hinchada del Estación –bien diferente por su ropa, su desaliño y sus maneras. Ahí comprendí por primera vez la distancia que nos separaba de aquella gente que podía darse el lujo de veranear. Pero yo estaba en 'el otro cuadro' y había que jugar. No creas que no experimentaba cierta aprensión, cierto remordimiento. Descubrí a mi tía Shirley entre la gente del Estación y la saludé de lejos. Me sonrió haciendo un gesto de asentimiento, y de inmediato me sentí un traidor. Pero ya empezaba el partido. Yo jugué espantoso, no pegaba una. El juego era bastante friccionado, mucha ida y vuelta en el medio campo. Ellos nos mataban a físico y a carpeta, nosotros aguantábamos y devolvíamos los golpes como podíamos. Pero estaba el Lalo. Recibió una pelota bastante adelantado y enfiló hacia el arco, 'vertical' como decía él y acostumbraba a hacer. Cuando avanzaba con esa decisión veíamos venir el gol, generalmente no podían pararlo. Y así fue, hasta que llegó al área. Le salió el Mochila y el Lalo lo desarmó con dos amagues y se le fue por la derecha. El Mochila lo barrió de atrás: penal. Naturalmente lo pateó el Lalo y adentro. Esta situación se repitió en forma más o menos similar al comienzo del segundo tiempo. De nuevo penal y dos a cero. Sólo que la patada del Mochila fue mucho más violenta –se ve que estaba juntando bronca– y mucho más arriba. Le pegó con mala leche, un poco debajo de la rodilla. El Rulo, uno de los marineros más jóvenes entró a la cancha y le gritó: 'No te hagás el vivo Milton, aflojale al gurí'. El Mochila se encogió de hombros mientras los otros marineros se llevaban al Rulo de nuevo para atrás del arco. Unos quince o veinte minutos después, promediando el segundo tiempo, otra vez quedan frente a frente el Lalo y el Mochila. Aquél venía a la carrera, la guinda atada al pie, con el gol en la mirada; éste –que ya había quedado pagando dos veces– le salió dispuesto a todo. Le metió una plancha en el mismo lugar, en la misma pierna, y por primera vez en todos aquellos años oí gritar al Lalo. Cayó al césped, se sentó rápidamente y comenzó a palparse la pierna herida. Corrimos hacia él, creíamos que lo había quebrado. El Rulo se le fue arriba al Mochila y le pegó unos empujones, y enseguida se armó un tumulto. Como siempre algunos querían pelear y otros separar, nunca se sabe bien qué es lo que pretende cada uno en los entreveros. Volaron algunas piñas, pero no puedo asegurar nada porque estaba agachado al lado del Lalo, mirando con consternación la marca de los tapones del Mochila en su pierna derecha. 'Estoy bien, estoy bien' repetía el Lalo y comenzó a incorporarse. Juan Francisco lo sostuvo por la espalda y terminó de pararse. Pisó fuerte dos o tres veces y después, como si no hubiera pasado nada, fue a buscar la pelota. Maneiro soplaba el pito enloquecido y trataba de despejar la cancha. Al final todo volvió a la normalidad y el Lalo pudo tirar el penal. Tres a cero y el grito del Rulo: 'ese fue pa' tu hermana Mochila' quedó resonando en el silencio que siguió al festejo del gol".

"El Lalo estaba lastimado, se le formó un huevo en el lugar del golpe, no podía correr bien y renqueaba de esa pierna. Pero tres goles es mucha diferencia, y ellos estaban achicados, ya no se animaban a llevarnos por delante a físico, creo que intuían que una patada de más desencadenaría una hecatombe. El Lalo se tiró hacia la derecha, quedó jugando pegado a la raya, casi parado. Se ve que le dolía la pierna. Recibió alguna pelota y se limitó a devolverla sin esforzarse demasiado. Incluso perdió un par de balones que intentó parar y se le fueron por abajo del pie. Yo veía como cada tanto se frotaba la hinchazón, o se pasaba el índice sobre el filo del hueso, ahora completamente deformado. Seguía renqueando. Cuando perdió la segunda pelota, se fastidió. El hecho es que la siguiente bola que recibió –un rebote, porque ya nadie se la pasaba para no comprometerlo–, la durmió en el empeine de la pierna herida, se fue hasta el fondo y comenzó a correr lo mejor que podía, paralelo a la línea final. Entró al área y, cuando el Mochila le salió –vacilante, por cierto– le tiró un caño, salió de la cancha para esquivarlo, volver en un paso de baile e irse solo derechito al arco. Fue demasiado. El Mochila, ciego de furia volvió a barrerlo y además lo empujó por la espalda. El pasto estaba mojado en esa zona, y el Lalo resbaló y con el impulso fue a dar a un matorral de acacias que estaba casi detrás del arco. Unos días antes los marineros habían podado las ramas que amenazaban con llegar hasta la cancha, y la mala suerte quiso que una vara, que había quedado puntiaguda por el corte, fuera a clavársele justo en el huevo que se le había formado en la pierna. No gritó, no dijo nada, pero se levantó mordiéndose la lengua, ahora tenía un agujero redondo como un peso y un hilo de sangre fluía desde la herida. Cruzó hacia la casa, Juan Francisco le pasó un brazo por debajo de los suyos y lo sostuvo durante todo el trayecto. Corrimos hacia allá mientras atrás se armaba un lío tremendo. El Rulo no pudo ser contenido por sus compañeros, le pegó una trompada en la cara al Mochila gritando 'hijo de puta, hijo de mil putas te voy a matar'. Algunos hombres de la hinchada del Estación corrieron para intervenir, y sentí al gordo Barreix, el tío de los Pérez Brito decir al Prefecto: 'llévese preso a ese mierda, haga el favor, lléveselo preso no ve que casi lo mata al Lalo. Es un delito de lesión, tiene que meterlo preso'. Entre tanto, el padre del Lalo apareció con un botiquín, le limpió la herida, y le echó un chorrito de algún medicamento –sería alcohol, no sé. El Lalo casi se desmaya, medio se le dieron vuelta los ojos, pero el padre le apretó los lóbulos de las orejas y volvió en sí. 'Poneme una venda, viejo' dijo con la voz en un hilo. El padre asintió y terminó la curación. Después lo vendó, lenta y prolijamente mientras todo el cuadro miraba la escena. Alguna prima chica lloraba y se sentía un vocerío infernal. El Prefecto cruzó la rambla y se metió en la cancha. Agarró al Rulo de un brazo 'Bien hecho, m'hijo' le dijo y le palmeó la espalda. Luego, dirigiéndose a uno de los marineros veteranos que estaba a mano, agregó: 'Manso, llévese a este arrestado' y regresó a su lugar en la improvisada tribuna".

"El Lalo, ya curado y vendado, se puso en pie e hizo ademán de volver a la cancha. Se apoyó en el hombro de Matías y dijo 'hay que tirar el penal' La madre lo miró asustada y casi llorando empezó a decir 'Lalo, Lalo, vení para acá'. El padre, la frenó: 'Déjalo, nena, si quiere volver, déjalo'".

"Regresó a la cancha arrastrando la pierna y se fue a buscar la pelota. La colocó en el punto penal y se puso a esperar que terminaran los incidentes, que para entonces y luego de la entrada del prefecto al campo, ya habían aflojado bastante. Juan Francisco se acercó: 'Dejame Lalo, yo lo pateo. Vos no vas a poder, no ves que tenés la pata hecha mierda'. El Lalo, sin mirarlo contestó: 'El penal es mío, me lo hicieron a mí y lo voy a patear con la zurda'. Cuando el Mochila vio que su enemigo, a pesar de todo, iba a tirar el penal, le dijo al golero: 'salí, lo atajo yo'. Y así quedaron otra vez enfrentados el Lalo y el Mochila, aquél con un agujero en la pierna derecha, que casi no podía mover, éste con un ojo que empezaba a hincharse y algunos cardenales en la frente. Se hizo un silencio mortal. Maneiro pitó, y el Lalo correteó renqueando dolorosamente, se acercó al balón y lo pateó de zurda, con furia, con una mirada de rabia que no le conocía. Fue gol. El Mochila quedó tirado en el piso, creo que estaba llorando. Lloraba su propia bronca, la bronca de la impotencia, de la pobreza, de la madre sirvienta, de la vergüenza. Ese fue el último partido. Al verano siguiente ya el cuadro se desmanteló. Varios de los muchachos habían crecido y estaban para otra cosa. Algunos ni siquiera venían con sus padres a veranear. Se iban a la casa de algún amigo, o de campamento por ahí. El Lalo siguió viniendo en enero o febrero dos o tres años más, después empezó con exámenes, creo que tenía una novia en Montevideo. Y, que yo sepa, dejó totalmente el fútbol, quería ser abogado. Entró en la Facultad y casi no volví a verlo hasta algunos años después en que se venía en pleno invierno con una barra de amigos, algunos bastantes veteranos. Se quedaban unos días, siempre encerrados en la casa, sólo salía el Lalo a comprar leña o comida. Una tarde me lo encontré en el almacén, estaba rarísimo y apenas me saludó, como si desconfiara de mí".

"Yo seguí estudiando. El abuelo del Lalo le daba plata a mi padre para pagarme el ómnibus y también para los libros. Así pude terminar el liceo y me fui a Montevideo a hacer el profesorado de Historia. Vivía en una pensión que compartía con otros compañeros, pero una vez por mes iba a visitar al viejo. Ya estaba muy enfermo, pero me recibía con alegría, siempre muy serio y tratándome de 'usted'. Creo que le daba un gran gusto ver que yo seguía adelante en la carrera. Del Lalo no se hablaba. Alguna vez que le saqué el tema, don Ciriaco se limitó a comentar: 'anda por ahí, va a ser abogado'. Nunca me lo encontré en la casa de su abuelo, ni pude sacarle a éste más de una frase vaga acerca de su nieto. El viejo dejó de ir al balneario, la salud no le daba para eso. Un domingo de invierno –creo que fue en el 69– caí de visita, como todos los meses, y encontré la casa cerrada. Era raro, porque el viejo casi nunca salía. Anduve averiguando en el barrio, y me encontré con la triste noticia de que había muerto un par de semanas atrás. La mujer –la abuela del Lalo– se había ido a visitar a su familia en Argentina, ella era de Tandil. Me puse a llorar en la calle. Después tomé un ómnibus y me fui para la Estación Flores, a contarle a mi padre. Lo lloramos mucho al viejo, era un hombre severo, seco en la conversación, pero muy noble. Te repito que a él le debo mi carrera. Nunca dejó de apoyarme".

"Tiempo después oí que el Lalo andaba metido en política. Su nombre aparecía a veces en los comentarios de la gente de la FEUU, se había transformado en un militante. Creo que hasta dejó de estudiar durante tres o cuatro años. Más de una vez me parece haberlo visto de lejos en alguna manifestación estudiantil. Un día –todo esto lo sé por comentarios de amigos y de otros compañeros– desapareció, la tierra se lo tragó y durante mucho tiempo no supe nada más de él. Papá había dejado de changar como jardinero, estaba muy viejo, y el chalet daba lástima. Pasabas por ahí y parecía que el pasto se lo iba a tragar. Lo mismo que la cancha. Nadie hubiera imaginado que unos pocos años atrás aquel rincón se llenaba de gente, había unos partidos tremendos y un jugador flaquito fuera de serie".

El Mochila se hizo milico. La madre se murió de una congestión en el invierno del 66, la mataron el hambre, el frío y el cansancio. La Chicha, la hermana del Mochila, se fue, nunca más se supo de ella. El día del entierro ya no volvió a la casa. Algunos dicen que estaba de puta en Tomás Gomensoro, un pueblo de porquería allá en Artigas; otros, que se juntó con un contrabandista y vive echada para atrás en Livramento. Las versiones no son contradictorias, pero el hecho es que el Mochila se quedó solo, muerto de hambre, en un rancho que se caía. Los milicos estaban tomando fuerza entonces en este país, y reclutaban gente. Muchos pobres, sin oficio ni demasiadas ganas de trabajar, como el Mochila, se metieron en el ejército. Tenía casa, tenía carne fresca y tenía yerba. Con el sueldito que ganaba le daba para salir de tanto en tanto a echarse unos polvos. Eso sí, tuvo que aprender a tragarse el orgullo, obedecer calladito la boca. También lo perdí de vista. Al principio, porque pasaba arrestado, hasta que lo domaron. Después, cuando las cosas se pusieron bravas, porque estaba acuartelado, todo el tiempo en estado de alerta y no había licencias ni permisos. El rancho no se derrumbó de milagro".

"Una tarde, –el Mochila ya era cabo y los milicos estaban empezando a adueñarse del país–, las tropas rodearon un par de manzanas en el barrio de La Unión, en Montevideo. Iban casa por casa, buscando a los sediciosos. A eso le llamaban "Operación Rastrillo". Nadie podía salir de la zona rodeada. Los milicos se metían en todas las casas, pedían documentos, en algunos casos daban vuelta hasta los roperos, se afanaban alguna cosa y se llevaban en cana a todos los sospechosos. El Mochila, al frente de un grupito –no sé bien cómo se llama, batallón, unidad operativa o lo que fuera– golpea una puerta y se queda esperando, sus compañeros detrás suyo, armas en mano y en posición de tiro. La puerta se abre y se asoma un muchacho alto, delgado, de pelo bien oscuro: el Lalo. Como hablándole a su mujer, grita para dentro: 'Teresa, ¿a qué no sabés quién está aquí?' Y enseguida –sin dar tiempo a la respuesta– añade: 'Milton, mi primo de Estación Flores' y dirigiéndose al Mochila: '¿Qué hacés por acá Milton?" y le da un abrazo, con fusil y todo. "Esperame un segundo'. El Mochila se queda duro por la sorpresa, no atina a nada –ya lo había reconocido. El Lalo vuelve con dos botellas de agua Salus, bien frías y le dice 'Coronel, esto es para los muchachos, deben estar muertos de calor'. El Mochila toma las botellas, lo mira fijo y sonríe: 'gracias primo, saludos a la tía' y a los milicos: 'Vamos soldados, acá no pasa nada, es la casa de mi primo Lalo'".

Dicen que adentro de la casa, pistola en mano, estaba media dirección del Movimiento. Si la jugada del Lalo hubiera fallado se habría armado un tiroteo de mi flor. Pero zafaron. El Mochila y el Lalo otra vez frente a frente, y esta vez fue un empate en que los dos salieron ganando. Sin decirse nada más, allí quedaron amigos para siempre.

"Pasaron los años. La dictadura nos aplastó a todos –imaginate lo difícil que era dar clases de historia, cuando la historia de este país está llena de revoluciones, levantamientos y rebeldía. Fuimos recogiéndonos hacia adentro, encerrándonos en nuestra propia caparazón, cociéndonos en nuestra propia salsa, acercándonos a alguna forma de locura. El temor y la desconfianza se respiraban. Muchos cayeron presos, fueron torturados, los hicieron desaparecer. Muchos más se fueron del país –algunos para siempre. El silencio, el dolor, la muerte y el miedo se fundieron en un largo invierno de más de una década. El Mochila no pudo aguantar. Querían obligarlo a torturar, comprometerlo como cómplice. Era la forma que tenían los milicos de mantener unidas sus filas y evitar deserciones: la culpa, la vergüenza, la degradación del torturador que sólo puede sobrevivir respirando la misma mierda que sus colegas. Dicen que el Mochila logró meter algunas piñas en las primeras de cambio. Después fue testigo de picanas, submarinos y colgadas, era la manera de ir preparándolo para cuando llegara su turno. Pero la primera vez que le pusieron una picana en la mano y lo quisieron obligar a trabajarle los pezones a una piba, estudiante de arquitectura, no pudo. Se puso a llorar, tiró la picana a la mierda y se fue. Nunca más volvió. No lo persiguieron, no lo fueron a buscar. Se metió en el rancho de Estación Flores y se pasó los dos o tres años siguientes completamente mamado. Robó, comió salteado y siguió tomando. No sé cómo sobrevivió. Daba lástima verlo, era una miseria humana: sucio, envejecido, casi siempre en copas diciendo disparates. Debe haber andado por el pretil de la locura más de una vez".

"Los milicos no pudieron superar su propio fracaso, los venció la indiferencia de mucha gente y la resistencia y la rebeldía de otra. Nunca lograron convencer a nadie, fueron invasores de su propio suelo, y este país ingobernable terminó aislándolos, expulsándolos como a una peste. No quedó nada en pie, sólo el machismo de uniforme, el refugio en la 'familia militar', los jirones de un orgullo aparente, pura palabrería, puro cacareo, que no es más que la vergüenza mal disfrazada y el temor a la justicia. En el 84 tuvimos elecciones y en marzo del 85 empezamos a reconstruir la democracia".

"Y ese invierno, calculo que sería agosto del 85, aparece de nuevo el Lalo. Ya era doctor y hasta tenía un auto medio ruinoso. Llegó hasta la casa del viejo para preguntarle si le había quedado alguna llave del chalet de su familia. A papá le costó reconocerlo, ya estaba muy viejo, ese sería el año de su muerte. Pero le dio la llave y le preguntó por el abuelo. 'Está bien', mintió el Lalo y me abrazó: 'Peludo, ¿no me das una mano con la casa?'"

Así que por un fin de semana volví a ser jardinero. Estuve trabajando con el Lalo, limpiando el jardín, sacando ramas, años de hojas muertas, nidos de comadreja y basura de todo tipo. Abrimos y ventilamos la casa y volvimos a conversar, a ponernos al día, a recordar viejos tiempos y a venirnos despacito hacia el presente, repasando tantas y tantas cosas que se nos habían ido quedando prendidas en los alambres de la vida".

"En una parada para respirar —ya teníamos nuestros años, estábamos completamente desentrenados y nos cansábamos fácilmente— salió el tema del Mochila. Le conté lo que sabía, lo que acabo de referirte a ti. El Lalo se quedó de una pieza: '¿Sigue en el rancho de la Estación?' me preguntó. Asentí en silencio. 'Aguantáme un momento, Peludo, voy a hasta ahí y ya vuelvo'. Se subió al auto y salió disparando. Yo seguí con el trabajo, sin entender demasiado qué le había picado. A la hora, hora y media, apareció con el Mochila en el auto. Traía un bolsito miserable con cuatro pilchas, estaba un poco tomado y completamente en escombros. Sin hacerle asco, el Lalo lo bajó del auto, lo cargó prácticamente hasta la casa, calzándoselo sobre el hombro, abrazado por la cintura. Lo sentó en el sillón grande del living y me dijo: 'Peludo, calentá agua, mucha agua, que el Milton se va a bañar'".

Lo tuvo tres semanas en la casa. Le dio de comer, le trajo ropa, le cortó la bebida. El Mochila, todavía medio abombado por los efectos de una borrachera de años, lo dejaba hacer. Increíblemente nunca se escapó, nunca trató de conseguir un vino o una grapita. Estaba medio muerto, sin ánimo para nada. Era poco más que un vegetal, pero empezó a recuperarse.

El Lalo se quedó con él todo el tiempo. Le hablaba y le hablaba —nunca podré imaginarme qué cosas puede haberle dicho. Sólo salía para ir a comprar comida o alguna cosa que se necesitara para la casa. Cuando se sintió seguro de que el Mochila no se le iba a escapar, mandó a buscar al Chino Borro, el albañil:

—'¿Conoce el rancho de Milton Barrios?'

—'¿El Mochila dice usted?'

—'Si, el Mochila, el señor Milton Barrios. ¿Usted sabe dónde vive?'

—'Sí claro, en una tapera mugrienta, allá en la Estación. Está para caerse con el primer pampero…'

—'Bien. Quiero que me calcule cuánto costaría tirarla abajo y hacer una casita. Bloques, ventanas y puerta de hierro, piso de baldosas, un bañito y una cocina'.

"Borro no salía de su asombro: '¿Usted compró ese terreno doctor?'"

—'No, Borro. Estoy pagando una cuenta muy vieja a un amigo. Hágame el favor, calcule todo, páseme los números que yo hablo con Bartesaghi en la barraca para que mande todo lo que haga falta. ¿Cuánto tiempo le llevará la obra?'

–'Y...' Borro seguía sin digerir la noticia. Se acarició la barbilla pensativo: '... Si no llueve y la construcción es sencilla, tres o cuatro semanas...'

–'Necesito que sean dos. Meta gente a laburar ahora mismo para ir desarmando. Los palos y las chapas del rancho se los regalo. No se me duerma, que es de apuro'".

"Y le mandó a hacer la casa nomás. Le pagó a Borro y fue arreglando de a poco la cuenta de la barraca. Cuando la casita estuvo pronta metió al Mochila en el auto y se lo llevó para allá. El pobre no sabía qué decir, había salido medio idiotizado de una pocilga, y ahora volvía limpio, sobrio, bien comido y abrigado, ¡y se encontraba con una casa flamante! Era de no creer".

"Y desde entonces, todos los viernes, entre diciembre y marzo —que es cuando el abogado viene por acá— se juntan en 'El Pajarito', mesa número tres, piden un trago —que nunca toman— y se pasan dos o tres horas así, intercambiando alguna frasesita, algún comentario y nada más. El resto del tiempo es puro silencio, como una misa, como que estuvieran cuidando los recuerdos.

Manuel no supo decir más nada. Los de la mesa tres seguían como siempre, ahora sin hablar, perdidos en las profundidades de sus vasos. Villaseca recogió su bolsa de provisiones e hizo un saludo general: "Buenos días".

–"Buenos días, Peludo. Vení un momento por favor". El abogado se retrepó en la silla e hizo un gesto amistoso hacia el profesor, atrayéndolo hacia sí. Y dirigiéndose a Manuel pidió: "Vos también botija... vengan un segundito los dos..."

Villaseca y Manuel se acercaron a la mesa. El abogado hizo un ademán indicándoles que arrimaran sillas. "¿Toman algo?"

–"No, no, Lalo, muchas gracias" respondió el profesor. Manuel estaba demasiado impresionado como para hablar. Negó con la cabeza y permaneció expectante.

–"Che, Peludo, ¿qué le estuviste contando a este chiquilín? ¿No me digas que seguís con la leyenda del jugador fuera de serie?"

—"Lalo, es una historia muy vieja y muy linda, una historia que quiero mucho. Le conté todo, la verdad, lo que vos sabés... el Mochila es testigo..." Villaseca parecía sorprendido en alguna falta inconfesable, respondía como quien se justifica o da explicaciones. Manuel empezó a sospechar que toda aquella historia era una patraña. El abogado no tenía pinta de haber jugado al fútbol nunca. Por eso no se sorprendió cuando hizo un gesto hacia el profesor extendiendo la mano derecha como si dijera "Deténgase, mi amigo". Luego explicó: "Mirá pibe, el profesor Villaseca es buena gente, muy sacrificado y estudioso. Hace muchos años, mi abuelo le dio alguna ayuda para que pudiera terminar su carrera, y él está exageradamente agradecido. Por eso cuenta esa leyenda... La verdad es que yo nunca jugué al fútbol. Tuve poliomielitis a los doce años y me quedó una pierna arruinada. Si ahora camino bien es porque me llevaron a San Pablo a operarme. No sería capaz de patear una pelota ni en sueños... Y vos, Peludo, dejáte de embromar con esos cuentos, ¿Qué va a pensar la gente?"

El profesor suspiró, resignado, miró a Manuel como para pedir disculpas, saludó "Hasta luego", recogió sus cosas y se fue sin decir más nada.

Manuel quedó clavado en la silla sin saber qué hacer. El Mochila estaba riéndose. Extendió una mano y le acarició la cabeza: "Chau, Manuel. Saludos a tu viejo. Ahora podés irte nomás".

Salió atropelladamente del bar. Ya en la calle espió a los dos amigos para tratar de recoger algún dato más. Seguían como siempre, callados, navegando en lo profundo de sus vasos, ambos con una sonrisa apacible en los labios. El abogado encendió otro cigarrillo y miró al Mochila, que se tomó la cabeza entre las manos. No le pareció que dijeran una sola palabra más. Pegó media vuelta y salió corriendo para su casa. Tres cuadras más adelante, pasaba por la puerta de la casa del profesor Villaseca. El "Peludo", como ahora sabía se llamaba, estaba en la puerta, esperándolo.

—"Manuel, tengo que hablar contigo". El profesor había quedado mal parado luego de la entrevista en "El Pajarito". Manuel se acercó, dispuesto a oír la explicación, la curiosidad le había picado hondo. Villaseca se veía afectado. Le pidió que pasara. Manuel entró a la vivienda y sin esperar la invitación tomó asiento, atento a las palabras del profesor.

–"Manuel, el episodio de hoy es muy desagradable para mí. Quiero decirte que no te mentí, que mi historia es absolutamente cierta. Es claro que tengo una deuda de gratitud con la familia del abogado, en especial con su abuelo, Don Ciriaco. Pero no te he engañado, no inventé la historia que te relaté. Es tal cual yo la viví. A lo mejor exagero un poco en mis juicios acerca de Lalo como jugador de fútbol, pero lo que cuento no es más que mi recuerdo, los hechos que ocurrieron en mi infancia, tal como en aquel entonces me impresionaron. Lalo era de verdad un jugador maravilloso, hubiera sido un profesional enorme, un líder. Pero toda la historia de su familia, empezando por el propio Don Ciriaco, lo empujaba hacia otra cosa, hacia los libros, la política, la vida intelectual. Esto era mucho más fuerte en él que el deporte. El fútbol era para él un juego, un asunto de gurises, y se le terminó el día que se le fueron las ganas de jugar, porque encontró otras cosas para hacer, cosas que él consideraba más importantes".

Manuel escuchaba callado sin saber qué partido tomar. Villaseca debe haber percibido sus dudas porque siguió adelante, justificándose: "El niega todo, porque nada de eso fue fundamental en su vida. Lo importante vino después, y parte de ello es la forma como rescató al Mochila de la miseria y del alcohol. Para Lalo, ahora lo más importante es tratar de borrar ese pasado, no el suyo, sino el del Mochila, el señor Milton Barrios, como él insiste en llamarlo. Quiere evitarle las humillaciones, los malos recuerdos, quiere asegurarse de que el Mochila va a terminar sus días como una persona decente, ajena a sus años de hambre, pobreza y abandono que tuvo que soportar. No sé si no sigue sintiéndose culpable de los cuatro penales que convirtió en goles la tarde del último partido. Me parece que cuando pateó el último, el que tiró con la zurda porque tenía la derecha destrozada, dudó. Dudó cuando vio que el Mochila iba al arco, que hacía del asunto una cuestión personal, creo que estuvo a punto de tirárselo a las manos para dejarle ganar aunque sea una. Y después, digo yo, debe haber pensado muchas veces que aquel disparo certero, hecho con más bronca que calidad, terminó de arruinarla la vida al pobretón orgulloso que no podía admitir su superioridad de gran jugador, pero sobre todo, su superioridad de niño rico".

Con un gesto mecánico Villaseca volvió a frotar los lentes con su empercudida corbata, miró a lo lejos por el resquicio de la puerta, que había quedado entreabierta y añadió: "El Mochila le salvó la vida. Aquella tarde en La Unión, cuando la operación rastrillo, un gesto equivocado del cabo Barrios, o el mínimo afán de venganza, hubiera acabado con la vida del Lalo. O iba preso, o quedaba atrapado en medio del tiroteo. El Mochila, a pura carpeta, bancó el engaño, se jugó las dos pelotas juntas, se llevó las botellas de agua Salus y se llevó también a los milicos. Eso explica todo lo que, después, el Lalo ha hecho por él. En aquel fin de semana en que vine a ayudarlo a limpiar la casa tantos años abandonada, me dijo algo que no he podido olvidar. Estábamos en el frente, el Lalo se había parado mirando hacia la cancha – creo que estaba viendo el *replay* del último penal– y me dijo, con la voz un poco quebrada, '¿Sabés, Peludo? Creo que toda victoria innecesaria, de alguna manera, es un crimen' y volvió a agacharse para arrancar las malezas que quedaban".

ENTREVISTA CON CARLOS ABIN

1. ¿Qué papel tuvo el fútbol en tu juventud?
Soy uruguayo. Eso significa que a pocos días de nacido alguno de mis tíos apareció por casa con un balón de regalo. No lo recuerdo, pero imagino que ya antes de echarme a andar había tomado contacto con él, ese amigo que me acompañaría y al que siempre expresaría mi cariño y mi fidelidad. A lo largo de toda mi niñez y adolescencia, el fútbol –jugado en el patio de casa, en la calle, en el campito, en la escuela– ocupaba casi todo mi tiempo libre y era un foco de interés predominante. Fui alumno del Colegio Pío, de los padres Salesianos. Las horas de clase y los recreos –en los que jugaba al fútbol y sólo al fútbol, sin imaginar siquiera otra alternativa– se alternaban de manera equilibrada. El colegio tenía además, en su propio predio varias canchas que eran famosas en todo el país. Los sábados de tarde –ya sin la "molestia" de las clases– y los domingos, volvíamos al colegio para abrazar nuestra pasión futbolera. Como fui muy buen estudiante nunca me perdí un partido a causa de una calificación baja, aunque más de una vez estuve al borde de hacerlo por alguna barrabasada en conducta. En el segundo ciclo secundario y en la Facultad de Derecho (soy abogado y notario) seguí jugando siempre que podía, aunque no llegué a participar de la Liga Universitaria. A los 22 años tuve que elegir entre dedicar los fines de semana al fútbol o a mi novia –que luego fue mi esposa y sigue siéndolo al cabo de 43 años. Como se deduce de esta última frase, ella ganó, aunque con el tiempo, paciencia y mucho cariño pude ir ayudándola a transformarse si no en una "hincha" adicta, en una mujer que disfruta, sufre y aprecia este deporte maravilloso.

2. ¿Sos hincha de algún equipo?
Soy hincha de Peñarol, el club más glorioso del Uruguay, y uno de los mayores de América y del mundo. Así lo siento, aunque comprendo que, con todo derecho, otros pueden pensar lo mismo de su propio club. Es claro que nos movemos en el campo de lo subjetivo, aunque –sin duda en el caso de Peñarol– hay numerosos elementos objetivos que hacen que aquella afirmación se aproxime peligrosamente a la verdad. Cuando mi padre cumplió 80 años, en mi condición de hijo mayor me fue confiada la responsabilidad de decir unas palabras en la celebración. Agradecí al "viejo" muchas cosas importante de mi vida –en mi nombre y en el nombre de mis hermanos– y una de ellas fue la de haberme enseñado a amar ese club destinado a la gloria. También soy hincha de la selección uruguaya, como es fácil imaginar. El fútbol es parte de nuestra cultura y un elemento decisivo de nuestra identidad.

3. ¿Es preferible para vos como hincha un buen resultado o un buen partido?
Siempre prefiero un buen partido. Es muy probable que un buen partido termine en un buen resultado, y si no es así, el honor –valor fundamental para el uruguayo futbolero– queda a salvo. Ganar por casualidad, por causa de la mala suerte del oponente o jugando mal, no tiene mucha gracia y no aporta nada positivo para la gloria.

4. ¿Qué te motiva a escribir ficción que tiene lugar en un contexto uruguayo?
Desde que aprendí a leer sentí el impulso de escribir. Hay un momento en mi infancia –no sabría decir exactamente cuándo ocurrió– en que empecé a mirar algunos aspectos de la realidad con "ojos de escritor", es decir, tomando nota de los gestos, las miradas, las palabras y la forma de hablar de la gente. Luego –ya en la adolescencia– me sorprendí divagando acerca de la forma

de expresar tal o cual actitud, o cómo reproducir un diálogo que había presenciado o imaginado: ya estaba en camino. El contexto era forzosamente el de mi país, su gente, sus costumbres, los lugares que frecuenté. El contexto es un componente fundamental de la base material sobre la que se apoya luego el vuelo de la imaginación. Más aún: estoy seguro que lo que escribo solo puede tener alguna posibilidad de alcanzar una cierta universalidad si es auténtico. Y buena parte de la autenticidad se juega para mí en el hecho de que sea capaz de transparentar en mi literatura, de modo fiel y honesto, el contexto en el que nací, me eduqué, crecí, me enamoré y trabajé a lo largo de toda mi vida. Hay otra cosa que me ata literariamente al contexto uruguayo: ante todo escribo para mis compatriotas. Cuando lo hago, cuando me coloco frente al teclado y la pantalla, sin proponérmelo, tomo una referencia para ese diálogo virtual que se entabla entre el escritor y su posible público. Y esa referencia –que pesa en el estilo y gravita en muchas de las infinitas decisiones que hay que tomar a la hora de poner las ideas "en negro sobre blanco", son mis hijos, mis amigos, mis vecinos… Ese diálogo se procesa en mi interior y lo siento con mucha fuerza, en algunos casos, puedo incluso percibir qué van a sentir al leerme. Puedo escribir historias ubicadas en el marco de otros contextos, pero el mío es el decisivo, siempre –de un modo u otro– parto de él o a él vuelvo.

5. ¿Cuáles son las intersecciones entre la política y el fútbol en Uruguay?
Como el fútbol es tan popular y provoca adhesiones y pasiones muy fuertes, es inevitable la intersección –quizás sería mejor decir la convergencia– entre fútbol y política. Muchos dirigentes políticos hicieron sus primeras armas y se dieron a conocer en calidad de dirigentes de alguno de los principales equipos; otros utilizaron el fútbol como una vía de salida lenta, no traumática, de la política manteniendo hasta cierto punto su posición en el escenario público a través del deporte. Unos pocos jugadores,

luego de su retiro, han aceptado el desafío de incursionar en política, aunque ninguno de ellos alcanzó mayor destaque en esta actividad. De todos modos en Uruguay hay un límite que no tengo noticia de que haya sido alguna vez franqueado: la política jamás pesa en los resultados deportivos. Quizás con esta afirmación desnudo mi inocencia, pero lo cierto es que nunca supe ni oí que ocurriera –o que alguien pretendiera– lo contrario.

6. ¿Ves alguna conexión entre el proceso de creación y la manera en que uno juega o la manera de ser hincha?
Escribir, jugar al fútbol y ser hincha son tres actividades bien diferentes y es razonable pensar que suscitan actitudes distintas aún de parte de la misma persona. Por cierto, cada uno tiene una personalidad definida, algunos sesgos de conducta, algunas formas de ver las cosas y de responder a los estímulos que vienen de la realidad que predominan sobre otros, al menos como tendencia. Escribir y jugar al fútbol son actividades que suponen un esfuerzo, un compromiso fuerte y constante. En mi caso diría que para escribir –ahora que escribo– y para jugar al fútbol –cuando lo hacía– mi rasgo fundamental ha sido y es la determinación: en la cancha, para ganar y no darme jamás por vencido; en la literatura para perseguir el objetivo trazado hasta alcanzarlo. En cambio vivo mi condición de hincha desde otra perspectiva, pues mi actitud en este caso no es protagónica sino más bien pasiva. En el estadio soy muy calmo, me siento espectador –sin perjuicio de aportar mi aliento–, en la tertulia con los amigos, me veo como tolerante, no comprendo al fanático que no se pierde un partido, que en cada ocasión grita hasta perder la voz, que es capaz de llegar a la violencia a causa del fútbol o que profesa un cierto fundamentalismo en favor de la enseña que lo apasiona, y en definitiva lo ciega.

7. ¿Hay algún autor de ficción de fútbol que ha influenciado este cuento?
No. Este cuento lo pensé de principio a fin, día tras día durante una semana, mientras iba conduciendo mi automóvil de ida al trabajo en la mañana y de regreso a casa en la noche. Lo fui armando en mi cabeza, estaba ahí la idea, me gustaba mucho y no tenía que hacer ningún esfuerzo para volver sobre ella, a voluntad. Cuando tuve toda la historia resuelta y diría que incluso algunos párrafos íntegramente redactados "in mente", un sábado de mañana me puse a escribirlo y en el fin de semana lo terminé. Nunca fue corregido, a mi juicio no lo necesitaba.

8. ¿Qué papel ocupa la ficción futbolera dentro de la literatura de tu país?
Increíblemente la ficción futbolera es muy escasa en un país en el que el fútbol tiene una importancia social de primer orden. Esta comprobación me llevó a reunir en un volumen todos los cuentos que había escrito que tenían alguna relación con este deporte. Sigue habiendo mucho espacio que llenar para que ese papel a que se refiere la pregunta sea realmente significativo.

9. ¿Hay una identidad o un estilo que se asocia con el fútbol uruguayo?
Sí, claro. El fútbol uruguayo se caracteriza por contar en general con defensas fuertes, sólidas, donde predominan los jugadores rudos aunque leales; en el medio campo alternan los creativos y los más toscos, los primeros alimentan el ataque, los segundos colaboran con la defensa. Nuestros delanteros suelen ser hábiles o muy hábiles, los hay livianos y rápidos, y otros más pesados y potentes. Pero el elemento diferencial del fútbol uruguayo es el carácter: nadie se da por vencido hasta el final; la entrega física y sicológica es muchas veces conmovedora; la determinación colectiva, fortísima. Este factor ha permitido alcanzar algunos resultados a primera vista imposibles o milagrosos, hacen de

nuestros equipos rivales siempre temibles, capaces de compensar las debilidades técnicas con la indomable decisión de vencer.

10. ¿Qué significa para la región tener otro Mundial en el continente en 2014?
En el mundo globalizado las distancias no tienen el mismo significado que algunas décadas atrás. La condición de local es siempre un factor de peso, pero lo es fundamentalmente para el país anfitrión, sobre todo si ese país tiene –como ocurre en el caso de Brasil– una dimensión continental y una población de 200 millones de habitantes. A los países de América del Sur, en todo caso, tener un Mundial en la región les facilita un poco el reunir hinchadas más nutridas y jugar con mejor respaldo de público. Y lo lógico es esperar que el campeón será americano. Nunca una selección europea ganó un Mundial en nuestro continente.

11. ¿Crees que la selección uruguaya tiene esperanzas?
Una selección uruguaya de fútbol siempre tiene esperanzas y muchas razones respaldan esta afirmación, que puede parecer pretenciosa: la selección uruguaya es, en todo el orbe, la que mayor cantidad de títulos internacionales ha obtenido. Cuando no existían todavía los Mundiales, ganó las olimpíadas de 1924 y 1928 (en Colombes y Ámsterdam respectivamente) que hoy, por resolución de FIFA, tienen valor equivalente al de campeonatos del mundo; luego ganó el primer Mundial de Fútbol, que en reconocimiento de la trayectoria precedente se jugó Montevideo, en 1930; volvió a ganarlo en 1950 en Brasil venciendo en su casa a los anfitriones, en un partido épico; alcanzó el 4° puesto en Suiza (1954), México (1970) y Sudáfrica (2010); ganó el "Mundialito" de 1980-81 (campeonato jugado en Uruguay en celebración del 50° aniversario del primer Mundial, en el que participaron todas las selecciones que hasta entonces habían obtenido campeonatos del mundo, excepto Inglaterra que no quiso hacerlo y fue sustituida por Holanda). Uruguay también obtuvo

15 copas América –superando a Argentina y Brasil– la última de ellas en 2011. Hace unos pocos meses alcanzó el 4° puesto en la Copa de las Confederaciones jugada en Brasil. No es poca cosa para un país de sólo tres millones y medio de habitantes. Para el próximo Mundial, como para cualquier competencia, Uruguay –si clasifica– será un rival bravo. No es hoy la mejor selección (figura como 5ª en el ranking de FIFA) pero esto significa que en términos generales ha logrado mantener su figuración internacional luego del cuarto puesto alcanzado en Sudáfrica. De nuevo: no es poca cosa. Por lo general se estima como mucho más difícil mantener una posición a lo largo del tiempo que lograr una buena figuración en una competencia determinada.

VENEZUELA
MIGUEL HIDALGO PRINCE

MIGUEL HIDALGO PRINCE nació el 26 de enero de 1984 en Caracas. Se licenció en letras en la Universidad de Venezuela. En 2009 recibió una mención especial en el VI Concurso Nacional de Cuentos de Sacven. En 2012 publicó su primera obra, una colección de cuentos, *Todas las batallas perdidas* (Bid & co, 2012). En 2012 volvió a obtener una mención en el Premio de Cuento para Autores Jóvenes, un concurso organizado desde 2008 por la Policlínica Metropolitana. Actualmente trabaja en su segunda colección de cuentos. Partidario del Barcelona en la Liga Española y del Caracas Fútbol Club en la liga nacional y del Deportivo Táchira, reside en Caracas. "Tarde de perdedores" apareció primero en *Todas la batallas perdidas* (Bid & co, 2012).

TARDE DE PERDEDORES

Nuestro uniforme había costado una fortuna y era de un hermoso amarillo pollito. Estábamos eliminados del torneo desde el segundo partido de la primera ronda. El primero fue contra la Escuela de Medicina. Nos dieron un amargo paseo de siete a cero. En el segundo nos fue peor y caímos ante la selección de Veterinaria. Doce goles en contra y un redondo cero a nuestro favor. De consuelo, y para que se terminaran de acomodar los grupos que clasificarían a la siguiente ronda, nos quedaba un tercer compromiso. Nuestros verdugos definitivos serían los Empleados, la selección compuesta por vigilantes, porteros, y encargados de la limpieza y mantenimiento de la Facultad.

Yo jugaba de defensa porque no sabía mover el balón y porque era el más gordo de todos. Raúl y Matías iban en los laterales para hacer los centros y armar las jugadas. Pero los dos eran derechos y tenían que turnarse la izquierda, nuestro punto débil. Raúl era el jíbaro de la facultad y hasta ahora no he conocido a nadie que sepa más de drogas que él. Matías era un pesado, pero tenía un sentido deportivo inmejorable. Goyo era el delantero y nuestro capitán. En las prácticas se destacaba, pero a la hora de la verdad, se enredaba solo. En lo que iba de torneo no había concretado nada para su cuenta personal. Lo más cerca que estuvo de anotar, fue en el partido contra Medicina. Estrelló el balón contra el travesaño y el rebote terminó aventajando al equipo contrario, que aprovechó el despiste y nos encajó el tercer gol. La gran parte de la culpa la tuvo el mismo Goyo por jugar en solitario y no pasarla nunca. Nuestro arquero era Enrique, el más experimentado de todos. Sabía parar los chutes, pero cuando se molestaba por nuestros errores, comenzaba a jugar mal y era entonces que empezaban a llover los goles. Y también estaba Beto, nuestra veintiúnica opción de cambio en la banca. Tenía toda la actitud necesaria, pero lamentablemente había nacido tres meses antes de lo esperado y sus piernas nunca llegaron a desarrollarse como se suponía que lo hicieran. Aunque sabía que no iba a jugar, se aparecía en la cancha, uniformado y listo. Siempre lo acompañaba su novia, la única que nos hacía barra. En resumidas cuentas, ese era el equipo.

Estuvimos a punto de darles la victoria a los Empleados por forfait. Pero como igual ya lo habíamos perdido todo y no teníamos nada que ganar, decidimos morir en la cancha. Además, aún se veían nuevos los uniformes y los queríamos lucir.

Era una tarde de enero con clima caprichoso. De vez en cuando se despejaban los nubarrones y el suelo de la cancha se volvía un reflector atómico. Fuimos llegando uno por uno, mientras que el equipo de Empleados había formado un círculo en la mitad de la cancha y hacían calistenia.

Nos sentamos en el suelo una vez que estuvimos todos y alguien dijo unas palabras supuestamente alentadoras. Algo sobre divertirnos y hacer nuestro juego. Pensar en el equipo y todo lo demás. Ese tipo de palabras.

Goyo, el árbitro y el otro capitán tiraron una moneda al aire. El saque quedó para los Empleados, pero nosotros escogimos la cancha. Cada uno agarró su puesto y a los veinte segundos del pitazo inicial, nos cayó el primer tanto. Duro y frío balde de agua. Se cosieron a Matías y a Raúl con una trenza de tres pases, luego me bañaron con un centro y un viejo con pinta de ecuatoriano que era el delantero, no perdonó a Enrique. Un gol tempranero le baja los ánimos a cualquier equipo. Para nosotros era cosa de rutina. Miré las puntas de mis Adidas Samba Milleniun con resignación. Aún faltan treinta y nueve minutos y cuarenta segundos de tortura, pensé.

El segundo gol lo recibimos al minuto cuatro. Cometí una falta al borde del área contra uno de los vigilantes. Los de su banca lo llamaban Torito. Jugaba sin levantar la mirada y embestía contra todo lo que se le atravesaba. Pero no pudo pasarme, así que lo pisé y por si fuera poco, lo derribé con toda mi humanidad. Me sacaron tarjeta amarilla, pero valió la pena. El mismo Torito cobró la falta. De un zurdazo quemó a Raúl que estaba haciendo barrera con Goyo. El rebote originó un hueco por la derecha. Matías no le llegó al balón y tras una bicicleta de uno de los empleados, quedó ridiculizado en el área de penaltis. Enrique ni vio el chute. La pelota estaba otra vez en el fondo de nuestra malla.

El tercero fue una acción de cabeza al minuto doce. Un pase con la mano del arquero y nuestra pésima comunicación dejaron que Torito pasara nuestra línea defensiva y rematara estilo palomita con más suerte que decisión, abriendo su cuenta personal. Lo celebró haciendo vuelta canelas en mitad de la cancha.

El cuarto vino de parte del ecuatoriano cerca del minuto quince. Bailoteó desde su mitad de la cancha y dejó atrás a Raúl y a Matías. Trianguló con uno de sus colegas, que le centró el balón para pierna izquierda. Se encontró conmigo, pero me hizo un túnel y acomodó la esférica para su pierna derecha. Le quedó un poquito larga y le tocó disputar la jugada con Enrique, que salió del área para intervenir. El ecuatoriano le hizo un sombrerito de mucha clase y remató con un taquito sólo para lucirse. Enrique golpeó el suelo con los puños cerrados.

El quinto llegó casi en el veinte. Se generó un doble cambio en la alineación de los Empleados, así que había jugadores frescos en la cancha. Beto le gritó a Goyo que el equipo necesitaba un cambio. Goyo meneó la cabeza y le dijo que lo esperara para la otra mitad. Enrique hizo un saque de portería con la mano, pero lo hizo tan mal que la puso justo en los pies de un adversario. Goyo estaba solo en el punto penal de los Empleados, gritando que se la dieran, pero nunca le llegó el balón. Raúl y Matías no tuvieron tiempo de devolverse y quedé yo solo contra tres. Se pasaron el balón todas las veces que les dio la gana y fusilaron a Enrique, que rozó el balón con un dedo, pero iba con demasiada malicia y potencia. No hubo nada que hacer. Sonó el pito del primer tiempo. Por primera vez en mi vida, el tiempo me pareció un fenómeno piadoso. Caminamos hacia nuestra banca decepcionados. Goyo se puso furioso. Enrique ofreció disculpas por su error, pero agregó que tampoco nosotros lo estábamos haciendo tan bien que digamos. Raúl se quejaba de que Torito lo había lesionado. Yo estaba a punto de sufrir un paro respiratorio y me tiré de bruces en el piso. Goyo comenzó a dictar estrategias. Con la punta de una rama dibujó una cancha sobre la película de polvo que cubría el suelo. Trazó flechas y triangulaciones. Cuadró dos jugadas que según él eran letales. Todas culminaban con él marcando el gol. Enrique dijo que eso no servía para nada. Matías dijo que tenía una costilla rota. Yo no pude pronunciar ni una sola palabra y me acuclillé para recuperar el oxígeno. Raúl revisó en su bolso, del que sacó un termo grande con agua y luego una bolsa con un polvito color arena. Muchachos, dijo. Enrique y Goyo se insultaban al mismo tiempo. Muchachos, repitió Raúl, mostrándonos lo que tenía en cada mano. Todos hicimos silencio. Goyo borró su cancha de polvo con la suela del zapato y dijo ¿qué coño es eso, vale? Raúl acomodó una sonrisa electrificada en su cara. Su expresión era la de los que intentan convencer a un montón de incrédulos. Esto es nuestro espíritu deportivo, dijo. Destapó el frasco y volcó el polvo en el agua. Volvió a tapar el frasco y batió todo como un tetero. Se reía mientras lo hacía, lo que le daba aspecto de desquiciado. Ya está, dijo y volvió a destapar el frasco. Se tomó dos tragos grandes y se relamió los labios. Luego le pasó la botella a Matías. Esto te va a curar, le dijo. Matías miró el termo con desconfianza. Luego nos miró a nosotros y luego otra vez a Raúl. Es ahora o nunca, dijo Raúl. ¿Eres un perdedor o eres un ganador? Matías limpió el pico con la franela y se chupó un buen buche.

Lo paladeó unos segundos y lo pasó. Luego le dio otro trago más largo. Ya, ya. Ruédalo, dijo Raúl. Goyo le dio dos tragos y dijo que sabía un poquito a tiza. Después me pasó el frasco a mí. Debo admitir que apenas probé el agua, los labios, la lengua y la garganta se me entumecieron. Sorbí una segunda vez y le extendí el frasco a Enrique. Yo no necesito esa mierda, dijo. Me encogí de hombros y estaba a punto de tomarme el fondito que quedaba, pero Beto me arrebató el frasco y se lo empinó completo. La novia le propinó un pellizco para que le dejara unas gotas. Así me gusta, equipo, dijo Raúl. Esto nos va a dar ánimos, ya verán. Haremos historia. Es nuestra tarde. Otro día tienen que probar salvia divinorum x10. En pipa, con encendedor catalítico, dijo Raúl. Eso es el paraíso, equipo. Esto es apenas una golosina. Tardará un poco en hacer efecto, agregó.

Tengo muy pocas cosas en claro, pero tal como había dicho Raúl, minutos después de la ingesta, aún no sentíamos nada. Nos pusimos a realizar estiramientos para evitar los calambres y ahí fue cuando todo se volvió denso. Nos invadió una comodidad extraordinaria y nuestras piernas comenzaron a responder a una fuerza mayor, como si se gobernaran por sí solas y no necesitaran del resto de nuestros cuerpos.
Cambiamos de cancha.
Ahora el sol inclinaba sus rayos hacia nuestro hemisferio. Al fondo, en lo que parecía ser una enorme lejanía, había un horizonte naranja. Cada uno de nuestros rivales tenía un aura luminosa distinta. El ecuatoriano, por ejemplo, proyectaba sombras azules desde sus hombros y poseía un magnetismo indescifrable. Torito estaba metamorfoseado en un minotauro blanco y peludo y botaba humo por la nariz con cada exhalación. Uno de ellos estaba cubierto de hojuelas de escarcha. Daba la impresión de ser una capa de escamas tornasoladas y resplandecientes. Otro, el defensa, era una sombra sin forma. Sólo se le veían los ojos prendidos como dos agujeros en llamas. El portero era un

muro, expandido e impenetrable. Aparentaba cualidades elásticas y gimnásticas. Recordé a Yashin, la araña negra de la Unión Soviética, cuando existía la Unión Soviética.

Sonó el pitazo.

Las ondas se fueron magnificando hasta que se tejió dentro de nuestras cabezas como una mágica red de campanillas. Luego vino una brecha de silencio. Armonioso, apacible.

Recuerdo haber visto muchos Matías idénticos y traslúcidos, uno siguiendo los pasos del otro a una velocidad inhumana por toda la cancha y sin rumbo fijo. Era un Matías que dejaba una estela de miles de Matías, y cada uno era una réplica del Matías una millonésima de segundos anterior. Hasta que lo tumbaron y todos los Matías se fundieron de vuelta con el Matías que estaba boca abajo, retorciéndose extasiado en el suelo.

En algún momento vi a Raúl, petrificado en una esquina de la cancha. Lo imaginé como una estatua de mármol, que extrañamente lograba ver a través de mí y que me decía que le pasara el balón sin la necesidad de mover los labios. Pero yo no tenía el balón.

Sé que Beto nos decía algo desde la banca y que su voz se proyectaba intensa, nítida y agudamente como el canto de una ballena. Su novia se reía. Su expresión era de carcajada, pero no la escuchábamos.

Recuerdo que chuté un balón nacarado y crujiente como la cáscara de un huevo, que explotó en mil pedazos de miles de colores y que todo se iluminó con chispas cósmicas.

Vi a Enrique lanzarse contra un balón suelto, asegurarlo en el pecho con sus brazos y luego arrojarlo hacia la mitad de la cancha como si se tratara de una granada de mano. Gritó algo que se reprodujo en miles de ecos hasta convertirse en un único sonido reverberante. Agitaba su brazo de un lado a otro. Podía estar despidiéndose o estar saludando. El amarillo de su franela resplandecía bajo el sol e irradiaba una energía hipnotizante.

El balón seguía cayendo desde muy alto cuando vi a Goyo dar un brinco asombroso, volar por los aires, girar sobre su propio eje en cámara lenta, alinear su cadera con el balón que gravitaba en una especie de órbita, por encima de todo. Vi a Goyo patear el balón con gran potencia, con el efecto catapulta que se logra sólo cuando se está en pleno vuelo. Una chilena de colección. Irrepetible. Inolvidable. Vi el balón que se colaba en nuestra arquería, por debajo de las piernas de Enrique, que no entendía en lo más mínimo lo que nos pasaba.

Goyo celebró el gol con ahínco. Se quitó la franela para ondearla con una mano mientras correteaba la cancha, aunque no sé si su manera de desplazarse podía llamarse precisamente corretear. Creo que además de Enrique, yo era el único que se había percatado del autogol. Todos, incluyendo a Beto y su novia, quienes se habían parado eufóricos de la banca; celebraron la jugada persiguiendo a Goyo.

En eso se acabó todo. El clima empeoró de repente y el cielo se encortinó detrás de unas nubes color plomo. Se precipitó un aguacero que espantó al otro equipo, a la mesa técnica y a las pocas personas que estaban en las gradas presenciando nuestra hermosa derrota. Los únicos que se quedaron fuimos nosotros. Enrique seguía despotricando, pero ya todo había perdido sentido y nadie le prestaba atención. Beto comenzó a besar a su novia en los cachetes y en la frente. Le pasaba la lengua por toda la cara con los ojos desorbitados. Ella se reía, o parecía que se reía, mientras realizaba una especie de danza tribal. Matías, Raúl, Goyo y yo los rodeamos tomados de las manos. Hicimos un círculo en torno a ellos y los observamos durante horas. Se besaban con pasión y entrega. Era, ahora que lo pienso, un momento inigualable. De los que suceden en el mundo deportivo sólo una vez cada cierto tiempo. Inmediatamente el mundo y lo que lo componía, adquirió un matiz distinto, una cualidad estupenda, casi divina. La novia de Beto se quitó la franela y luego todos hicimos lo mismo, excepto Goyo, que desde su máxima jugada estelar ya estaba como indio. Quise aclararles el pequeño detalle del autogol a mis compañeros, pero las cosas iban tan bien así que decidí dejarlo para después. Enrique se fue. A llorar o a mentar madres, daba lo mismo. El universo nos sonreía. Cada gota era un suceso. Un acto superior. El agua nos purificaba y nos devolvía la sensación de estar siendo bendecidos. De un momento a otro paró de llover y en lo alto salió un astro gordo que nos hacía cosquillas con sus dedos de luz. Sentíamos que el calor penetraba por cada poro de nuestra piel y encendía algo dentro, una especie de antorcha de fuego vivificante y devastadora. Levantamos la vista y le ofrecimos la cara al sol. Había algo milagroso en el aire, algo que nunca antes habíamos notado. Todo era más claro, más fácil, más ligero. Beto y su novia tenían las mandíbulas acopladas en un beso de película. Perdí la noción de tiempo y espacio.

No puedo hablar por los demás, pero después de ahí a mí todo se me puso en blanco.

Volví a mí y estaba sentado en un campo con grama. Estaba descalzo. El resto del equipo estaba a mi rededor. Todos, menos Goyo que se encontraba de pie estirando los brazos, estaban acostados sobre sus espaldas, maravillados con el cielo, con las hojas de los árboles, con sus propias manos. No sabía cómo había llegado ahí. En cierto momento tuve una revelación que a la larga perdió sentido.

La nota se disipó. La tarde también.

Aquel partido nunca se reanudó. Se suspendió y se dejó el marcador tal como estaba hasta que empezó a llover. Los equipos fueron clasificando y ganaron sus medallas y trofeos. Metalúrgica se coronó campeón, es todo lo que sé. Después de la facha, no volvimos a ser los mismos. No mejoramos nuestro juego, pero tampoco fue que lo empeoramos. Nunca jamás volvimos a inscribirnos en torneo alguno, pero seguimos practicando y jugando caimaneras semanalmente. A veces, cuando estamos de ánimo, nos da por usar el uniforme amarillo pollito.

ENTREVISTA CON MIGUEL HIDALGO PRINCE

1. ¿Qué papel tuvo el fútbol en tu juventud?
De niño veía el fútbol como un rito extraño y sagrado, una actividad de gladiadores que únicamente podían hacer bien los europeos y los brasileños. Haber nacido y crecido en una nación más beisbolera que futbolera me causó cierto desconcierto: a los nueve años, siendo el peor pitcher del equipo de pelota del antes llamado Instituto Nacional de Capacitación y Educación (INCE), súper aburrido del "deporte nacional", mis sueños estaban lejos de figurar en las Grandes Ligas. Quizás tampoco estaban en el campo de fútbol, eso aún no lo tengo muy claro, pero sí sé que me llamaba mucho más la atención patear balones y anotar goles de antología que batear jonrones o ponchar a adversarios. Para mí el fútbol era un verdadero espectáculo. El beisbol me resultaba lento, monótono y complicado. La emoción del balompié renacía cada cuatro años, con cada Mundial. La primera Copa del Mundo de la que tengo memoria es Italia 90, que me generó una fiebre por coleccionar barajitas para llenar el álbum Panini y me inició en el ritual de ver los partidos en la tele. Ya en 1994 viví el fútbol como nunca. Me interesaban las vidas de los jugadores, sus peculiaridades, sus extravagancias. Por ejemplo: ¿Por qué Bebeto celebraba sus goles como si meciera a un bebé? ¿Por qué Davis, uno de los jugadores morenos de Holanda, usaba lentes como de paracaidista? En el 94 comencé a pensar seriamente en la tristeza, el fracaso y la frustración cuando vi a Roberto Baggio fallar el penalti crucial contra Brasil. Esas imágenes marcan a cualquier. Aquel año leí una revista que sintetizaba la historia de todos los Mundiales. Gracias a las verborreicas biografías y reseñas escritas por algún cronista deportivo entusiasta cuyo nombre he olvidado, vi jugar en mi mente a Yashin, Cruyff, Kempes, Platini y Garrincha. Nunca en vivo, solamente en mi cabeza,

como si fuesen mitos o la invención de escritor de cómics. Combustible puro para echar a andar miles de historias solo posibles en la imaginación. Para mí el fútbol era como la ficción. Ya en mi adolescencia y durante mis días universitarios, como muchos en Venezuela, satisfacía mis ganas de anotar goles a lo Zidane en las canchas de futbolito o fútbol sala. De hecho mi relato surgió de cuando formé parte del equipo de fútbol sala de la escuela de Letras de la Universidad Central de Venezuela. Éramos un conjunto de lectores y escritorzuelos semisedentarios, consumidores asiduos de alcohol y otras "menudencias". Un equipo desconcertado, desengranado, sin mucho talento ni estilo, que acumuló más amarguras que glorias, pero que persistía encuentro tras encuentro, en busca de algún tipo de honor para nuestro uniforme amarillo pollito, el color de nuestra escuela. El fútbol siempre estuvo ahí. Era la referencia cuando intentábamos alguna jugada de fantasía, una triangulación, un toque engañoso, un tiro a portería. El fútbol sala era lo más rápido y fácil para hacer algo parecido al fútbol de campo, un deporte para grandes, para elegidos.

2. ¿Le vas a algún equipo?
Por razones más sentimentales que de verdadero compromiso hincha, sigo al Barcelona en la Liga Española y al Caracas Fútbol Club, el equipo de mi ciudad, en la liga nacional. El Deportivo Táchira, clásico rival del Caracas, me incita cierto morbo, sobre todo por su barra brava, que suele ser revoltosa y acérrima defensora de los colores de su camisa.

3. ¿Es preferible para ti como hincha un buen resultado o un buen partido?
Cualquiera puede pensar que el gol lo es todo, y quizás no se equivoque. Eso tal vez no es debatible. Pero yo disfruto enormemente la anticipación a ese éxtasis que se siente cuando el esférico cruza el arco contrario. Me gustan los juegos trepidantes en los que ambos equipos se bombardean a chutes con angustia. En-

tonces ya no se trata tanto de que alguno concrete el tanto, sino de la lucha, de la travesía.

4. ¿Qué te motiva a escribir ficción que tiene lugar dentro de un contexto venezolano?
La necesidad de dialogar con lo que me rodea, con las personas que viven este lugar, este momento. La necesidad de entender el propio contexto, tal vez. Pero sobre todo la necesidad de encontrar una voz propia para ese contexto.

5. ¿Cuáles son las intersecciones entre la política y el fútbol en Venezuela?
Creo que en Venezuela la política y el fútbol se pueden confundir en el sentimiento que levanta nuestra selección nacional, la Vinotinto, cuyo principal mecenas es el Gobierno, aunque también cuenta con el patrocinio de poderosas empresas privadas. Yo creo que la Vinotinto, con todos sus defectos, reúne un ánimo nacional genuino, por encima de los intereses y las ideologías enlatadas que acá abundan. Es, si se quiere, un verdadero acto de política de reconciliación y de encuentro con el prójimo: todos unidos por un mismo fin, con la fe puesta en un sentimiento nacional, que para algunos detractores puede ser superficial, y eso también se entiende. Incluso quienes no creen en la selección ni en el fútbol tienen algo que decir al respecto. Eso ya es un punto de encuentro para varias posturas deportivas, sociales o políticas.

6. ¿Ves alguna conexión entre el proceso de creación y la manera en que uno juega o la manera de ser hincha?
Jugar con pasión y ensayar la estrategia, escribir con el corazón caliente y corregir con la cabeza fría. Sospecho que algo de ese, digamos, equilibrado método puede funcionar perfectamente cuando se está sobre el césped o ante la página en blanco. La página también es como una cancha, con sus reglas, sus márgenes, sus misterios y sus claros objetivos.

7. ¿Hay algún autor de ficción de fútbol que ha influenciado este cuento?
Suelo releer el relato "El silbido", de Juan Villoro, que me ha dado luces para este cuento y para otros. El cuento "Buba", de Roberto Bolaño, también lo revisito de vez en vez. Asimismo algunos de Massiani, Soriano y Fontanarrosa, que siempre van cargados de humor, lo que valoro mucho. El de Villoro y el de Bolaño también tienen bastante humor, para ser justos. Creo que eso me interesa. La ironía, la creatividad y el humor de la ficción deportiva.

8. ¿Qué papel ocupa la ficción futbolera dentro de la literatura de tu país?
Se ha escrito mucho sobre fútbol en mi país. Incluso no ficción. Hay, si la memoria no me falla, por lo menos dos cronologías serias sobre el fútbol en Venezuela, además de un trabajo escrito por el también narrador Manuel Llorens, titulado *Terapia para el emperador*, que reflexiona acerca de su labor como sicólogo de la selección nacional de fútbol venezolana. No podría hablar con propiedad sobre una ficción futbolera en nuestra tradición literaria porque lo más seguro es que diga algún disparate. Recuerdo con mucho cariño el relato "El Llanero Solitario tiene la cabeza pelada como un cepillo de dientes", de Francisco Massiani, quien fue jugador amateur, hasta donde tengo entendido. Recuerdo también un relato, más contemporáneo, que se relaciona con el fútbol y que además hace homenaje a Massiani. "La malla contraria", de Rodrigo Blanco Calderón, es una de mis historias favoritas de *Una larga fila de hombres*, su primero libro. Acerca del papel que juega esa categoría de ficción, la verdad no encuentro respuesta. Quizás el mismo que juega el de la ficción beisbolera, adolescente, policial, eróticas, etc. Es una visión más puesta sobre nuestro colectivo, que no es uniforme, sino todo lo contrario. El fútbol es extraño. El venezolano es extraño. Quizás

la ficción sobre fútbol es un componente más de nuestra variopinta identidad literaria o colectiva.

9. ¿Hay una identidad o un estilo que se asocia con el fútbol venezolano?
Me temo que mi respuesta va a sonar un poco cínica. Creo que la identidad de nuestro juego es la del crecimiento. Aún estamos un poco en pañales. Si bien es cierto que el fútbol venezolano está mejorando (lo podemos ver en el hecho de que nuestros jugadores estén llamando la atención de equipos europeos y asiáticos), aún falta mucho camino por recorrer. Ese trabajo no se logra de un día a otro. La estética de nuestro balompié sigue sin definirse, está en desarrollo. El fútbol venezolano carece, por ahora, de una voz propia. Todavía se están formando esos rasgos con los que uno pueda identificar el toque criollo y decir "así es el fútbol venezolano". Lo bueno es que a nuestro fútbol también lo reviste un cariz de esperanza, de mente positiva, de la actitud de los buenos ganadores y, qué diablos, de los buenos perdedores también.

10. ¿Qué significa para la región tener otro Mundial en el continente en 2014?
Para Brasil, patrimonio universal del balompié, un Mundial en casa significa hacer la gran fiesta del siglo. Es un honor para Suramérica, hemisferio con harta tradición futbolística, ser escogido para llevar a cabo semejante compromiso. No obstante, el sabor para la Vinotinto es un poco amargo, pues suma otro torneo para el que no ha podido clasificar.

11. ¿Qué le hace falta a la selección venezolana para que tenga esperanzas mundialistas en el futuro?
Yo creo que le hace falta tiempo para definir mejor su juego. Tiene a las figuras, tiene el apoyo, tiene una fanaticada fiel con la fe puesta en un futuro futbolístico lleno de gloria. El fogueo de los jóvenes es importante. Es necesario empezar a formar a jugadores

desde muy pequeños. Con eso se pueden intentar estratagemas distintas al balonazo, de la que opino abusa nuestra selección. Hay que aprender a jugar con el balón en el pie, atravesar la media cancha con pases y toques. El desespero no es ventajoso. Los atajos fomentan la negligencia. El trabajo duro también es un talento y hay que ejercitarlo. Como un oficio. Igualito que escribir.

CRÉDITOS

©2008, Selva Almada. "La camaradería del deporte", *De puntín* (Mondadori)
©2013, Edmundo Paz Soldán. "Como la vida misma", *Billie Ruth* (Páginas de Espuma)
©1982, Sérgio Sant'Anna. "Na boca do túnel", *Concerto de João Gilberto no Rio de Janeiro* (Ática)
©2004, Roberto Fuentes. "Un huevón más", *Uno en quinientos* (Alfaguara)
©2013, Ricardo Silva Romero. "El Cucho", *Semejante a la vida* (Aguilar, Altea, Taurus, Alfaguara, S.A.)
©2011, ©2013, José Hidalgo Pallares. "El ídolo".
©1999, Juan Villoro. "El extremo fantasma", *La casa pierde* (Alfaguara)
©2007, Javier Viveros. "Fútbol, SA", *Futbol S.A.* (Yiyi Jambo)
©2005, ©2013, Sergio Galarza Puente. "Donde anidan las arañas", *Selección peruana, 1990-2005* (Estruendomudo)
©2006, ©2013, Carlos Abin. "El último penal", *Colgado del travesaño* (Alfaguara)
©2012, Miguel Hidalgo Prince. "Tarde de perdedores", *Todas la batallas perdidas* (Bid & Co.)